裸のヘッセ

ドイツ生活改革運動と芸術家たち

森 貴史
Takashi Mori

法政大学出版局

ヴァーレン湖畔の山村アムデンの岩山に裸体で登るヘルマン・ヘッセ
マリーア夫人撮影，1910 年，ドイツ文学資料館（マールバッハ）所蔵

序

生活改革運動とヘッセ

本書のタイトル、『裸のヘッセ』とは文字どおり、ドイツ出身でスイス国籍の作家、ヘルマン・ヘッセによる裸体文化の実践を意味している。もちろん、ありのままをヘッセを描写することを含意していると解釈していただいても、あながち穿ちすぎではない。

〈裸のヘッセ〉という主題がどこから来たかというならば、それはまさしく、二〇世紀前半のヨーロッパにおける生活改革運動のひとつであった裸体文化や裸体による日光浴療法を、ヘッセも実践していたという伝記的事実にもとづいている。

このことを証明するのは、石灰岩の険しい斜面でポーズをつけた裸体のヘッセの背面全身が写っている写真である（右頁）。一九一〇年七月末にスイスのヴァーレン湖畔にのぞむアムデン村で撮影されており、かれの最初の妻にして写真家・登山家のマリーア夫人が撮影したもので、現在はマールバッハ・ドイツ文学資料館が所蔵している。

ここでいう「生活改革運動」(Lebensreformbewegung)とは、ドイツで一九世紀末から台頭してきた社会運動で、食事、衣服、住居、健康をめぐる生活態度や生活様式をよりよきものへと変革しようと試みた運動のことである。その時代背景としては、急速に進展した近代化や工業化、大都市への人口集中によって、都市部での大衆文化や消費文化が発達する一方で、農村での過疎化が進み、階級格差が拡大していったことがあげられる。こうした閉塞的な時代状況において、反近代的・反市民社会的な思考、自然回帰をめざす発想がさまざまな領域で主張された結果、生活改革運動という名の社会運動として台頭してきたのだった。

たとえば、ヘッセの中編小説『世界改革家』において、主人公ライヒャルトとヒロインのアグネスが議論を白熱させた、女性の衣服改革運動もそのひとつである。一九世紀にはドイツでも女性のコルセット着用は普及していたのだが、これを廃止して、もっと健康的な服装を提案するといった女性服の改革が叫ばれるようになった。コルセット着用が女性の体型や内臓を変形させるほど有害であることを認識し、その廃止を呼びかけたのである。

かくして、コルセット廃止と新しい女性服の開発と着用は、生活改革運動の一画をなした。つまり生活改革運動の目的とは、新たな生活習慣・様式による健康な身体の獲得なのである。それゆえ、この一連の生活改革運動は、現在一般的とされる近代医学とは異質であるところの、ホメオパシー(同種療法)や食餌療法といった自然療法とも密接に連携するものでもあった。

自然療法とは、太陽、空気、水、土には人間に対する治癒力が蔵されているという思想であって、化学薬品による近代的医療に依存せずとも、自然が元来もっているこうした力を活用することで人間の疾病や患部の治癒が可能であるという思考にもとづく医療である。とりわけ自然療法を施術するサナトリウムでは、患者が食餌療法、野外での裸体、日光浴、冷水・温水浴、マッサージ、運動などを毎日のスケジュールどおりに実施することを治療行為とした。

ヘッセが〈裸〉になったのも、脱衣によって皮膚呼吸を助け、太陽の治癒力を直接吸収しやすい状態になることが健康に寄与するという、自然療法の理論を導入した裸体文化運動を実践したからである。裸体文化も当時流行していた生活改革運動のひとつであった。

現代の日本では、自然療法を理解するのはいささか難しいかもしれないが、漢方薬に近いといえばわかりやすいかもしれない。既存の大学医学では治療のめどが立たない病気や外傷に苦悶する多くの人びとが、まったく異なる発想で施術する自然療法にすがりついてきたのであって、しかも治療が功を奏することも少なくはない。現代のドイツでも、自然療法はれっきとした医学として確立されている。

自然療法のひとつである食餌療法は、いわゆる「ダイエット」の訳語であるが、現代でいうところの体重軽減や肥満解消のための食事制限のことだけをいうのではない。たとえば菜食主義もまた、治療行為の一環として導入されたのであって、そのための食事が開発された。現在、欧米を中心に朝食として定着しているケロッグ社のコーンフレークや、ドイツやスイスの朝食で知られるミューズリもおなじく、オートミールやドライフルーツを使用した菜食主義食として発明されたものであった。

このような生活改革運動を推進しようとした主導者たちには、医者や思想家もふくめて、自身が持病に苦悩し、健康の獲得に努力した人びとが少なくなかったことを押さえておこう。

ヘッセの略歴と周辺事情

本書の主人公、ヘルマン・ヘッセは南ドイツのシュヴァーベン地方のカルプに一八七七年に生まれた。父はプロテスタントの宣教師で、長いインド滞在の経験があり、母は有名な宣教師かつインド学者の娘で、インド生まれであった。ヘルマンは少年時代から詩人になることを固く誓っていた。学力優秀ではあったものの、マウルブロン神学校およびギムナジウムを退学したのち、テュービンゲンとバーゼルで本屋の見習い店員をしながら、詩や小説を書きはじめる。二七歳のときの四冊目の小説『ペーター・カーメンツィント（郷愁）』で新進気鋭の作家としての地位を確立する。二度の世界大戦では一貫して非戦論者であったために、戦時中はつねに苦節に耐え忍んだ。一九二三年スイス国籍取得、一九四六年ノーベル文学賞受賞。一九六二年八月九日、ほぼ後半生を過ごしたティツィーノ州モンタニョーラにて八五歳で死去。

ヘッセは生涯をつうじて慢性的に身体を病み、精神も安定しなかった文学者であった。父親譲りという幼少期からの眼痛に苦しみ、憂鬱症がつきまとった。一九四六年に六九歳でノーベル文学賞を受賞したさいも、病気のために授賞式への出席がかなわなかった。

すなわち、〈裸のヘッセ〉とは、身体の健康を回復するために、自然療法としての裸体による日光浴を実践したヘッセのありのままの姿であって、かれの健康獲得への奮闘を象徴する姿なのである。さらにいえば、当時の裸体文化もまた、基本的には健康に資するという発想にもとづいていた。

本書の目的は、一九世紀末から二〇世紀前半にかけてドイツで活発であった生活改革運動との関連において、作家ヘルマン・ヘッセの、これまであまり知られてこなかった伝記部分やテクストを論じることである。もちろん、そうした運動の広範な影響は、ヘッセのみならず、その同時代に生きたドイツの知識人たちにも波及しているのであって、それをかれらのテクストから読み取ることも同時に意図している。すなわち、ヘッセを中央の縦軸に設定する一方で、同時代の知識人たちを横へ振幅する座標軸とすることで、生活改革運動の多様性を伝え、さらにはかれらの作品との関係もまた明示できるだろう。

とはいえ、「生活改革運動」とひと口にいっても、きわめて多種多様な広がりをもつものであるために、本書でその全体をつまびらかにすることは不可能であるが、焦点となるテーマごとにいくらか詳細に論じることで、概要がつかめるような記述につとめたい。

くわえて、現代ではほとんど忘却されてしまったに等しい思想家や芸術家についても言及することで、当時の社会史や文化史を活写できるとも考えている。その代表的な人物として、本書冒頭にとりあえず、グスタフ・アルトゥール・グレーザー（一八七九―一九五八）、通称グスト・グレーザーの名をあげておきたい。かれとヘルマン・ヘッセの関連を一貫して研究してきたヘルマン・ミュラーによると、グスト・グレーザーこそは、ある特定の時期のヘッセに強烈な精神的影響をあたえた友人にして師であって、ヘッセ作品群の少なからぬ登場人物たちのモデルと目される思想家であるとともに、生活改革運動家であった。

出血性白血病で死去するまで八五歳という長寿をまっとうしたヘッセは膨大なテクストを残した。日本で愛読されている長編作品や詩のほかにも、中編・短編小説やエッセイ、論文、政治文書、回想など、さまざまな文章を書いていた。ドイツで新しく二〇〇一年から〇七年にかけて編纂されたヘッセ全集は、これらのテクストをほぼ収録しており、これまでほとんど知られることがなかった戯曲作品まで読めるようになった。もちろん前世紀からそうした作品群に着目する研究者がいなかったわけではないが、日本ではとりわけ注視されることがなかったように思われる。

二〇一二年はヘッセ没後五〇年目の年であった。同年に上梓されたグンナー・デッカーの伝記を嚆矢として、この年にはヘッセをめぐる記事が多く書かれて、以前はあまり知られなかった事実が明らかにされている。

すなわち、こうした歴史的過程を経由して本書が論じるヘッセ作品は、これまで顧慮されてこなかったテクスト群である。あるいは、戦前から日本で愛読されてきた長編小説もまた、あらためて再読することになるだろう。

本書の立ち位置

ヘルマン・ヘッセの作品には、かれの伝記的要素が濃厚に反映されていることはよく知られている。たとえば一九二一年のエッセイ『自分の選集につけるある作家の序文』で、「これらの物語はわたし自身をあつかっており、自分の道、自分の密かな夢や願い、自分自身のひどい苦境を反映したものだった。書いたときには、見知らぬ他人の運命や葛藤を書いたと心底信じきっていた本も、おなじ空気を吸って、おなじ運命を、つまり自分の運命を解釈していただけだった」と、ヘッセ自身も述べている。

とはいえ、ヘッセが自伝的事実をテーマあるいは物語の構成要素として作品を完成させたことはあっても、それはあくまで小説であって、ノンフィクションの作品ではない。かれのエッセイであっても、テクストとして書かれている以上、すべてを鵜呑みにするわけにはいかないであろう。

そして、自身による語りではなく、別人が語る物語であるという「枠物語」の形式を、ヘッセが生涯にわたって使用しつづけたことは、示唆的である。

二四歳のヘッセによる三冊目の小説『ヘルマン・ラウシャーの詩文遺稿集、ヘッセ編』(一九〇一年)は、次作の『ペーター・カーメンツィント』(一九〇四年)の大成功を準備するスマッシュヒットとなったが、この作品はタイトルどおり、ヘッセがヘルマン・ラウシャーという人物のテクストを編集出版したという体裁である。

第一次大戦後の一九一九年に出版した『デミアン』の原題は、『デミアン 若者エーミール・シンクレアの物語』であって、無名の新人シンクレアの作品として上梓された。『新チューリヒ新聞』編集者がその作者がヘッセであるとする論証記事が同紙に掲載されてから、二〇年の一七版以降は「ヘッセ作」と明示されるようになった。それ以前すでに、ヘッセはこのエーミール・シンクレアという名を、第一次大戦期に書いた反戦を表明する政治的文書で作者名として使用しており、それらを収録した『シンクレアの備忘録』を一九二三年に出版している。

第二次大戦後のアメリカのヒッピー文化で受容された『荒野のおおかみ』(一九二七年)は、「編者の序言」を冒頭に、「荒野のおおかみについての論文」を途中に挿入することで、主人公の手記という様式を堅持している。

最後の長編となったユートピア小説『ガラス玉演戯』(一九四三年)も、初版の副題では「演戯名人ヨーゼフ・クネヒトの伝記の試み、クネヒトの遺作を添えて」に、「ヘルマン・ヘッセ編」と明記されていた。

このように、長い作家人生において、ヘッセがギミックとして枠物語という物語形式を好んでいたことが（自伝的要素を契機とし、それを封入していたとしても）、その作品がフィクションであるのを読者に意識させようとしていた証左と考えられよう。

だがそれでも、本書はヘッセ作品にいくらかの伝記的要素をみいだすだろう。とはいえ、それを私小説として読み解く手段とするのではない。そうした伝記的要素はヘッセの作品世界のリアリズムを喚起する要素として導入されていると考えるからである。これこそがヘッセ作品に対する本書の立ち位置である。

以下、そのつど、生活改革運動との関連をいくらか詳細にたどりながら、これまであまり着目されなかった視点で分析することを意識しつつ、二〇世紀のノーベル文学賞作家ヘルマン・ヘッセの作品を論じることにしたい。

裸のヘッセ——ドイツ生活改革運動と芸術家たち

❖

目次

裸のヘッセ——ドイツ生活改革運動と芸術家たち

第1章　生活改革運動の聖地　アスコーナのモンテ・ヴェリタ

1. モンテ・ヴェリタ

「真理の山」

本書の最初の章を、イタリア北部のマッジョーレ湖を見下ろす丘に二〇世紀初期に建設されたコロニー（移住地）、モンテ・ヴェリタのことから開始するのは、〈裸のヘッセ〉を論じるうえではこのうえなくふさわしいと考える。

イタリア語で「真理の山」という意味のモンテ・ヴェリタで、ヘッセはグスト・グレーザーとはじめて邂逅したからである。さらに、このコロニーが設置された村アスコーナがスイス南部のテッシーン州（現在はイタリアに属し、イタリア語ではティツィーノ州）にあったことは、ヘッセの伝記にとっても重要である。

というのも、ヘッセは後半生の四三年間を、アスコーナからあまり離れていないルガーノ近郊モンタニョーラ村で過ごしたからである。ヘッセによるアスコーナのモンテ・ヴェリタでの滞在経験は、最終的にはモンタニョーラにて八五歳で生を終えることになったという事実と関連があると思わざるをえない。そして、アスコーナは、その最初の夫人マリーア・ベルヌーリが一九一九年八月以降に暮らした終焉の地でもある。マリーアはヘッセからの大量の書簡を所持していたが、アスコーナの自宅が火災に遭ったさいに、ほとんどが焼失した。

アスコーナは、スイスとイタリアの国境に隣接するマッジョーレ湖に面した田園風の山村である。このアスコーナ村の上手は丘陵地であるのだが、そこを「真理の山」という意味のイタリア語「モンテ・ヴェリタ」という名で呼ぶようになるのは、菜食主義コロニーが一九〇〇年に設置されてからのことである（図1・図2）。

厳密にいうと、この通称で呼ばれるのは一九〇二年以降のことで、もともとはこの丘陵全体ではなく、その上部地帯に設立されたサナトリウムをそう呼んだのだが、のちにこのコロニー全体を指すようになった。アルプス山脈地帯につらなるボルゴという旧市街があり、それに連結した丘陵地帯は元来、地元ではモネシアという名で呼び、精霊が住むといわれていた。この地に建つサナトリウムで療養することが、ヘッセのアスコーナ来訪の目的であった。

ところで、アスコーナをマギア川で隔てた隣村はロカルノ村という。ハインリヒ・フォン・クライストの短編小説『ロカルノの女乞食』（一八一〇年）の舞台といえば、わかりやすいかもしれない。

この景勝地に建設されたモンテ・ヴェリタという菜食主義コロニーは、モンテネグロの音楽教師イー

図１　アスコーナのモンテ・ヴェリタ外観

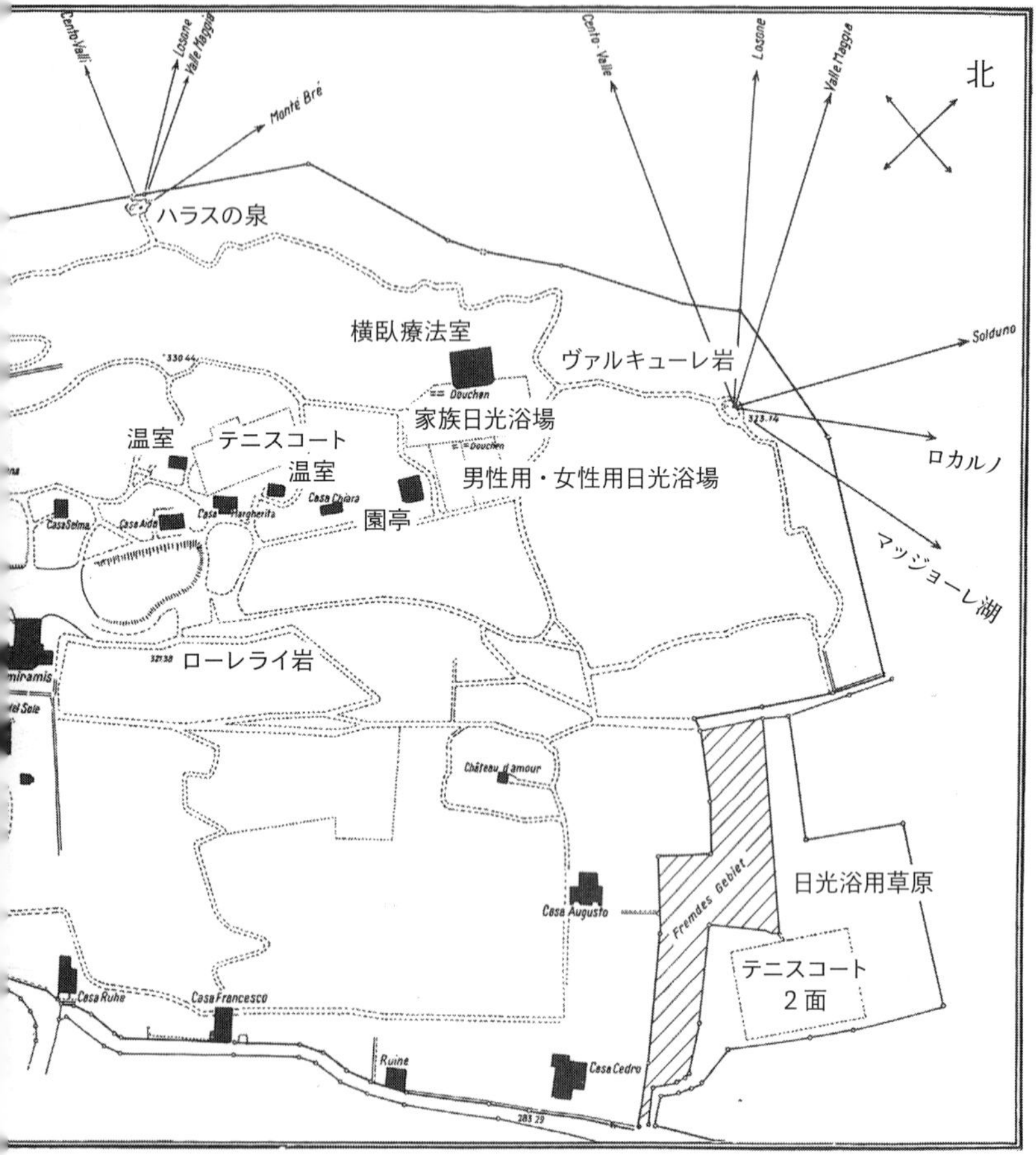

総面積　122,028 平方メートル

図2　モンテ・ヴェリタ平面図（1927 年当時）

ダ・ホフマン、ベルギーの工場経営者の子息アンリ・エダンコヴァン、ハンガリー・オーストリア帝国の裁判官を父にもつカールとグストのグレーザー兄弟、ベルリン市長の娘（異説もある）ロッテ・ハッテマーなどの初期発起人メンバーによって創立された。

本書にとって、これらの創設者グループのなかで最も重要かつ、ヘッセとも関連が密接なのは、グレーザー兄弟の弟グスタフ・アルトゥール・グレーザー、通称グスト・グレーザーである。

モンテ・ヴェリタが生活改革運動を実践するコロニーであったために、ヨーロッパの従来的な生活様式、キリスト教教会主導による道徳観に適合できない人びと、あるいは二〇世紀という新時代の価値観を新規に創造しようとする人びとがこの地に烏合し、離散していった。生活改革運動家はもちろん、文学者、画家、舞踊家などの芸術家にくわえて、オカルト宗教家、革命家、無政府主義者たちまでも滞在した。まさに二〇世紀初期における異端者たちの梁山泊であったといっていいだろう。

アスコーナ来訪者たち

その後モンテ・ヴェリタと呼ばれるようになったこの山を来訪した著名人の名を、のちにアスコーナを一時期所有したローベルト・ラントマンが一九三〇年に出版した著作を参考に列挙してみよう。複雑かつ複数の肩書を有する人物も少なくないため、便宜的なカテゴライズであることをお断りしておく。

政治家・思想家

ロマーン・フォン・ウンゲルン・シュテルンベルク男爵（ロシア革命期の白軍首領）

オットー・グロース（無政府主義者）
ピョートル・クロポトキン（無政府共産主義者、地理学者）
ルドルフ・シュタイナー（人智学創始者）
レフ・トロツキー（革命家）
マルティン・ブーバー（宗教哲学者）
ピョートル・ブラーンゲリ男爵（ロシア革命期の白軍司令官）
エーリヒ・ミューザム（無政府主義者）
ウラジミール・レーニン（革命家）

作家・詩人

カール・ヴォルフスケール（作家、翻訳家）
シュテファン・ゲオルゲ（詩人）
ブルーノ・ゲッツ（詩人）
ラインハルト・ゲーリング（表現主義劇作家）
イヴァン・ゴル（表現主義詩人）
アンドレ・ジェルマン（ジャーナリスト、文芸批評家）
リージャ・チュコフスカヤ（作家）
ヨハネス・ノール（無政府主義者、作家）

フーゴー・バル（ヘッセの伝記作家、ダダイスト）
カール・ブライプトロイ（作家）
レオンハルト・フランク（作家）
フリッツ・ブループバッハー（医者、作家）
アルフレート・リヒャルト・マイヤー・ムンケプンケ（作家、詩人）
エルゼ・ラスカー＝シューラー（詩人）
エーミール・ルートヴィヒ（伝記作家）

舞踊家・音楽家

メアリ・ヴィグマン（舞踊家）
レオニード・コーガン（ヴァイオリニスト）
アレクサンドル・サカロフ、クロティルデ・フォン・デルプ夫妻（舞踊家）
オイゲン・ダルベール（ピアニスト、作曲家）
イザドラ・ダンカン（モダンダンス創始者）
シャルロッテ・バーラ（表現主義舞踊家）
エミー・ヘニングス（舞踊家、フーゴー・バルの妻）
ルドルフ・フォン・ラバン（舞踊理論家）
ルッジェーロ・レオンカヴァッロ（舞踊家、オペラ作曲家、台本家）

画家・彫刻家

ジャン・アルプ（彫刻家）

マリアンネ・フォン・ヴェレフスキン（表現主義画家）

パウル・クレー（表現主義画家）

リヒャルト・ゼーヴァルト（画家、作家）

アルトゥール・ゼーガル（画家）

フィードゥス（生活改革運動家、ユーゲントシュティール画家）

ルー・アルベール・ラザール（画家）

アレクセイ・ヤウレンスキー（画家）

その他

レオポルト・ヴェルフリング大公（トスカーナ家系ハプスブルク＝ロートリンゲン家）

フリッツ・フライナー（チューリヒ大学法学教授）

フランツィスカ・ツゥ・レヴェントロー伯爵夫人（自由恋愛主義者）

これらの人物たちのたいていは立ち寄っただけにすぎないが、たとえば舞踊理論家にして教育者のルドルフ・ラバンはモンテ・ヴェリタでダンス学校を運営したりと、深く関与する者もいた。この丘陵地帯にはもともと、菜食主義コロニーが設立される以前から、世俗の離反者たちが住んでいたのだが、そのなかには無政府主義者で革命家ミハイル・バクーニンもふくまれる。

当然ながら、ヘルマン・ヘッセもモンテ・ヴェリタ来訪者リストに名を連ねる者であり、かの地で裸体文化や菜食主義などの生活改革運動を実践したのであった。

2. 生活改革運動家たち

ヘッセが描くアスコーナの人びと

このコロニーでの見聞をもとに、ヘッセはいくつかの短編小説を完成させたが、『クネルゲ博士の最期』（一九一〇年）では、モンテ・ヴェリタのなかに看取したものを「一種の菜食主義的シオニズム」と記した。シオニズムとは、古代にローマ人によって追放されたユダヤ人がパレスチナに統一国家建設を企図するユダヤ民族運動をいうのだが、ヨーロッパの市民社会から排出された者たちが菜食主義というイデオロギーに依拠して参集してきた状態を、ヘッセはそのように呼んだのだ。

くわえて、この菜食主義コロニーに盤踞した人びとを、以下のように描写した。「そこには、すべての種類の教会の司祭と教師、えせヒンズー教徒、オカルティスト、マッサージ師、磁気療法士、魔術師、加持祈禱者がやってきた。ヨーロッパとアメリカで正道を踏み外したこれらの人びとは、唯一の悪徳として、あれほど多くの菜食主義者に特有の労働嫌悪を身に宿していた」。

同年に書かれた『世界改革家』には、「絵に描いたようなエキゾチックな服装にサンダル履きで、キリストやその使徒のごとき頭髪をした自然崇拝者の大集団」と記し、さらには以下のように描写した。「かれらは地の塩にして、改造する者にして、未来をもたらす者であった。エジプト人やインド人の断食と秘儀のほか、長髪の果実食主義者の空想と磁気療法師と加持祈禱者の奇跡的な治療といった、秘められた精神的な力が、かれらと結合していた」。

この「地の塩」とは、「あなたがたは地の塩である。だが、塩に塩気がなくなれば、その塩は何によって塩味が付けられよう。もはや、何の役にも立たず、外に投げ捨てられ、人々に踏みつけられるだけである」（新約聖書マタイ福音書第五章第一三節）というイエスのことばから取られている。イエスが群衆や弟子たちに語ったものであって、さまざまな解釈が可能であるが、ヘッセは預言者の弟子というぐらいの意味で使用していると思われる。

いずれにしても、世界の変革を提唱する奇想天外な思想集団であるのはまちがいない。こうした人びとがいわば群雄割拠していたのがモンテ・ヴェリタであった。そして、後述するが、かれらに対するヘッセ自身の考えの一端を、いくつかの作品のエピソードや結末から読み取れるだろう。

ところで、アスコーナのモンテ・ヴェリタ入植がはじまった一九〇〇年というのは、ただの世紀転換点という意義をもつだけではない。過去最高の入場者数四八〇〇万人以上がおとずれて、「過去を振り返り、二〇世紀を展望する」というテーマであったパリ万国博覧会が開催された年でもあると同時に、ヨーロッパ文明やキリスト教、民主主義を徹底的に批判し、自身の哲学によって新しい価値観を創造しようとしたフリードリヒ・ニーチェの没年であり、独自の精神分析理論を展開して人間の精神世界に踏みこみ、精神療法の確立をめざしたジークムント・フロイトの『夢判断』出版の年でもある。一九〇〇年とはすなわち、一九世紀にはなしえなかった思想や方法論を二〇世紀へ継承させる象徴的な分節点なのだ。そして、モンテ・ヴェリタは同様の思想や方法論を信奉する者たちが実践の拠点として集結したトポスであった。

アスコーナを去ったヘッセが一九一六年に神経症を患ったさいに頼りにしたのは、新時代の医療科学である精神療法である。のちに、ヘッセは数人の精神療法医から治療を受けることになる。

モンテ・ヴェリタ創設者たちの肖像

モンテ・ヴェリタ草創期の設立メンバーの中心となったのは、ベルギーの工場経営者の子息アンリ・エダンコヴァン（一八七五―一九三五）とモンテネグロの音楽教師イーダ・ホフマン（一八六四―一九二六）である。ヘッセがモンテ・ヴェリタでかれらとならんで撮影した写真が伝わっている（図3）。

モンテ・ヴェリタ設立の目的のひとつは、のちにはコロニー全体の呼称となったサナトリウムを運営することであった。その理由は、エダンコヴァンとホフマンが知り合った場所もサナトリウム、それも菜食主義による食餌療法と裸体での日光浴と空気浴の自然療法で知られたアルノルト・リークリ（一八二三―一九〇六）がオーストリアのヴェルデス（現スロヴェニアのブレッド）で運営していた療養所であった。エダンコヴァンは自身の病ゆえに、ホフマンは病父のつきそいでリークリのサナトリウムを来訪したのが、ふたりの出会いの契機となった。

一般的な医学では快癒しない疾病に苦しむ多くの同時代人がすがりついたのが、自然療法であって、裸体による日光浴・空気浴もまたポピュラーな自然療法のひとつであった。それゆえ、本書冒頭で触れ

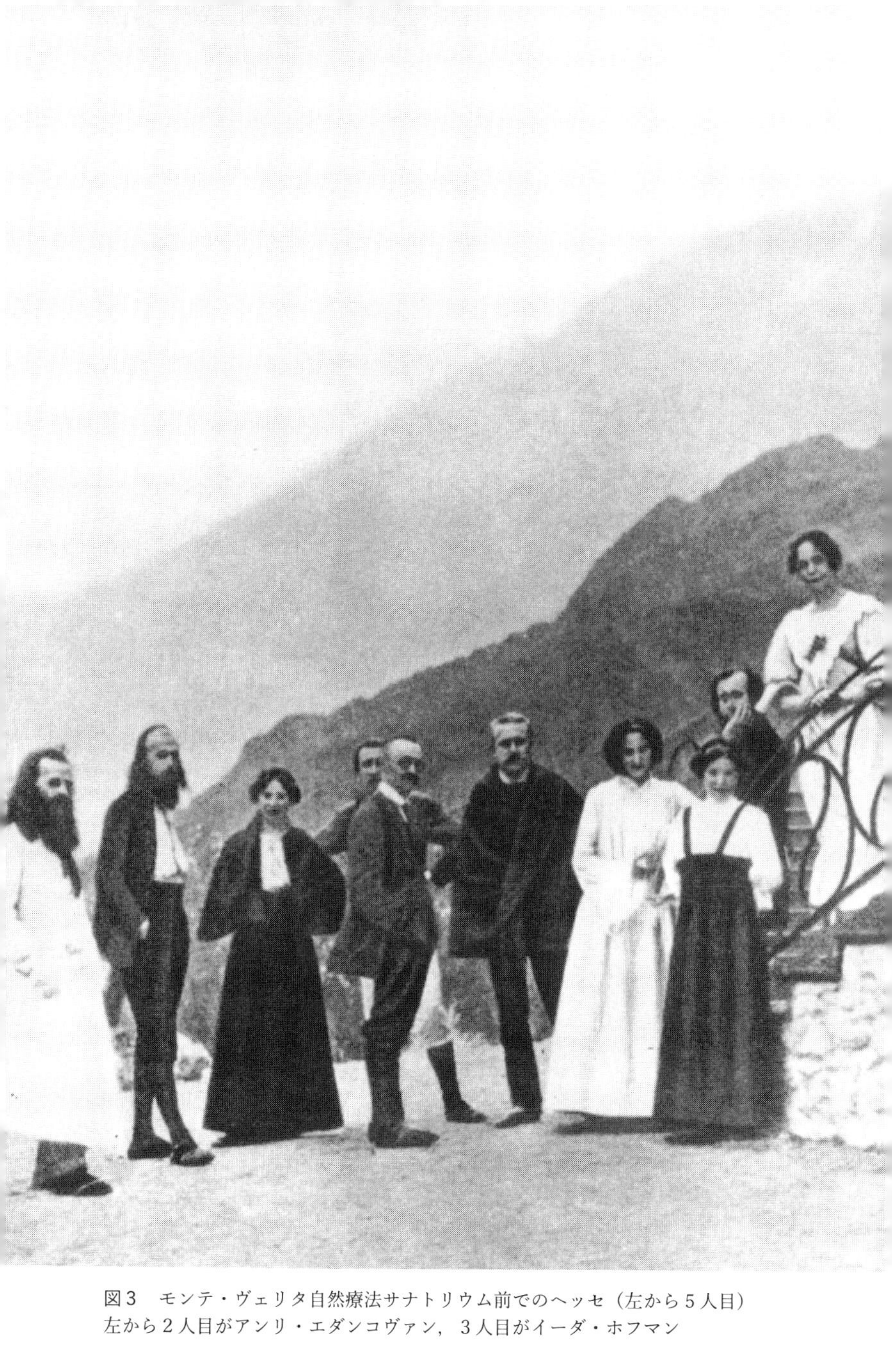

図3　モンテ・ヴェリタ自然療法サナトリウム前でのヘッセ（左から5人目）
左から2人目がアンリ・エダンコヴァン，3人目がイーダ・ホフマン

たように、自然療法の施術の一環として裸体となったのは、ヘッセだけではない。いずれにしても、自然療法によって健康を取り戻したひと組のカップルに、ふたりの兄弟とひとりの女性が合流して、菜食主義コロニー建設という目標をつうじて意気投合したのだった。

現在はルーマニア北西部トランシルヴァニア地方のクローンシュタット市出身の兄カール（一八七五—一九二〇）と弟グスト（一八七九—一九五八）のグレーザー兄弟は、オーストリア・ハンガリー帝国の裁判官を父にもつ中流階層市民の生まれである。無政府主義者の兄カールは元陸軍中尉であったが、やはりリークリのサナトリウムに滞在したさいに、前述のふたりと知己を得て、同志となった。一方、十代で芸術家として名声を獲得していた弟グストは、初期の裸体文化実践者でもあった画家カール・ヴィルヘルム・ディーフェンバッハに師事したのち、放浪生活を送っていたが、兄カールの菜食主義コロニー建設に合流するのである。

カールは一九一五年にモンテ・ヴェリタを去って、一九二〇年にカッセルで生涯を終えるが、弟グストはエダンコヴァンがモンテ・ヴェリタを売却した二〇年以降も、第二次世界大戦後にミュンヒェンで死をむかえるまで、ドイツを中心に放浪をつづけた。

ちなみに、「最初の自然人」と呼ばれたカール・グレーザーはヘッセの短編『クネルゲ博士の最期』に登場する菜食主義者のモデルと目されている。物語のクライマックスで主人公クネルゲ博士を絞殺する最も厳格な菜食主義者グループの頭目である。「ゴリラ」とあだ名されて、木のうえで暮らす「自然人」という設定である。

モンテ・ヴェリタ草創期メンバー五人目は、女性、プロイセン出身の女性ロッテ・ハッテマー（一八七五―一九〇六）である。ベルリン市長あるいは官吏や鉄道技師の娘といわれており、出自が判然としないが、エキセントリックな性格ゆえに、早くから家族とは大きな乖離があったという。彼女は生涯を自殺で閉じるのだが、それはのちにヨーロッパを揺るがす大事件に発展するのである。

イーダ・ホフマンの妹イェニーもロッテ・ハッテマーと同時期に加入したが、のちにカール・グレーザーと良心結婚（教会で公表しない結婚）をおこなった。

しかしながら、反文明を標榜する生活改革実現を夢見る五人の共同生活は、開始後わずか数年で頓挫する。岩だらけの丘陵地帯の開拓という重労働もさることながら、アンリ・エダンコヴァンとカール・グレーザーによる思想的対立が原因である。コロニー建設資金のほとんどを工面したエダンコヴァンは、菜食主義と自然療法を実践するサナトリウムと自給自足による共同体コロニー運営を目的としていたが、無政府主義者カール・グレーザーは文明の産物破棄、貨幣廃止、個人による財産所有禁止、共同体内財産の共同管理を主張した。その結果、カールとグストの兄弟は離反するにいたる。

モンテ・ヴェリタ・サナトリウム

岩山開拓に一年以上が費やされたのち、一九〇二年にようやくサナトリウムが開業されたのだが、やがてそのサナトリウムの名称が立地する丘陵一帯を指して、モンテ・ヴェリタと総称されることになる。裸体の男たちが労働している風景は、モンテ・ヴェリタで販売された絵葉書になっている。

この療養所での施術は、野外での日光浴、水浴、シャワーのほか、菜食主義による食餌療法であって、調理なしの生のままでの菜食療法もおこなった。当然ながら、野外での空気浴にさいしては全裸であった。男女ともに軽装の「改革服」に身を包んでおり、女性がコルセットを着用することはなかった。野外での全裸、「改革服」、イエス・キリストを彷彿とさせる男性の長髪、裸足やサンダルといった風俗は、アスコーナ周辺のみならず、ヨーロッパで広く知られることになった。

しかしながら、イーダ・ホフマンによるパンフレットは、奇矯な人びとの集団生活といったイメージとは不釣り合いな目的を明記している。「モンテ・ヴェリタは通例的な意味での自然療法施設ではなく、むしろより高次の生活を学ぶ学校で、拡大された認識と意識の発展および集積のための場所なのです」。すなわちモンテ・ヴェリタとは、旧世紀のサナトリウムの発想ではなく、まさしく新時代の思想を実践する場なのだった。

モンテ・ヴェリタ研究書『真理の山』(一九八六年)において、著者マーティン・グリーンは、モンテ・ヴェリタに集結した人びとの国籍は多様であったものの、ドイツ出身者が群を抜いて多かったために、モンテ・ヴェリタの思想はドイツ的であったとみなしている。

サナトリウムが運営される一方で、一九〇一年一一月、カール・グレーザーは「自由結婚」した相手であるイーダ・ホフマンの妹イェニーとともに、モンテ・ヴェリタの集落を離脱、近隣の地所購入後に独立した。おなじく離脱した弟グストもしばらくヨーロッパ各地を放浪したのちに、一九〇二年にアスコーナから北西に徒歩約一時間の距離にあるアルチェーニョ村近郊の岩壁を入手し、その洞穴を「異教徒の洞窟」(Pagangrott)と名づけて、住みはじめた。

現在ではアスコーナの思想を実践した代表的人物とされているグスト・グレーザーであるが、ヘッセもまた、アスコーナでかれと出会った。作家としてすでに名を成していたヘッセとその作品群に、グストは一定の期間、影響をあたえたと考えられている。モンテ・ヴェリタ滞在期のヘッセは、アルチェーニョ近郊でグストが住んでいた岩穴をおとずれて、数週間そこでともに雑居したり、その近隣に滞在したはずである。

　モンテ・ヴェリタ勃興期である二〇世紀初期の一〇年間のヘッセは、伝記的にはガイエンホーフェン時代といわれる時期に相当する。ところが、ラルフ・フリードマンの伝記を除外すると、われわれが日本で読めるヘッセの伝記には、ヘッセのモンテ・ヴェリタ滞在の詳細については言及されないことがほとんどである。次章以降では、詩人のガイエンホーフェン時代をつまびらかにしていきたい。

第2章　ガイエンホーフェン時代のヘッセとアスコーナ

1．ヘッセのアルコール依存症

謎多きガイエンホーフェン時代

さて、アスコーナの菜食主義コロニー、モンテ・ヴェリタの実態を知りえたところで、この「真理の山」と名づけられた丘陵地へ、ヘルマン・ヘッセがいかにして到達したかを確認しておこう。

いわゆるガイエンホーフェン時代に、ヘッセはその生涯で最多数の中短編を書いたが、モンテ・ヴェリタ滞在に関して言及されるヘッセ作品は、それ以降に執筆され、かの地での見聞や体験が反映されているといわれるものである。

『岩山にて　ある「自然人」の覚え書』（一九〇七年）

『友人たち』（一九〇七—〇八年）
『クネルゲ博士の最期』（一九一〇年）
『世界改革家』（一九一〇年）

これらの短編・中編作品がヘッセによって執筆されたのは、かれの伝記がステレオタイプの描写で埋められて、あえて詳細な言及が回避されているような時期に属している。また、これらの作品は日本では文庫版の翻訳が入手できないために、ヘッセの作品としてはあまり認知されていないといえよう。

それがすなわち、「ガイエンホーフェン時代」といわれる時期のことなのだが、この当時のヘッセは『キリー文学事典（第二版）』（二〇〇九年）には、以下のように記述されている。「一九〇四年にヘッセはバーゼルの古い学者一族出身で三人の息子がいたマリーア・ベルヌーリと結婚した。ボーデン湖畔のガイエンホーフェンでの家族との結婚生活と田舎暮らし（一九〇四—一二年）のなかで、ヘッセは現代社会における芸術家の結婚、役割、人間関係といった問題に取り組みはじめた（それはとりわけ一九一〇年の『ゲルトルート（春の嵐）』、一九一四年の『ロスハルデ（湖畔のアトリエ）』などの小説にみられる）。かれのこの時期の文学作品は、自身のいまだ知られざる心的葛藤を予期しており、個人的・社会的・政治的な視点では来るべきものを予言していた」。

「ガイエンホーフェン時代」とは一般に、ヘッセがボーデン湖畔のガイエンホーフェン村で結婚生活を送った一九〇四年からベルンに移住する一二年までの八年間をいうのだが、その地の結婚生活は将来の大波乱を予見させるような作品も残しながら、いちおうはヘッセが平穏に暮らしていた時期にあたる。

結婚生活についていえば、かれはのちに計三度の結婚と二度の離婚を経験することになるのだが。

しかしながら、この文学事典掲載の数行には、ヘッセをめぐるもっと複雑な事情と事実が極端に省略されているようだ。ベルンハルト・ツェラーの伝記『ヘルマン・ヘッセ』（改版二〇〇五年）には、当時のヘッセの状況がもっと詳細に記されている。

> 春が来るとかなり定期的に、ヘッセは第一次世界大戦まえの時期に友人たちとともにガイエンホーフェンから上部イタリアへ旅行した。［…］かれの健康状態、とりわけ眼の痛みに必要とされた療養のため、ヴァルテンブルク、バーデンヴァイラー、一度はアスコーナのモンテ・ヴェリタの木造小屋に滞在した。夏は、冬でも頻繁にスイスの山へ旅行に出かけたが、耐久力のある優秀なアルピニストでスキーヤーである妻も、かれに同行した。

上部バイエルンのヴァルテンブルクは有名な病院で知られており、バーデヴァイラーはバーデン・ヴュルテンベルク州シュヴァルツヴァルト南部の温泉保養地で、一九〇九年にヘッセが滞在したアルベルト・フレンケル運営のサナトリウムがあるのだが、ここで問題としたいのは、「アスコーナのモンテ・ヴェリタ」の木造小屋である。すでに言及したように、アスコーナには裸体生活と菜食主義による自然療法サナトリウム「モンテ・ヴェリタ」があったからである。

そして、ここでわざと「木造小屋」と書かれているのは、モンテ・ヴェリタの開拓者たちが文明の利器に頼らずに建設した木造のサナトリウムを意味しているはずである。

また、エッセイ『岩山にて　ある「自然人」の覚え書』では、ヘッセが木造の小屋で裸体での「自然人」生活による療養をおこなったことが明記されているし、モンテ・ヴェリタには個人用の小屋も建てられていたので、ヘッセはそのひとつで孤独に裸体生活や菜食主義療法をおこなっていたとも考えられる。ベルンハルト・ツェラーは具体的に文字にしなくても、〈裸のヘッセ〉を伝えているといえよう。

さまざまな伝記のなかのヘッセ

それでは、ヘッセ没後五〇周年の二〇一二年にグンナー・デッカーが出版した伝記では、ガイエンホーフェン時代がどのように記述されているかを確認してみよう。若くして成功した作家ヘッセがいまや裕福となり、家族もできて、快適な生活を送ることに懊悩するようになったという内容のあとに、ヘッセの健康状態が冷徹に記されている。

飲酒と喫煙が度を越しているのを、かれ［ヘッセ］は知っていた。健康状態は悪化し、飲酒は鬱に対して有効ではなかった。かれは療養することに決めた。健康的な生活を試すこと、おそらくそこに新たな思考が再度やってくるのではないか。

そのイメージとはあまりにかけ離れているうえに、日本ではほとんど知られていないことであるが、この時期のヘッセは、ベルンハルト・ツェラーの伝記にあるように眼の疼痛のみならず、神経症のほか、アルコールとニコチンの依存症も患っていたのである。この事実は、ヘッセの伝記に通常はそれほど詳細に記されることが少ないのだが、ヘッセのモンテ・ヴェリタ来訪を伝える文献で言及されることは比較的多い。

二〇一二年はヘッセ死後五〇年目の年であったために、ヘッセ関連の記事が多く書かれたのだが、『エルツトブラット・ドット・デーエー』(aerztblatt.de) に掲載されたクラウス・バルトの記事では、「アルコール、頭痛、めまい、不安状態」という見出しでヘッセの体調不良の原因のひとつを「アルコール過剰摂取」と記述しており、『クライネ・ツァイトゥング』掲載のゲルハルト・M・ディーネスの記事では、アスコーナ滞在に触れながら、「アルコール中毒」(Alkoholkrank) であったと明記している。

ヘッセ自身も以下のように書簡で告白している。「三〇歳になって、自分は猛烈な危機におちいることになった。まずは身体が病み、療養と遅い回復のあと、内面も病んでしまった。それまではよろこばしい思考をもっていた若い人間が華やかな食事、酒杯、タバコ、コーヒーを断念すると、その人物は強制されたからではなく、自分自身でそれに対応する哲学をつくりあげるのだ。数ヵ月まえから、わたしはそれに没頭しているのである」(ヨーゼフ・ヴィクトール・ヴィートマン宛、一九〇七年七月三一日付書簡)。

古い文献では、ジャーナリスト、文筆家であったヴェルナー・アッカーマン(一八九二―一九八二)がローベルト・ラントマンという筆名で一九三〇年に出版した『アスコーナ　モンテ・ヴェリタ』がこの問題を明らかにしている。この著作は七〇年代に加筆された改訂版が現在も再版を重ねている。

かれ［ヘッセ］は、一九〇六年にモンテ・ヴェリタ・サナトリウムに身をゆだねた。自然に即した生活とともに、禁酒療法を受けており、これによってひどく害していた健康を回復した。

アッカーマンのこの記述が高い信憑性を有していると考えられるのは、一九二〇年にアンリ・エダンコヴァンがモンテ・ヴェリタを売却し、アスコーナを去ったのちに、アッカーマン自身が友人たちとモンテ・ヴェリタを購入し、二年間運営していた経歴をもっているからである（さらに一九二五年にエードゥアルト・フォン・デア・ハイト男爵へ売却された）。それゆえ、当時、存命の同時代人たちや現地の住民たちの肉声でモンテ・ヴェリタの情報を収集できたはずなのである。

日本のヘッセ伝記

ちなみに、ヘッセ研究者として名高い高橋健二の評伝におけるガイエンホーフェン時代は、オーストリアのユダヤ系作家シュテファン・ツヴァイク来訪、のちのスイス最大の作曲家オットマール・シェックとのなれそめのエピソードなどの日常生活の描写や、この時期の作品紹介とその解説がなされたほかには、ヘッセが「その安楽なのんきな生活に腹だたしさを覚えた」とし、「外的に安定した時、彼は内的な不安を感じた」という記述にとどまっている。ヘッセのアスコーナ探訪の事実についての記載はなく、年表には「農漁村ガイエンホーフェンにひっこみ、創作に専念」とあるのみである。

もうひとり、ヘッセの伝記を一九九〇年に書いた井手賁夫《あやお》の記述も確認しておくと、『ヘッセ』（人と思想八九、清水書院、一九九〇年）のガイエンホーフェン時代については、「度々小旅行を試みたが、〈外の世界はじつに広かった。〉そして一九一一年の夏、ヘッセはインド旅行に出かけた」というだけの記述にとどまっている。三笠書房版『ヘッセ全集別巻』（一九五八年）所収の「ヘルマン・ヘッセのガイエンホーフェン時代」にも、ヘッセのアスコーナ滞在はまったく記述されていない。

くわえて、一九六〇年にモンタニョーラのヘッセを来訪し、その謦咳に接したこともある井手は『ヘルマン・ヘッセ研究　第一次世界大戦終了まで』（三修社、一九七二年）という大著も上梓している。だが、そのガイエンホーフェン時代をあつかった章には、かなりの紙数が費やされているものの、『世界改革家』、『友人たち』、『やすらぎの家』にはわずかな言及のみで、ヘッセのモンテ・ヴェリタ滞在についてもいっさい触れられていない。

伝記的事実のこうした欠如の理由は、高橋健二と井手賁夫が執筆した時点では、いまだヘッセのアスコーナ滞在を示す史料や書簡がそれほど公開もしくは公刊されていなかったからであろう。

著者の知るかぎりでは、ヘッセのモンテ・ヴェリタ滞在に言及している日本のヘッセ文献は、臨川書店版『ヘルマン・ヘッセ全集』第六巻（二〇〇六年）、『ヘルマン・ヘッセ　エッセイ全集』第一巻（二〇〇九年）の解説と、アメリカの伝記作家ラルフ・フリードマンによる『評伝ヘルマン・ヘッセ　危機の巡礼者』（草思社、二〇〇四年）くらいである。前者は全集第六巻がガイエンホーフェン時代に書かれた作品を、エッセイ全集第一巻が同時期の『岩山にて　ある「自然人」の覚え書』を収録しているためである。一九七八年に原書が出版された後者については、本書も参照することの多いヘルマン・ミュラーの研究に依拠して、未公開の書簡の引用とともにヘッセがモンテ・ヴェリタに滞在し、裸体での日光浴や菜食主義を実践していたことを証明している。

これらのほか、ヘルマン・ヘッセ研究会（編・訳）『ヘッセからの手紙　混沌を生き抜くために』、続編『ヘッセ 魂の手紙　思春期の苦しみから老年の輝きへ』（毎日新聞社、一九九五、九八年）の年譜には一九〇七年「四月、アスコーナ近くのモンテ・ヴェリタのサナトリウムに滞在」とだけ記されている。ほかに遺漏もあるかもしれないが、かれのモンテ・ヴェリタ滞在が語られることが少ないのは確実である。アスコーナのモンテ・ヴェリタを論じた日本語文献では当然ながら、ヘッセの滞在のことは記されているが、ドイツ語文献では、ヘッセのアルコール依存症や裸体生活や菜食主義といった自然療法の実践について言及していることが多いと思われる。

ちなみに、日本では《叫び》（一八九三年）で知られるノルウェーの画家エドヴァルド・ムンク（一八六三―一九四四）も、サナトリウムでアルコール依存症を治療している。ムンクは一九〇二年から自閉症が昂じて、アルコールに依存するようになり、一九〇八年秋にコペンハーゲンで神経衰弱が原因で卒倒する。その後、ダニエル・ヤコブソン教授が運営するサナトリウムで療養生活を送った。翌年春まで入院し、禁酒と禁煙の生活改革に成功した結果、画家としても再生し、ノルウェーへ帰国している。

いずれにしても、ヘッセが精神的疾患もふくめて、複数の身体的疾病に苦悶していたのは事実であるが、とりわけアルコールとニコチンの依存症も原因のひとつであったことはまちがいない。のちの一九一六年五月から翌年一一月まで継続的に、ヘッセはスイス中部の町ルツェルンのサナトリウムでカール・グスタフ・ユング派の精神療法医ヨーゼフ・ベルンハルト・ラング（一八八一―一九四五）の治療を受けるのだが、ガイエンホーフェン時代以降も、ヘッセは精神的な健康を維持するのに苦慮していたようだ。

そして、精神と身体の疾患を治療するために、裸体での日光浴と菜食主義の自然療法で名高いサナトリウムがある丘陵地モンテ・ヴェリタを、ヘッセは来訪したのである。

2. ヘッセのアスコーナ滞在

裸体生活者ヘッセ

一九〇六年にヘッセがアルプス登山にいそしんでいたことはよく知られているが、かれが最初にモンテ・ヴェリタに滞在したのは、ヴェルナー・アッカーマン（筆名ローベルト・ラントマン）の著作での言及が正しければ、『車輪の下』が上梓されたこの年のこととされている。確実にかれが滞在した事実が明らかなのは、一九〇七年三月からふた月ほどである。前述のとおり、ヘッセがモンテ・ヴェリタの住人たちと並んで撮影した写真では、日付が同年四月となっていて、ヘッセの滞在時期と一致する。

二一世紀に出版された新編集版『ヘッセ書簡集』によっても、かれのモンテ・ヴェリタ滞在は証明される。「わたしはここでゆったりと休息し、自分の作家としての神経を菜食、節制、空気浴と日光浴、単純かつ健康によい生活態度によって癒しています」（ヘルマン・ハース宛、一九〇七年四月一五日付未公開書簡、ラルフ・フリードマンの伝記による）。

あるいはその翌日に書かれた書簡では、「そうこうするうちに、モンテ・ヴェリテにやってきました。きみもここに来るべきでした、そうすると、きみの収穫となったでしょう。アルプス、湖、島、切り立った岩山、野外活動など。われわれの空気浴・日光浴場は、全員が裸になりますが、［友人ルートヴィヒ・］フィンクの地所の二倍の大きさです。体調のほうはなかなかよくて、いずれにしてももうしばらくは滞在します。［…］ここでは自分の木造小屋にひとりで住んでおり、周囲は緑のみで、静寂と自由を満喫しています。厳格な節制と菜食の暮らしをしていますが、ここではまったく負担ではありません」（マックス・ブーヒェラー宛、同年四月一六日付書簡）。

その書簡の二日まえの四月一四日付ルドルフ・ヴァッカーナーゲル宛の書簡では、ヘッセは自分が現在、アスコーナのモンテ・ヴェリタで療養中であり、「サンキュロット［無産市民］的な原始状態」にあることを伝えている。

『岩山にて　ある「自然人」の覚え書』

これらの書簡とはべつに、そのときの裸体での日光浴や自然療法といった反文明的な生活の体験を記したとされるのが、同年に書かれたエッセイ『岩山にて　ある「自然人」の覚え書』である。

「全体で七日間、わたしはなにも食べずに過ごした」と記されたこのテクストの内容すべてを真実とみなすのがヘッセ研究者のあいだでは一般的となっているのだが、いずれにしても、アスコーナ周辺におけるヘッセの裸体生活の一端を知ることはできるだろう。

「わたしがここで学び、体験したかったことそのものすべてをみいだした。わたしは孤独を知り、困窮を経験すると、原初の生活へと戻り、自分の眠りこんでいた本能が目覚めるのを感じた。目的地に着くと、衣服をリュックサックにつめこんで、裸体になり、サンダルと帽子だけを身に着けて、わたしの治療がはじまると、非常に意欲的かつ快活な思考が働いた。陽気にひとりで歌をうたいだしたのは、あの初日の午後に服を脱ぎ去って、寝床のために木の葉を集めていたときだった」。

ところが、現実の自然はもっと苛烈かつ峻厳に筆者に襲いかかる。すぐに帽子は吹き飛ばされ、岩山の稜線へと消え去ると、この筆者の理想や観念世界もまた霧散させる。太陽は初日からかれに照りつけたために、火ぶくれで真っ赤な皮膚に焼けてしまった。そのうえ、発熱しても、横たわるべきベッドはなく、木造小屋の石だたみしかない。焼けつくようなのどの渇きに駆りたてられ、這うようにして小川までたどりつく。だが、七日間の断食と深い睡眠ののちに、野草や野イチゴを採集し、皮膚は褐色になり、裸体での野山の散策も苦痛にならなくなっていった。

ちなみに、断食療法についても、アスコーナ滞在以前の一九〇四年に出版された『ペーター・カーメンツィント』では、主人公カーメンツィントは生活改革運動に対して冷淡であり、原稿報酬が出るまえにぜいたくな生活をした報いで無一文になったさい、「ふたたびもう一度、断食療法（Hungerkur）をやらなければならなくなった」と自嘲していた態度とは、『岩山にて』の趣きそのものがずいぶん異なっているのがわかるだろう。

木造の小屋に裸体で寝泊まりする生活は、前述のマックス・ブーヒェラー宛書簡の記述と合致している。『岩山にて』の後半では、三週間が経過して、この自然人の生活に適応したようすが描かれる。完全な自給自足の不可能を知ってからは、数日おきに近くの村まで三時間歩いて、くだものやナッツ類を買いにでかける。自然のなかに多種多様な美や快適さをみいだし、長い時間を苦痛なく無為に過ごす技術も獲得する。そして、自然人の生活からある確信に到達する。

「なるほど、わが国民たちとその生活全体の再生が、果実食と裸体生活の適合によって可能であろうという確信は得た。とはいえ、そのような理解を追求しようとはしなかったし、身体的経験とみなしはしない。精神的な経験もなかった」。

山野で暮らした精神的変化として、買い出しのさいに人間と会うときはいつも奇妙に興奮を覚えるという一文で、『岩山にて』は終わっている。それゆえ、このテクストが興味深いのは、七週間ほどの期間で筆者（主人公）が自然人の生活にそれなりに適応したというハッピーエンドとなっていることである（記録では、ヘッセが過ごしたのは四週間ほどらしい）。

約三年後に書かれた短編小説『クネルゲ博士の最期』では、主人公クネルゲ博士が菜食主義コロニーで自然人の生活を開始するものの、厳格な菜食主義グループの頭目ヨーナスに縊死させられてしまう結末となるが、それとはきわめて対照的になっている。はじめて裸体生活を体験した第一日目の午後に「筆者」が歌を陽気にうたったことは記したが、クネルゲ博士が大学の校歌をうたったことが元凶となって、「ゴリラ」という異名の自然人ヨーナスに縊死させられるという物語のクライマックスもまた同様に対照的である。

この短いエッセイと小説の分量にはそれほど大差はないが、エッセイに分類されるテクスト『岩山にて』の主人公には名もなく、一人称でまさしく手記として書かれているのに対して、『クネルゲ博士の最期』の主人公はクネルゲ博士という名を有し、三人称で書かれている。両者の執筆時期に三年間の差異があるという事実は、後者が時間の経過によって当時の体験を客観的かつ冷静に洞察した結果、より風刺的にして皮肉なクライマックスとなったのであり、じっさいの体験をシニカルなフィクションへと転調させたストーリーづくりの妙味が看取されるという分析が、きわめて妥当ではあるだろう。

だが、ヘッセの伝記的事実からすると、このような解釈は少し異なるようである。というのも、『クネルゲ博士の最期』が書かれた一九一〇年に、ヘッセはスイスのザンクト・ガレン州とクラールス州に

図4　ガイエンホーフェンの海辺で長男ブルーノと裸で遊ぶヘッセ

図5　同前

またがる湖に面した山村アムデンの岩山を裸体で登攀しているからである。しかも、岩山に登っている裸体のヘッセのうしろ姿の写真（本書扉裏）はそのときに撮影されたものであって、あまつさえ、ポーズまでつけているのだった。

さらにグンナー・デッカーは、のちにヘッセが気温の温暖なとき、自宅の庭で子どもたちを裸で遊ばせたエピソードを伝えている。ガイエンホーフェン村の岸辺で長男のブルーノといっしょに父子ともに裸体でくつろいでいる写真（図4・図5）や、ベルンの自宅の庭先で次男ハイナーが裸で遊んでいる写真（図6・図7）がそれぞれ二葉ずつ残っている。

これを証明してくれるのは、フランスの作家ロマン・ロランである。ガイエンホーフェンから居をベルンに移していたヘッセを、一九一五年夏にロマン・ロランは来訪して、八月一三日にベルン州中部の都市トゥーンから母親宛てに出した書簡に以下のように記した。「ヘッセのふたりの息子、八歳と一

図6　ベルンのヘッセ宅の庭で裸のまま遊ぶ次男ハイナー

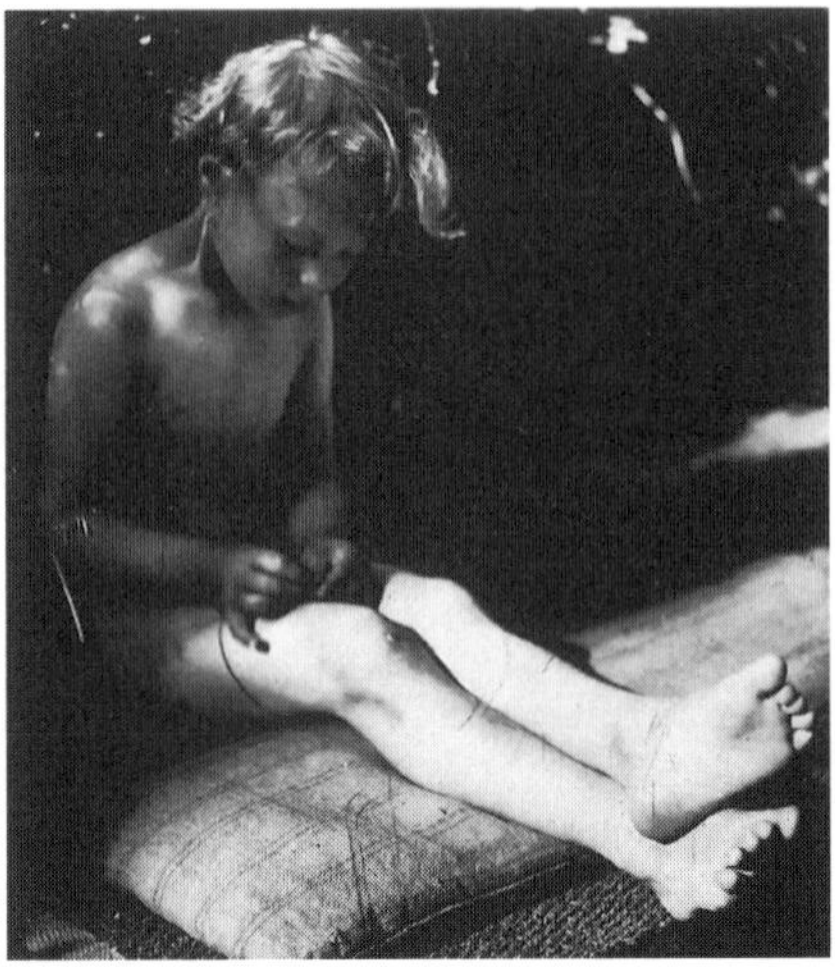

図7　同前

〇歳の小さなわんぱく小僧は、一日中、裸で過ごしています。おへそのあたりに青い腰巻のようなものを巻いただけで、頭からおなか、ひざから足先までは裸なのです」。

そうした事実を考えると、『クネルゲ博士の最期』の皮肉に満ちた結末から、ヘッセが裸体生活や菜食主義への風刺や批判のみを読み取るのは正しくないのではないだろうか。このあたりに、いわゆる自伝的な小説を書く作家ヘッセのフィクションに対するスタンスが表れていると思われる。

伝記事実とテクストの不可解な整合性を理解するためには、やはりほかにも理由があったと仮定するならば、ようやくアスコーナの代表的存在グスト・グレーザーについて語るときがきたようである。ヘルマン・ミュラーの研究に依拠しつつ、当時は新進気鋭の詩人ヘルマン・ヘッセと放浪の預言者グスト・グレーザーの奇妙な人間関係を追跡してみよう。

第3章　放浪の預言者グスト・グレーザー

1．グストは放浪する

「預言者」と呼ばれるまで

グスタフ・アルトゥール・グレーザー、通称グスト・グレーザーの肩書は、詩人、彫刻家、画家、自然愛好者、平和運動家、社会批判家、預言者など多岐にわたる（図8）。そうした肩書が、この人物の理解を困難にしている部分もあるだろう。

一八七九年にオーストリア・ハンガリー帝国極東のジーベンビュルゲン近郊の町クローンシュタットに生まれ、一九五八年にミュンヒェンのシュヴァービングの東に位置するフライマン地区で死去した人物である。ヘッセは一八七七年生まれであるから、グストのほうが二歳年少である。

グストの経歴はじつは、ヘッセととても似ている。ヘッセの父方の祖父はインドで布教活動をおこない、ヒンズー語の方言を習得し、辞書編纂によってイギリス政府から表彰されたし、母方の祖先にも聖書研究で知られた牧師がいた。グストの家系は代々牧師を輩出しており、父は裁判官であった。ヘッセもグストも学者一家で誕生したし、ふたりとも早くにギムナジウムを退学し、芸術にその身を捧げているのも同様である。

グストのばあいは絵画と彫刻であった。一八九六年のブダペスト万国博覧会でかれの彫刻作品が金メダルを獲得したが、このとき、グストは一七歳であった。一九〇四年に二七歳で上梓した『ペーター・カーメンツィント』が売れて、翌年にウィーンのバウエルンフェルト賞を受賞したヘッセも比較的若いうちに名を成したが、グストはまだ一〇代後半で、あまりにも早熟であったのだ。

だが、それ以後のグストの経歴は、ガイエンホーフェンで不満をかこちながらも、市民生活を謳歌していたヘッセと大きく相異することとなった。一八九七年にウィーンの美術工芸学校に入学したのちに、ウィーン近郊のヒンメルホーフにあった初期裸体文化運動家で芸術家カール・ディーフェンバッハのコミューン（生活共同体）に参入するものの、一八九八年秋には師のもとを辞して、グストは世界遍歴の旅に出た。

ディーフェンバッハのもとで書いたとされる無題の詩が二篇伝わっている。

楽園にたどりつくためには、
地獄を通過しなければならない。
不幸にまみえずして、

図 8　ベルリンでのグスト・グレーザー，1927 年

幸福を感じることは断じてないだろう。

（ウィーン、一八九八年五月一四日）

自分を解放せよ、哀れにつくられし者よ！
なにゆえたたずむのか？　待つな、ためらうな！

（ウィーン、一八九八年八月一八日）

一八九九年八月に、ヴェルデスにあるアルノルト・リークリのサナトリウムで、兄カールと再会する。ディーフェンバッハとリークリは書簡による交遊があった。かれの療養所で、兄カールはアンリ・エダンコヴァンやイーダ・ホフマンと意気投合するのである。

そして、一年後の一九〇〇年秋に、ミュンヒェンのホフマンの住居でこの四人に加入したのが、イーダの妹イェニー（一八六三―?）、ベルリン市長（技師ともいわれる）の娘ロッテ・ハッテマー（一八七六―一九〇六）と、その恋人で神智学者のフェルディナント・ブルーネである。この七人が当時はスイス領であったテッシーン州アスコーナの丘に菜食主義コロニー、モンテ・ヴェリタを創立したのは既述のとおりである。

「自然人」グストの生活

一九〇二年から〇三年までアスコーナに滞在した技術者でセラピストのアドルフ・アルトゥール・グ

ローマン（一八五六―一九〇八）による『アスコーナの菜食主義者入植地とテッシーンのいわゆる自然人たち』は一九〇四年に出版された最初のモンテ・ヴェリタ史料であるが、この小著でのグスト・グレーザーは以下のように描写されている。

かれは裸足であって、ヤギの毛皮でできた長いチュニック［古代ギリシア人やローマ人が着用したひざうえまである上衣］を、絵画でみるように身にまとっていた。王冠のようにもみえる幅広の革製ヘアバンドは、豊かに束ねられた髪をまとめあげていた。ごくまれにサンダルを履くことがあったが、かれは石だらけの道でも歩くことができた。肩からベルトで古い旅行鞄を背負っていた。なかに入っているのは、［…］大きな飾り文字をみずからの手で書きつけた詩文であった。［…］遍歴用の杖で支えながら、預言者のようにさっそうと歩いた。［…］子どもたちはかれのまえでひざまずいた。というのも、救世主が自分たちの眼前に現れたと思ったからである。

グストの写真は少なからず残されているが、長身にして長髪（と口髭）、ヘアバンド、改革服としてのチュニック、裸足やサンダルという風貌は、だいたい共通している。ここでいうチュニックとは、ワンピース状の修道服といった形状である。

放浪癖のあるグストはつねにアスコーナに滞在していたというわけではなかったが、アスコーナ離脱後にヨーロッパの遊歴から帰還した一九〇二年からは、アスコーナの北西に徒歩で一時間の距離にある貧しく小さな寒村アルチェーニョ近郊の岩穴に住みはじめる。この岩穴をグストは「異教徒の洞窟」

（図9）と名づけていた。

グローマンの年代記の描写では、「その岩穴は一軒の家のような大きさの寄りかかった岩塊二個のすき間にあり、大きな岩壁のすぐとなりに位置していて、植生が貧しい荒涼な一帯にあった。［…］二本の風化した太いクリの古木が生えていたが、幹には空洞があって、せいぜいときおりヤギがわずかな草を求めてやってくるほかには、生きているものはなかった」。くわえて、「［…］山岳地帯の中心にあるここは、おそらくは岩山居住者、移住者、柱頭行者［廃墟などの柱上に正座して苦行したり、説教をおこなった修道士］などがつどう場所となるだろう」と、グローマンは記した。

ここで念頭に浮かぶのは、一九〇七年に書かれた先のエッセイ『岩山にて　ある〈自然人〉の覚え書』である。タイトルにあるように、かれが到着したその日に帽子を飛ばし、裸体で日光浴をおこなった岩山とは、アスコーナのみならず、アルチェーニョ近郊の岩山にも該当する。

アルチェーニョの詩

この謎の答えとなるのは、一九一七年ごろに書かれたヘッセの詩である。タイトルと内容は以下のとおり。

『アルチェーニョ近郊にて』

この地の斜面のいずれをもつまびらかに知り

図９　グストが住んだというアルチェーニョ近郊の「異教徒の洞窟」

世捨て人のように古びた坂道を進みゆく
弱々しい春雨がゆるやかに降りはじめて
涼しい風に白樺の木々は葉をきらきらと輝かせ、
褐色の光を、ぬれた岩山は反射している――
ああ、岩山よ、ああ、小道よ、ああ、風よ、白樺の葉たちよ
いかにおまえたちは昔の真摯な魔法を香らせることか
純潔な土地よ、おまえの典雅さはいかに
岩と暗き険しき谷間の背後へおどおどと逃げ去ろうとすることか――
この景色には、赤みがかった枯れ木の森から
野生の桜の木がわれを忘れたかのごとく咲きほこっている
ここはわたしの聖なる土地であり、ここで幾たびも
みずからの内奥へとつづく音なき道を、孤独な岩山の象徴のなかでたどり
今日はまた新たにこの道を歩みゆくが、かつての目的を求めながら
二度とその歩みをとめはしない
ここは蝶のごとく軽き思想たちが息づいて
何年もまえに岩を踏みエニシダをかきわけて、それらを
息吹く太陽、吹きあれる雨風に追い求めし果てにつかんだのだ
さあ受け取めよ、石よ、小川よ、白樺の谷よ

ふたたび受けとめよ、開かれし心を
それは、もはやなにも求めず、おまえたちの聖なる声を
感謝とまっすぐな気もちで聞いていたいだけなのだ

この詩がヘッセ自身の述懐をうたったものであるとすれば、アルチェーニョ周辺が旧知の場所であり、その岩山やそこにつづく道がかつては特別な場所、「聖なる土地」であって、再訪したさいの感慨を詩にしたと考えられる。

たとえば、ヘッセは従弟パウル・グンデルト（一八八三―一九一八）宛一九一八年三月九日付書簡で、「もう何度も世捨て人暮らしをしたロカルノ地域」と記したが、伝記的事実としては一九一六年九月以降、一八年まで定期的にアスコーナや隣村のロカルノに滞在している。こうした期間にヘッセはアルチェーニョにも足を運んでおり、そのときの写真もやはり残っている（図10）。

この滞在時には、アスコーナの隣村ロカルノのヒルデガルト・ユング＝ノイゲボーレン（一八九一―一九七九）が運営する菜食主義保養所「ヴィラ・ノイゲボーレン」に宿泊した。ちなみに、彼女の夫は神経学者で精神科医のフェーリクス・ユング（一八九二―一九六九）であった。そして、この療法施設には第一次大戦中、グストも滞在していた。後述するが、このときにヘッセとグストの再度の邂逅がなされるのである。

かつてはワンダーフォーゲル運動に参加し、後年はアスコーナ人形芝居劇場を設立したスイス出身の作家ヤーコプ・フラッハ（一八九四―一九八二）は、一九一五年からアスコーナに移住した人物である。

図 10　アルチェーニョ近郊でのヘッセとヒルデガルト・ユング=ノイゲボーレン，1916 年

絵の道具をつめたリュックサックを背負ったヘッセが周辺の山野をさすらいながら、風景画を描く旅の友でもあった。その著『アスコーナ　昨日と今日』（一九七一年）でこの時期のヘッセについて記している。

「当時、ヘッセとともに、ロマン主義的雰囲気と木々に囲まれた小屋で暮らした。われわれは庭仕事をし、散歩中に絵を描き、ヴァイオリンを弾き、語らうときも無言のときもあった。〔…〕友人たちがかれを来訪し、もろもろの手紙がかれを悩ませ、精神科医がかれを苦しめ、不安と悲嘆がかれにつきまとった。大量殺戮〔第一次大戦〕の終焉はいまだ予期できず、捕虜収容所のための文学に心を砕いていたが、われわれの小屋の周囲では毎晩、時間を感じさせないあたたかい風情が立ちこめた」。

この引用にある「小屋」とは、「ヴィラ・ノイゲボーレン」庭内にあった小屋のことだと思われる。一九一六年以降のロカルノ滞在では、この庭の小屋にヘッセが住んだからである。

グストの兵役拒否の思想

グストの思想や性格についても、グローマンは伝えている。「若い年齢にもかかわらず、かれ〔グスト〕はすでに多くのことを体験し、観察し、熟慮を重ねていた。祖国オーストリアの新兵であったかれは入隊時の軍旗への忠誠の宣誓を拒否したために（一九〇二年のことである！）、禁固刑に処されたが、その態度は上官や僚友の尊敬と心情を集めることになった。自分は死ぬことを拒否する、と、かれは宣言したのである」。

すなわち、一九〇二年にオーストリア政府に対して兵役を拒否し、禁固に処された事件である。グストは戦争での落命を拒否し、戦争を嫌悪する反戦思想家でもあった。

これと同様の事件が第一次大戦勃発後にふたたび発生する。一九一五年、数年にわたって講演をつづけていたシュトゥットガルトで、グストは逮捕後、オーストリアへ国外追放となってしまう。祖国の兵役を再度拒否したときには、銃殺刑が宣告される。三日間、グストは独房で刑の執行を待っていたが、ついには釈放された（一説には精神病院へ収監されていたともいう）。これに抗議するために、かれは小冊子を書いて、友人や知人に送付したのだが、そのなかにはほかでもないヘルマン・ヘッセと、のちに初代西ドイツ連邦大統領になったテオドール・ホイス（一八八四―一九六三）の名がふくまれていた。ホイスもまたモンテ・ヴェリタでの滞在経験があった。

このパンフレットとともに、一九一二年に発せられたドイツの文筆家たちによるグストのザクセン追放反対声明、および弁護士でジャーナリストのグストの友人アルフレート・ダニエル博士（一八八六―一九八四）による弁明書を、ヘッセは受け取った。ダニエルもまた、兵役を拒否し、責任能力なしと宣言された人物である。

ちなみにヘッセ自身もおなじく、第一次世界大戦中に戦争反対を表明したゆえに新聞雑誌で攻撃されて、深刻な精神的窮地におちいったのは、つとに有名な伝記的事実である。とはいえ、ヘッセも大戦勃発時の一九一四年八月にはベルンのドイツ大使館に出頭し、兵役を志願したが、近眼のために軍務不適格とされて、兵役を猶予された。結果として、翌一五年から戦争捕虜救援活動に従事した。

2. ガイエンホーフェン村でのグスト・グレーザー

ルートヴィヒ・フィンク

グストの兵役拒否のエピソードを記すために、第一次世界大戦まで時代を下ってしまったので、もう一度、『車輪の下』が出版された一九〇六年のモンテ・ヴェリタへ遡行してみよう。この一九〇六年はヘッセがアルプスに登った年でもあるが、かれの最初のモンテ・ヴェリタ滞在が一般的にはこの年のこととされているのは、すでに言及したとおりである。ふつうに考えると、かの地でその時点ではじめてヘッセがグストに出会ったはずである。

ところが、ヘルマン・ミュラーは大胆な考察を披露している。ふたりはすでにガイエンホーフェンで出会っていたというのである。ここで着目されるのが、ヘッセの友人ルートヴィヒ・フィンク（一八七六―一九五六）が『天と地』（一九六一年）に記したガイエンホーフェン時代のある日のヘッセのことである。

テュービンゲンで見習い書店員として二年間働いていたヘッセは、テュービンゲン大学の学生たちと文学同人グループのメンバーであったが、そこで当時は法学生（のちに医学部に転学）のフィンクと知り合った。かれらはそれ以来の友人であって、ヘッセは『ペーター・カーメンツィント』（一九〇四年）をフィンクに捧げている。医者となったフィンクはボーデン湖畔のガイエンホーフェン村に転居し、ヘッセの隣家に居を構えるほど親密な間柄であった。この時期、フィンクは田舎医者で無名の詩人であったが、ヘッセは新進の作家として名を成していた。少し意地の悪い表現をすれば、見習い店員と法学生というテュービンゲン時代の立場は、うってかわって逆転していたといえるかもしれない。

ともすると、われわれがヘッセのことをフィンクの文章から知ろうとする行為は、フランツ・カフカの遺稿を編集したマックス・ブロートと同一の立場へと、フィンクを追いやっているかもしれない。ブロートはカフカが有名になる以前からひとかどの文学者として名を馳せていたが、カフカが世界的に著名となって以後は、カフカの友人かつ遺稿編集者としてしか着目されなかったからである。

ちなみに、ふたりのこうした親密な友人関係は、フィンクが第一次世界大戦時には愛国的な戦争賛成論者、第二次世界大戦前にはナチス党員であったために、ヘッセとの友情は決裂して、戦後もふたりの友情が回復することはなかった。ヘッセと旧交を回復したいフィンクが戦後の一九四八年に詩集『バラ園』を上梓したさいに、これをヘッセに捧げ、献辞をつけた本を送ったが、熱狂的なナチス党員であったフィンクがいとも簡単に第三帝国時代の自身を忘却していることを、ヘッセは終生、許そうとはしなかった。

親友フィンクが伝える驚愕のエピソード

さて、問題となるのは、一九〇六年六月に起こったとされる事件が記された「フェーン」（山から平地へ吹き下ろす高温の南風で、フェーン現象の原因）の節である。

新しい夏が近づいてきた。あるとき、四人の奇妙な風体をした者たちが村をずかずかと通り抜けていった。長髪でサンダル履き、ふくらはぎがむき出しであった。アスコーナの太陽兄弟団であった。かれらはまったく自由に、市民的なことがらに左右されずに自然のなかで暮らそうとし、かれらの履きもの、衣服、日よけ帽なども手ずからつくりだすのを旨としていた。かれらはわたしのほうにも近づいてきた。

「ええと、あなたがたはなにで生計を立てているのですか」

「われわれは足ることを知っています。必要なものは野や木になっています」

「でも、お金で手に入れなければならないものがありますよね」

「それはなんとか間に合わせています」

「しかし、譲歩なしにはやっていけないでしょう。みなさんの衣服には袖やボタンもついていますが、なにで縫っているのですか」

すると、「針で」と、かれらは白状しないわけにはいかなかった。

わたしはかれらが気に入らなかったのだ。衆目を集めたがっており、あまりに芝居じみていたからだ。

興味深いのは、この四人の「長髪でサンダル履き、ふくらはぎがむき出し」という外見であって、それはすぐさま容易にグストを連想させるものである。かれらは「アスコーナの太陽兄弟団」(Sonnenbrüder aus Ascona) と名乗ったようだが、この名称はその地名とともにモンテ・ヴェリタ・サナトリウムの裸体生活や日光浴療法を想起させるだろう。

フィンクはかれらの生活態度や思想の矛盾をおとな気なく自白させているのだが、おそらくこうした問答は当時から世間一般でなされていたはずであろう。一方で、フィンクと異なり、そうした矛盾を察知しながらも、かれらの生きかたに同調した者たちが少なくなかったのも事実である。それどころか、フィンク自身によるこれ以降の記述によって、なんとヘッセ自身がそうであったことが明白となるのだ。

ヘッセはすぐさま興奮状態になった。そして、急ぎ足で旅立った。アスコーナへむかって。数週間のち、かれは戻ってきたが、哀れなほどにやせこけて、ムラート〔黒人と白人の混血〕のように褐色で、神経過敏かつ繊細であった。かれは野菜しか食べなくなっていた。ヘッセが両親の代から食べ慣れていたカレーライスを、ミア夫人〔マリーア・ベルヌーリ夫人の愛称〕はいつもかれの思いどおりに調理できなかった。菜食主義者でない主婦にとっては、完全に肉、牛乳、卵なしで料理するのが難しかったからである。動物から産まれ出たものすべてを、バターとチーズも避けなければならなかった。わたしは不安だった。かの友人は眼にみえて、やせほそっていったからである。〔…〕かれは苦行者であって、羊毛《ウール》製の衣服に身をつつみ、まさに修道士のようであった。

ルートヴィヒ・フィンクは『ガイエンホーフェンの牧歌　ヘルマン・ヘッセの思い出』(一九八一年)の「メキャベツ」(Rosenkohl)の節でも、ほぼ同様に記述し、このように追加した。「〔…〕、ああ、なんてことだ！　かれは純粋な菜食主義者になってしまった！　けっして食事を充分にとらず、胃袋は小さくなり、肉を嫌悪し、ただ植物性のものだけを食した。禁欲生活者であった。しかし、自分がやりはじめたことをすべて徹頭徹尾、完遂してしまうかのように、度を超していた。気味が悪かった。かれはどんどんやせほそった」。

まさしく「フェーン」に煽られておかしくなってしまったかのように、菜食主義への極端な傾倒と、裸体での日光浴療法の結果によるヘッセの変貌ぶりは、フィンクならずとも驚愕せずにはいられない事実を明らかにしている。

ヘッセ、菜食主義と裸体日光浴を知る

フィンクのこうした記述がすべて正しいとすれば、四人の預言者集団をガイエンホーフェンでみかけたヘッセはすぐに旅支度をして、かれらの仲間に加入したのち、そのままアルプスを越えてアスコーナへとたどりつき、おそらくはその地で裸体日光浴や菜食主義にも没頭したことまで推測される。

菜食主義の極端な実践でやせほそっていくヘッセを心配するフィンクの描写に触れると、エッセイ『岩山にて』で記されたかれの体験が、すべてではないにしても、まんざらフィクションで装飾されたテクストには思えなくなってくるのである。

ガイエンホーフェン村でのヘッセの隣人が伝えるこのエピソードは、いくつかの文献でヘッセ最初のモンテ・ヴェリタ滞在を語るさいに自明のように援用されているが、おそらくはヘルマン・ミュラーの研究書『詩人と導師《グル》』（一九七八年）での指摘が起源となっているはずのものだ。

そして、「アスコーナの太陽兄弟団」を名乗る四人のなかに、「放浪の預言者」ことグスト・グレーザーがいて、ほかの三人はかれの信奉者であったと、ミュラーは考察するのである。

ヘッセが九歳年上のマリーア・ベルヌーリと結婚して、ガイエンホーフェンに落ち着いたのは一九〇四年八月だが、グストとの出会いがあったとされる一九〇六年六月までに一年一〇ヵ月の期間がある。それゆえ、それまでにヘッセの精神と身体の健康が損なわれており、一九〇二年から運営されていたアスコーナのモンテ・ヴェリタ・サナトリウムの自然療法に関する噂がかれの耳に届いていたと思われる。そんなヘッセが精神と身体を病み、沈滞した現状を打破するために、聖書に記された預言者のような風体の四人に熱狂し、追随したとしても不思議ではない。

アスコーナから帰還したヘッセのあまりの変貌ぶりは、グスト・グレーザーとの邂逅が原因であるとみるヘルマン・ミュラーは、さらなる推測を進めている。一九〇七年のモンテ・ヴェリタ滞在では、グストの弟子になったヘッセがグストを「導師《グル》」と呼び、ヒンズー教に帰依して修行をおこなったという。このふたりの交遊は、それ以後数年間で執筆されたヘッセ作品の登場人物たちの関係からも読み取れるとしている。

グストにヒンズー教、老子、孔子についてどれほど素養があったかについては気になるところであるが、アスコーナ研究書『真理の山　アスコーナ対抗文化年代記一九〇〇―一九二〇』の著者マーティン・グリーンは、グストがアスコーナで老子の思想である「無為」を実践していたと考えている。また、グストは老子の思想を詠んだ連作詩『道《タオ》』を一九一八年に書きあげて、ヘッセに送付し、意見を求めたりしている。

そうすると、一九一一年夏にヘッセが画家ハンス・シュトゥルツェネッガー（一八七五―一九四三）とともにインドへ旅行した動機も、その地が母親の生誕地であり、祖父ヘルマン・グンデルトがインド学者であったばかりでなく、グストとの交友から東洋の思想について詳しくなったことがひとつと考えられる（ちなみに、シュトゥルツェネッガーは『ロスハルデ』（一九一四年）の主人公、画家フェラグートのモデルともいわれている）。

しかしながら、はたしてガイエンホーフェン村でヘルマン・ヘッセとグスト・グレーザーが出会っていたかについての決定的な確証は、現在のところはないようである。とはいえ、その後のアスコーナのモンテ・ヴェリタやその周辺では、ふたりになんらかの交流があったことはまちがいないようだ。そして、フィンクの記述が正しければ、グストとの邂逅がたしかにこの時期のヘッセの生活や思考様式に大いなる変化をもたらしたのも、事実らしい。

だが、かれが最終的に菜食主義者でもなければ、禁酒禁煙も完遂しなかったのは、われわれが現在多くの伝記で知るところであって、むしろそうした時期があった事実そのものがなかったかのように記されていることが多い。

ところで、『クネルゲ博士の最期』、『世界改革家』の物語展開からも、ヘッセによる菜食主義者や反文明主義者に対する態度がいくらか読み取れるのだが、これらの作品よりも分量が多く、しかもテーマが集約されていると考えられる物語が存在する。ヘッセがモンテ・ヴェリタに滞在した一九〇七年から八年のあいだに執筆した『友人たち』である。この作品には、農民生活を送りつつも、東洋の宗教学、『リグ・ヴェーダ』、サンスクリット語を学ぶ大学生ハインリヒ・ヴィルトが登場するが、やはりグストを中心とするアスコーナ移住者たちがモデルとなっているのだった。

第4章　菜食主義者ヘルマン・ヘッセ

1．菜食主義者の群像

「コールラビ唱道者《アポステル》」

菜食主義を徹底的に実践するヘッセについて、もうひとつのエピソードがある。これもフィンクの二冊の著作に記されているものだ。

あるとき、画家のルドルフ・ジークがミュンヒエンからヘッセのもとに客として来ていた。鋭敏な感覚の風景画家で、落ち着いた態度には定評があった。この男もいっしょにヘッセの食卓を囲み、パイプをふかしていた。それは好ましいもので、静穏な印象をあたえた。

「そうそう、ヘッセさん」、かれがホウレン草だけを口にしているのをみたとき、この人物は語りかけた。「そういう人びとを、そう、あなたのような人をなんと呼ぶか、ご存じですか」

ヘッセは啞然としてかれに眼を向けた。ジークはかれの顔にパイプの煙を吹きかけていった。

「コールラビ唱道者《アポステル》です、コールラビ唱道者っていうんですよ！」

ヘッセは立ち上がり、顔に怒りを浮かべて、ドアのほうへ歩み寄ると、自室へ去った。

『ガイエンホーフェン牧歌　ヘルマン・ヘッセの思い出』（一九八一年）

画家でイラストレーターのルドルフ・ジーク（一八七七―一九五七）は、ヘッセと雑誌『ジンプリツィスムス』を運営する文通仲間であった。

ここでのコールラビ（Kohlrabi）は食用球茎甘藍《きゅうけいかんらん》、すなわちキャベツの一種で、日本語ではカブキャベツとも呼ばれているものである。しかし、ハインツ・キュッパー編纂『日常ドイツ語図解辞典』（クレット社）によると、コールラビには「バカ、でくのぼう」という意味もあり、英語の「キャベッジ・ヘッド」に相当する語なのである。また、「唱道者」（Apostel）という語はもともと「使徒」という意味でもある。すなわち、「コールラビ唱道者」は菜食主義者をネガティヴに表現した語なのだった。詩人ヘッセは敏感に、その底意地の悪い揶揄を理解したのである。

同辞典には、「コールラビ唱道者」（Kohlrabiapostel）という語そのものも掲載されており、菜食主義者のほか、健康や衛生にうるさい人を指す「健康唱道者」（Gesundheitsapostel）という意味が記されている。ヘッセと同時代のニュアンスを包含したまま、現代ドイツ語に根づいたことを示している。

同様の語としては、「自然唱道者」（Naturapostel）がある。グレーザー兄弟のような反文明主義を提唱する生活改革者を意味するものだ。『ドゥーデン・ドイツ語辞典』(一〇巻本)には嘲笑の語として位置づけられている。

興味深いのは、ヘッセ自身がこの「コールラビ唱道者」という語を短編『クネルゲ博士の最期』のなかで使用していることである。まずは、親友のフィンクに苦行者とまでいわれても、周囲の心配をものともせず、ヘッセが没入していた菜食主義思想の歴史的背景に着目してみよう。

一九世紀の菜食主義運動

そもそも、人間の食事が植物食のみに限定されることを望ましいとする思想を菜食主義というが、一九世紀と二〇世紀をまたぐ世紀転換期に、生活改革運動のなかでもとりわけ代表的な思想的動因となった。

ヨーロッパでは、古代ギリシアのプルタルコスが、肉食が身体にとって有害であると随筆に記したことや、紀元前五世紀のピタゴラスが弟子たちに肉食を禁じていたことなどが、菜食主義の起源とみなせるだろう。

ちなみに、日本では「菜食主義者」と訳される「ヴェジタリアン」(vegetarian)という英語だが、一八四七年にイギリスのケントで開催された「イギリスヴェジタリアン協会」発足式で最初に使用された造語である。この語は元来、「完全な、健全な、生き生きとした、活発な」などの意味を有するラテン語「ウェゲトゥス」(vegetus)に由来している。それゆえ、「ヴェジタリアン」は「野菜」という意の「ヴェジタブル」(vegetable)が語源であるわけではないために、単純に「菜食主義者」と訳すのはあまり適切ではないようである。厳密にラテン語の語源からすれば、「健康で生き生きとした力強い人」というのがより適したニュアンスといえそうだ（本書では便宜上、「菜食主義者」で統一しておく）。

この語を創造した「イギリスヴェジタリアン協会」には、英国国教会の牧師が一八〇〇年に設立した「バイブル・クリスティアン」という聖書原理運動のグループに帰属するメンバーが多かった。この一派は『旧約聖書』「創世記」の一節を独自に解釈し、菜食を推奨したのであって、アメリカのフィラデルフィアにもその思想を伝導し、「アメリカヴェジタリアン協会」を設立した。

またアメリカでは、おなじくキリスト教のグループ「セブンスデー・アドヴェンティスト教団」(Seventh-Day Adventist, SDA）が一八六三年に創設されたが、この一団に菜食主義を導入したのはエレン・ホワイト（一八二七—一九一五）である。現在も、SDAに属する人びとの半数が菜食主義者であり、健康問題についての情報提供や菜食主義食の製造販売などの積極的活動をおこなっているという。そのSDAの初期メンバーが、後述するジョン・ハーヴェイ・ケロッグ博士であった。

そして、西ヨーロッパでの近代的な菜食主義思想の代表としては、フランスの作家ジャン・アントワーヌ・グレーズ（一七七三—一八四三）、政治家・弁護士グスタフ・シュトルーヴェ（一八〇五—七〇）、実業学校教師ヴィルヘルム・ツィンマーマン（一八一九—八二）、ジャーナリスト・文筆家ローベルト・シュプリンガー（一八一六—八五）、薬剤師テオドール・ハーン（一八二四—八三）、プロテスタント牧師エードゥアルト・バルツァー（一八一四—八七）などの名があげられる。

なかでも、ハルツ地方ノルトハウゼンのプロテスタント牧師エードゥアルト・バルツァーは近代ドイツの菜食主義運動の発起人である。一八六七年にドイツで最初の菜食主義協会を設立し、協会誌『菜食主義者』も発行していた。

たとえば、肉食に対する疑問から菜食主義者となった薬剤師テオドール・ハーンは、菜食主義を自然療法の根本原理に導入した人物であるが、その思想を実践するために、菜食主義食の発明に苦心していた。この問題に対して、スイスの医師で生活改革運動家であったマクシミリアン・オスカー・ビルヒャー＝ベナー（一八六七―一九三九）が解決策を提示した。

すなわち、「ビルヒャー・ミューズリ」の発明である。干しブドウなどのドライフルーツをエン麦やナッツ類のフレークに混ぜたものに、牛乳やヨーグルトをかける菜食主義食であった。

ビルヒャー＝ベナーは、動物よりも植物のほうが太陽からのエネルギーをなおさら豊富に含有しており、調理せず生で食するほうがその滋養を多く摂取できると考えていた。それゆえの植物性の食材、すなわち穀物を生で食する菜食主義食を発明し、これによる食餌療法を自身のサナトリウムでおこなったのだった。

「ミューズリ」は現代のドイツでも朝食として定着しており、食料品売り場では多くの種類が販売されている。日本でも近年は輸入食料品店などで容易に購入できるようになった。

同時期のアメリカのミシガン州バトルクリークで、現代の視点ではかなりエキセントリックな科学療法をおこないつつも、やはり菜食主義を食餌療法に導入したサナトリウムを運営したのは、ジョン・ハーヴェイ・ケロッグ博士（一八五二―一九四三）である。ケロッグ博士は豆乳を奨励したことにくわえて、世界的にその名を知られたシリアル食は、弟ウィル・キース・ケロッグ（一八六〇―一九五一）の会社の製品であるが、もともとは兄ジョン・ハーヴェイが発明した病院食が起源であった。

「完全菜食主義者」

さらに、菜食主義を哲学的に実践する者たちもいた。人間以外の動物の命を奪い、その肉を食することを否定する思想に依拠して、菜食主義を信奉する者たちである。動物の犠牲をいっさい許さないという発想である。現在、英語で「ヴィーガン」(vegan) と呼ばれる「完全菜食主義者」の源流となる思想だといえよう。

「殺してはならぬ！」(Du sollst nicht täten!) という標語をタイトルにして、動物を弑逆しないというテーマの作品を、生活改革運動家で画家のディーフェンバッハとフィードゥスの師弟は描いており、一時期はディーフェンバッハの弟子であったグスト・グレーザーもまた同一タイトルの作品を残している。

そして、ヘルマン・ヘッセもやはり、『殺してはならぬ！』というタイトルで考察した文章を書いていたことを見逃してはならないだろう。

そして、少数のよき考えをもつ者たちはつねにいて、それは世俗の法律書に記載されていない法に従う、未来を信仰する者たちである。このおぞましい戦争のあいだも、幾千人の人間がいまだ書かれていないもっと高貴な法を信じていて、[…]、殺人と憎悪の義務を毅然と拒否し、その義務ゆえに閉じこもり、苦悶したのだ。これらの人間とその行為を尊重するために、人間のために動物を生育することへの懐疑を克服するために、信仰に生きなければならないのである。[…] 自分自身のなかに未来への予感と発達の連鎖を感じ、思い望むことができなければならない。

この文章はヘッセが第一次世界大戦後の一九一九年一〇月に『ヴィヴォス・ヴォコ』に投稿したものであるが、兵士として殺人と憎悪の責務を負うことを放棄する兵役拒否の思想と同時に、人間が肉食のために動物を飼育することへの懐疑、すなわち肉食への懐疑も訴えていることは注目に値するだろう。肉食する人間のために動物を飼育することへの懐疑と嫌悪は、菜食主義へ回帰するからである。もとより、この文章のばあい、兵役拒否をつづけたグスト・グレーザーとの関連もやはり想起せずにはいられない。

くわえて、菜食主義と結合する生活改革運動として言及されるのが、禁酒禁煙である。一九世紀後半以降、産業構造の変化から工業化が進行する一方で、田舎での伝統的な工場制手工業が衰退すると、大都市への人口流入が加速し、劣悪な生活環境での労働者の生活が社会問題化していく。これには、工業化で大量生産されたアルコール消費と貧困の増大も一因を成しており、喫煙もまたおなじく、健康上の理由から問題視されるようになった。

ベルリン近郊のシュテーグリッツで最初のワンダーフォーゲルが結成されたのは、一九〇一年一一月のことであるが、結成時の主張には、大都市とその周辺に生活する青年の脅威として、アルコールとニコチンの危険があげられている。ワンダーフォーゲルは共同での都市旅行によって自然回帰や郷土愛の涵養をうたう青年運動であったが、一方で都市部の悪弊からの離脱による身体と精神の健全を希求しており、かれらにとっては、アルコールとタバコの害悪は都市での不健全や病弊のシンボルであった。

飲酒と喫煙は自然療法からも有害視されていた。アルノルト・リークリがその自然療法で禁止したものが、アルコール、タバコ、コーヒー、香辛料などの嗜好物や刺激物の摂取である。自然療法の立場では、それらの享受は毒性があると考えられたからである。

この時期の禁酒主義流行を語るエピソードとしては、ドイツ皇帝ヴィルヘルム二世が朝食にワインを飲む習慣を放棄して禁酒へ転向したことがあげられる。

すなわち菜食主義は、禁酒禁煙主義と結びついた健康運動として世紀転換期の健康意識向上の大きな動因となった思想であり、新しい生活様式でもあったのである。

ヘッセが描く菜食主義者たち

菜食主義コロニーが舞台の短編小説『クネルゲ博士の最期』は、結末で主人公がラディカルな菜食主義者に縊死させせられてしまう物語である。主人公のクネルゲ博士はギムナジウムを早期退職し、文献学研究に没頭していたが、呼吸困難とリューマチという持病ゆえに、菜食主義の食餌療法を実践するようになり、しかも、その効果が絶大であったために、毎年数ヵ月を南方の菜食主義療養所やペンションに滞在して過ごすようになったという設定の人物である。

ガイエンホーフェン時代から晩年まで一貫して、ヘッセは毎年、春から初夏あるいは冬にどこかへ転地療養に出かけていたために、クネルゲ博士の設定と重なる部分があるが、この短編には、おそらくヘッセ自身がモンテ・ヴェリタで見聞した経験に由来する描写が散在している。その点が、本書にとってはやはり意義があるだろう。

地理的な知識としては、クネルゲ博士がよく滞在した「たくさんの快適な菜食主義ペンションのひとつ」は、アスコーナが面しているマッジョーレ湖畔にあるという設定である。作品内では、マッジョーレ湖畔のロカルノやパッランツァには、来訪者たちから「コールラビ唱道者」のにおいを嗅ぎとる世界的に著名なホテルの使用人たちがいたり、非常に品行方正な人びとが「モンテ・ヴェリタのロバひき」にトランクを預けるのを、クネルゲは眼にして驚くのである。

作品内でマッジョーレ湖、ロカルノ、モンテ・ヴェリタといった地名が明記されているのも、菜食主義コロニーおよび菜食主義者のイメージをリアリスティックに喚起している。くわえて、「コールラビ唱道者」という語で菜食主義者を（自分がされたように）皮肉をこめて表現しているのも、時代の雰囲気を醸成しているといえよう。

クネルゲが移住した菜食主義コロニーは、あらゆる種類の菜食主義と衣服改革運動が許容されて、肉とアルコールの摂取だけが禁止されているという設定であるために、この菜食主義コロニーに集結する人びとの描写もおなじく、具体的かつ多様性をもって書かれている。

同一の志操をいだく裕福な同志の家で世話になっているドアノブ磨き屋、説教する預言者、奇跡をおこす治療師、無害な物乞い、果実食主義者、禁欲主義断食者、神智学者、光崇拝者、アメリカの預言者デイヴィス崇拝者、新スウェーデンボルク主義者たちなどである。ちなみにアメリカの預言者デイヴィスとは、心霊術者アンドリュー・ジャクソン・デイヴィス（一八二六―一九一〇）を、新スウェーデンボルク主義者はスウェーデンの神秘主義者エマヌエル・スヴェーデンボリ（一六八八―一七七二）の神秘主義を二〇世紀初期に信奉していた者たちのことである。

その一方で、クネルゲ博士が菜食主義コロニーで馴致していったのは、「裸足歩行、長髪の使徒、断食の狂信者、菜食主義の美食家」であったし、純粋な菜食主義者たちは「たいていやせほそり、禁欲的な眼差しを投げかけ、奇抜な風体をしていることがよくある同胞たちであって、髪を肩まで伸ばしっぱなしにしている者も少なくなく、そのひとりひとりがその独自の理想への狂信者、信奉者、殉教者としての人生を送っていた」。

「長く波うつ髪や髭をはやし、褐色に日焼けした男たちは旧約聖書に書かれているように、白いビュルヌー［ウールのフードつきマント］を着て、サンダルで闊歩したり、ほかの男たちは淡色の亜麻布の運動着を着ていた。尊敬を集める男たち数人はお手製の靭皮《じんぴ》［樹木の外皮のすぐ内側にある柔軟な部分、甘皮《あまかわ》ともいう］の腰巻きだけの裸で歩いていた」。

グスト・グレーザーの特徴的容貌も思い出せるような、これらの具体的な人物描写はまちがいなく、ヘッセがモンテ・ヴェリタやアスコーナ周辺で観察した経験にもとづいているのだろう。

菜食主義者のカテゴリー

この短編作品のテーマとなっているのは、菜食主義者たちの派閥と反目である。文献学者クネルゲ博士は菜食主義の流行とともに誕生した同時代の新語に興味をいだく。ここで列挙されている「菜食主義者」を意味する語だけでも、強引にカナ表記すれば、「ヴェゲターリア」、「ヴェゲタリアーナー」、「ヴェゲタビリステン」と三種あり、現在では菜食主義者を意味する語はおもに「ヴェゲターリア」（Vegetarier）が使われるが、二〇世紀ゼロ年代には同様の語がほかにも存在したことがわかる。さらに菜食主義者には、「生野菜食主義者」（Rohkostler）、「果実食主義者」（Frugivoren）、「混合食主義者」（Gemischtkostler）という三つのカテゴリーがある。

生野菜食主義者は、文字どおりに野菜を調理せずに、そのまま生で食する主義の人びとをいう。ビルヒャー＝ベナーの自然療法理論にあるように、調理しないほうがより太陽の力を摂取できるという思考を基盤にしている部分もあるが、牛乳や卵でさえも動物の犠牲と考えるゆえに拒絶するという発想である。生野菜食主義者ということばは、現代では「完全菜食主義者」と訳されるヴィーガン（vegan）という英語に集約されている。

ちなみに、現代のヨーロッパでも菜食主義者は少なからずいて、レストランにはたいてい菜食主義の客のための料理がメニューに記載されているし、ヴィーガン専用のレストランまであるのが、日本とは大きく異なっている。

そして、生で野菜や植物を食するばあい、食事がどうしても味気ないために、フルーツなどの果実を選択した菜食主義者が「果実食主義者」と呼ばれる。しかしながら、ヘッセのこの短編小説では、「生野菜食主義者」、「果実食主義者」はあまり区別なく用いられている。

最後の混合食主義者は、肉食はしないが、調理した野菜や牛乳、卵も食する菜食主義者である。

菜食主義者としての宮沢賢治

ヨーロッパでの菜食主義の流行を日本で敏感に感じ取っていたのが、童話作家で詩人の宮沢賢治（一八九六―一九三三）である。かれもまた菜食主義者であった。その友人で主治医であった佐藤隆房の伝記によると、賢治は盛岡高等農林学校に在籍していた学生時代に菜食主義者になった。隣室の獣医科の層殺実験授業から漏れ伝わる動物の苦悶の鳴き声を耳にして以来、肉食が不可能になったという。

一九一九年（大正八年）の談話には、「私は最初から菜食主義者ではありません。何かの時に、菜食主義者の書いた物を見たこともあるし、そのことを考えて見たこともあります。しかし、どちらかといえば私の好みは肉食で、よく肉を食べました。けれどあの殺される時の叫び声を思うと、とてもかわいそうで食べる気にはなれません」とある。すなわち、宮沢賢治の菜食主義は、動物を犠牲にした肉食を嫌悪する思想に立脚している。

生きかたでもある菜食主義のありかたは、宮沢賢治が一九三一年に完成させたとされる童話『ビヂテリアン大祭』冒頭でもっと詳細に定義している。vegetarian を「ビヂテリアン」と表記するこの作品は、菜食主義者たちが「ニュウファウンドランド島の小さな山村、ヒルテイ」に集結して、世界大会を開催する物語である。

「全体、私たちビヂテリアンというのは、［…］、実は動物質のものを食べないといふ考のものの団結でありまして、日本では菜食主義者と訳しますが主義者といふよりは、も少し意味の強いことが多いのでありあります。菜食信者と訳したら、或は少し強すぎるかもしれませんが、主義者といふよりは、よく実際に適ってゐると思ひます。［…］、まあその精神について大きくわけますと、同情派と予防派の二つになります」。賢治はこの同情派と予防派という菜食主義のありかたをじつに巧みに説明している。

同情派と云ひますのは、私たちもその方でありますが、恰度《ちょうど》仏教の中でのやうに、あらゆる動物はみな生命を惜むこと、我々と少しも変りはない、それを一人が生きるために、ほかの動物の命を奪って食べるそれも一日に一つどころではなく百や千のこともある、これを何とも思はないでゐるのは全く我々の考が足らないのでよくよく喰べられる方になって考へて見ると、とてもかあいさうでそんなことはできないとかう云ふ思想なのであります。ところが予防派の方は少しちがふのでありまして、これは実は病気予防のために、なるべく動物質をたべないといふのであります。即ち、肉類や乳汁を、あんまりたくさんたべると、リウマチスや痛風や、悪性の腫瘍や、いろいろいけない結果が起るから、その病気のいやなもの、又その病気の傾向のあるものは、この団結の中に入るのであります。それですからこの派の人たちはバターやチーズも豆からこしらへたり、又菜食病院といふものを建てたり、いろいろなことをしてゐます。

すなわち、賢治の説明によると、同情派とはほかの動物の生命の犠牲を嫌悪する思想の実践者としての生野菜食主義者であって、予防派は医学的見地から健康を重視する菜食主義者、菜食主義サナトリウム運営者や自然療法医ということになるだろう。かれ自身が同情派に属しているのは、前述のとおりである。

この引用のあとで、賢治は混合食主義についても解説している。この『ビヂテリアン大祭』は一九三一年成立とされているが、この時期には日本にも、生野菜食主義、混合食主義など複数の菜食主義思想がすでに根づいていたとはいえそうである。

2.『クネルゲ博士の最期』

菜食主義者の派閥と反目

さて、ヘッセの短編小説では生野菜食主義者は真の菜食主義者と呼ばれて、戒律が最も厳格な菜食主義なのだが、物語の結末で混合食主義のクネルゲを絞め殺すヨーナスは、この生野菜主義者たちの頭目であった。短編『クネルゲ博士の最期』の冒頭で、混合食主義者に属するクネルゲ博士は、生野菜食主義者からは混合食主義者が嫌悪の的であることをすでに自覚しており、クライマックスへの伏線は明示されている。

このコロニー内で最も衆目を集めていたのが、純粋な生野菜食主義者のグループであり、そのなかでも「この一派のなかで最も徹底し、最も成功をおさめた代表者」として傑出していたのがヨーナスであった。腰巻きのみを着用し、原人同様に木のうえで生活し、ことばの使用を放棄していた人物である。ヘッセがヨーナスのことを「最も成功をおさめた」、「完成した人物」と記しているのは、自然への回帰という点においてである。「[…]、そして、かれ〔ヨーナス〕の存在および生命の全体は、その自然への復帰が考えられるかぎりでこのうえなく揺らぎなく、最高度に成功していたことを示していた。嘲笑屋たち数人が仲間うちでかれのことをゴリラと呼んでいたが、それ以外ではヨーナスはこのあたり一帯から賞嘆され、尊敬されていた」。

仲間のひとりからは、近いうちに自然と一体化して、山にある故郷の原生林に帰還するにちがいないと思われていたほど野生化していたヨーナスの人物描写によって、『クネルゲ博士の最期』におけるヘッセの狙いは明らかになる。すなわち、徹底した菜食主義や裸体生活が志向する最終到達点が、自然への完全な回帰、原始生活への先祖返りであることを暗示しているのだ。

ちなみに、二〇一四年にすばる文学賞を受賞した足立陽の『島と人類』(二〇一四年)の物語構造は、ヘッセのこの短編とよく似ている。『島と人類』は独自のヌーディズムを講義で説き、裸体になったために、東大教授をクビになった主人公河鍋が、周囲の人間を巻きこみながら、人類学者の妻マリアが待つ「島」(この島自体にも痛快な設定がある)へ到着すると、マリアは完全な野人になっていたという結末である。裸体生活と自然回帰は結合し、人間は原始生活へ先祖帰りするという物語構造はヘッセと同一の発想である。

裸体文化運動家たちが、裸体生活者であったモンボドー卿やジャン=ジャック・ルソーを信奉していたことは知られている。ルソーは「自然へ帰れ!」という標語の提唱者として知られているが(じっさいにはそのような主張はしていないが、誤解されて伝承されたと考えられている)、自然へ回帰することがじつは野蛮へと堕し、暴力が支配する世界へと逆戻りするということを、つまりはルソーの欺瞞を、ヘッセは暴いているといえよう。

ヨーナスとカール・グレーザー

『クネルゲ博士の最期』には、グスト・グレーザーがモデルとして特定されるような登場人物は存在していない。そのかわり、ヨーナスのモデルは、グストの兄の無政府主義者カール・グレーザーであるといわれている。

カールは、イーダ・ホフマンの妹のイェニーと「自由結婚」していた。モンテ・ヴェリタには、慣習的な結婚に左右されない自由恋愛を提唱するフランツィスカ・ツゥ・レヴェントロー夫人がのちに滞在したように、新しい結婚観の実践と普及を試行する場所でもあったが、カール・グレーザーもそのひとりであった。

カールは一九〇一年にはアンリ・エダンコヴァンとの対立からモンテ・ヴェリタを離脱、独立していたために、ヨーナスのようにモンテ・ヴェリタで君臨していたという事実はない。ヘッセは一九〇六年とその翌年にアスコーナを来訪しているが、カールとヘッセとの直接の邂逅については、想像にゆだねられる部分が多い。とはいえ、グストとの関係を顧慮すると、出会っていた可能性は充分にあり、またカールについては少なからず耳にしていたはずである。

いずれにしても、ヨーナスとカール・グレーザーに類似する部分が多いのは確実である。のちに世界的に有名な人形職人となったケーテ・クルーゼ（一八八三―一九六三）は一九〇四年から一〇年までアスコーナに暮らしたが、グレーザー兄弟について以下のように記している。

「グレーザー兄弟はその理論においてエダンコヴァンよりも先んじていた。かれらはどんな補助手段もいさぎよしとはしなかった。かれらがいうには、人間が自分の手とその力でつくるのが可能なものだけが、人間に見合った好ましいものである。動物や機械を使用することはけっして許されない。それらの力を借りることは自然をあざむくことである」。クルーゼのこの記述からは、いかにグレーザー兄弟が文明の力やほかの動物の犠牲を嫌悪していたかが、くわえてエダンコヴァンとの対立の理由も同様に看取される。

兄弟のこうした思想を支持する者がいなかったわけではない。その代表者として、エーリヒ・ミューザム（一八七八―一九三四）がいる。ミューザムは複雑な肩書きをもっており、無政府主義者、神秘主義者、グノーシス主義者、ダダイスト、文筆家だった。ベルリン近郊のフリードリヒスハーゲンの詩人サークルとも関係をもっており、オットー・グロースが属する学派の精神療法医であったし、宗教哲学者マルティン・ブーバーと無政府主義者グスタフ・ランダウアーの社会学ブントの会員であった。

ミューザムは一九一八年から一九年におけるバイエルン州のレーテ革命下の時期には革命政府の首脳陣のひとりであったが、崩壊後には禁固刑一五年に処せられた。大赦によって一九二四年に釈放されるも、ナチスによる政権獲得後の一九三三年二月に逮捕されて、最終的には翌年七月にオラーニエンブルク強制収容所で親衛隊に殺された人物である。

しかも、ミューザムはヘッセとの関連も浅くはない。一九一三年にはヘッセと書簡による交友関係があり、一九一六年から一八年の時期には、患者ヘッセの心理療法医を自認していた。

ちなみに、フロイトと精神分析による心理療法を高く評価していたヘッセは、父の死、三歳の末子の重病、妻マリーアの精神疾患によって重度の神経症に苦悶していて、カール・グスタフ・ユング（一八七五―一九六一）などのさまざま心理分析家の手にかかっていたこの時期、一九一六年にはじめて、ヘッセはアスコーナ隣村のロカルノで長期滞在をおこなったが、かれが住んだのはヒルデガルト・ユング＝ノイゲボーレン（一八九一―一九七九）の菜食主義保養施設「ヴィラ・ノイゲボーレン」であり、その夫は精神分析医で神経科医のフェーリクス・ユング（一八九二―一九六九）であった。おなじく精神分析医で文筆家のヨハネス・ノール（一八八五―一九六三）の精神分析療法もこの時期に受けている。

エーリヒ・ミューザムのアスコーナ批評

このノールの友人が時代への反抗者エーリヒ・ミューザムであった。かれはノールとともに一九〇四年にはじめてアスコーナを来訪しており、水車小屋わきで裸体で過ごしている写真が残っている。ミューザムはモンテ・ヴェリタに関する回想を残したが、カール・グレーザーの信奉者のひとりで、一九〇五年にはじめてアスコーナをおとずれたさいに、カールの家に宿泊している。アンリ・エダンコヴァンを「美的に繊細な感受性をもつ男」と評する一方で、カール・グレーザーについては以下のように記した。

［…］、そして、すべての入植者のなかで、最も興味深く、最も深遠かつ最も優れた人物、カール・グレーザーとの交友がはじまった。［…］かつて士官であったこの男は現在、その妻イェニー・グレーザーとかなり広い地所で暮らしていたが、そこはかれら自身の手による労働によって住めるようにしたのだった。［…］

グレーザーは、これまで出会ったなかで、自分が理論的に正しいと認識したことを不屈かつ徹底的に実行に移すという最初の人間であった。［…］

［…］、かれらふたりの力ではつくりだせないものを入手する必要があれば、みずから栽培した果実をロカルノやベッリンツォーナ［ロカルノよりさらに西方に位置する州都］へもっていき、商売人と物々交換

するのである。
しかし、自分たちでつくれるものは、交換で入手しようとはしなかった。ときには、グレーザーが原木から大さじを削りだしていたり、あるいは一足のサンダルをちょうど仕上げたばかりのところをみかけた。

ミューザムが書き留めたカール・グレーザーは、不撓不屈の意志をもって、自身が信奉する原始共産主義的思想を実践しており、しかもそれが人間的魅力として高く評価されている。こうした原始交換生活を妻イェニーも実践しており、アスコーナの隣村ロカルノの歯医者に抜歯してもらった代償に、歌をうたったというエピソードが残されている。じっさい、モンテ・ヴェリタ設立三〇年後には、その周辺一帯のほとんどの医者、歯医者、洋服屋の家には、アスコーナ移住者による油絵やスケッチが飾られていたという。

最終的には、カール・グレーザーは一九一六年にアスコーナを去り、一九二〇年にカッセルで神経症がもとで死去しており、それにさきがけて、イェニー・ホフマンは一九一〇年からすでにブダペストの精神病院に入っていた。こうしたふたりの結末はおそらく、かれらの生きざまが同時代的にいかに苛烈をきわめ、精神的負担が大きかったかをしのばせるように思われる。

グストの兄カールは、ヘッセが造型したヨーナスとは異なり、野生に復する性向はないものの、独特の思想を厳格に実践することで尊敬を集めていたというところは、ヨーナスとよく似ており、ヨーナスの人物設定へ部分的に取り入れられたとはいえそうである。

ところで、菜食主義を信奉しないミューザムは、飲酒、喫煙、肉食を放棄しない入植者であったために、菜食主義者を風刺的に観察しているところがあった。かれは『菜食主義者の歌』というアスコーナの菜食主義者を揶揄する詩まで書いている。

「したがって、最初の入植者たちはそこに数軒の木造小屋を建てて、当初はまさしく好ましい共産主義的な生活が発生したのであって、とりわけからっぽの鞄をもって共産主義者たちに仲間入りする者すべてにとっては、好ましかったはずである。しかし、そうした企図がしろうと道楽《ディレッタンティズム》にすぎないことは明白である。というのも、革命的・社会主義的意図を基礎にして発展しなかった共産主義的入植地は、参加者どうしを精神的に結合する絆が菜食主義の原理のような些末なものであるときにはなかんずく、水泡に帰すのが世のならいであるからだ。当然ながら、この理想的な共同生活は長く存続できなかった」。

ミューザムもまた自身の革命思想を奉じて、革命政府を樹立したのちに政治犯として刑に服し、のちにはナチスの親衛隊に殺害されるという行動する思想家である。かれのモンテ・ヴェリタの分析は、裕福な家庭出身の子弟たちの夢想をあざ笑うかのように、冷厳な一瞥を投げつけたのだった。

菜食主義コロニー移住の結末

『クネルゲ博士の最期』は、一九〇六年と翌年〇七年のアスコーナ体験から三年の月日が経過した一九一〇年に執筆されている。そのためであろう、皮肉に満ちた結末になっているのは、ヘッセにおいてこの三年間に醸成された思考と判断の結論だといえなくはない。

混合食主義者であるクネルゲは、自身の菜食主義思想が厳格な生野菜主義者の憎悪の的になっているのを自覚していた。かれは元来がインテリで、持病ゆえに菜食主義の食餌療法に没入していったという設定であり、クネルゲにとって菜食主義は「ひとつの治療手段」でしかなかったのである。

クライマックスでは、クネルゲとヨーナスの反目が高まっていく。クネルゲ博士のなかで頭をもたげてくるのは、「菜食主義の世界観および狂信的かつ常軌を逸した活動の異常さ」に対する異議であり、自身の混合食主義への侮蔑であり、ヨーナスに対する「憎悪と憤怒」である。一方で、ヨーナスは、クネルゲに対する「動物的な憤懣」が増大していくのを感じていた。

そして満月の夜、肉食するふつうの健康人であった時期の思い出に悲哀を感じ、昔の学生歌を口笛で吹きだしたクネルゲのまえに、ヨーナスが出現する。クネルゲは対峙し、堂々と挑発行動に出る。

［…］かれは棘のある笑みを浮かべつつ、腰をかがめて、なしうるだけの嘲笑と侮蔑を声にこめて告げた。「自己紹介をしてもよろしいですか。クネルゲ博士と申します」

すると、このゴリラは怒声とともに棍棒を投げ捨て、その弱者にとびかかり、けた外れの両腕で一瞬のうちに絞殺してしまった。翌朝、クネルゲが発見されると、状況を感じとった者も少なからずいたが、枝のなかで無関心に木の実の皮をむいているサルのヨーナスに対して、あえてなにかをなせる者はだれもいなかった。そして、他国出身のクネルゲがこの楽園での滞在で得たわずかな友人たちは、近くで埋葬し、墓につましい板を立ててやったが、それには以下の短い碑文が書かれていた。「クネルゲ博士、ドイツの混合食主義者」

アスコーナからの帰還直後には、周囲の心配をよそに実直な菜食主義者であったヘッセが、三年後にこうした結末の短編作品を書いたという事実からは、やはりその心境の変化を感取せずにはいられないだろう。

文明の代表者クネルゲと自然の代表者ヨーナスとの対決は、ヨーナスの勝利で幕を閉じる。しかしながら、ことばを放棄し、完全な自然に回帰する人間が勝利する世界は、暴力が支配する原始の世界である。それゆえ、菜食主義に傾倒しながら、最期には自身がやはり文明の使徒であることを自覚しながら、あえて「ゴリラ」と呼ばれた野人に徒手空拳で挑戦して、刹那で絞殺される知識人クネルゲの悲哀は際立つのである。

このような風刺的テーマの短編を構想できるくらいには、三年間のうちに菜食主義やアスコーナ体験をヘッセは咀嚼していたといえよう。かれ自身はアスコーナやアルチェーニョの岩山で菜食主義の裸体生活を送ったが、結局はガイエンホーフェンに帰還している。そして、ヘッセはグレーザー兄弟のような反市民的・反文明的生活を継続したわけではないし、禁酒禁煙、菜食主義を貫徹したという記録もないようである。

たとえば、画家で文筆家のエルンスト・ペンツェルト（一八九二―一九五五）宛の一九四七年一〇月の書簡では、「わたしはワインを飲む習慣をやめるつもりであり、四、五年まえから喫煙していない」と記しているが、ヘッセはこのときすでに七〇歳であった。

かれのこうした複雑な精神性を考察するさいに参考になるのは、アメリカの評論家コリン・ウィルソンの指摘である。すでに六〇年以上も以前のものだが、その著『アウトサイダー』（一九五六年）でヘッセの作品すべてを、ひとつの観念、いかにして「より充実した人生を送るか」という基本的・宗教的観念がたえず上昇しつつ描く曲線だと評している。ヘッセのこの観念はなによりも活力をもっているとして、ヘッセを「われわれの人生をいかにすべきか?」という問題のために小説を利用した小説家だと断じた。そして、ヘッセは『荒野のおおかみ』で以下の結論に到達したと述べている。

「自分がみじめであるのは、自分がともすれば折衷に傾き、穏健で文明的なブルジョワの領域を採りたがることに原因がある、自分の救済は、両極端、熱狂か冷静、精神か自然、そのいずれかにある、と悟ったのである」(中村保男訳)。

第5章　「放浪の預言者」と呼ばれた人びと

1.　生活改革運動と預言者たち

短編小説『世界改革家』に描かれた「預言者」

『クネルゲ博士の最期』が書かれた一九一〇年に、文明を捨てて菜食主義者になり、農業をはじめる青年が主人公の短編作品を、ヘッセは完成させている。二四歳の若者ベルトルト・ライヒャルトの物語『世界改革家』である。早くに両親を亡くしたものの、芸術史で博士号を取得しているインテリで、「賢明で容姿がよく富裕な男」が人生の幸福を探求する物語である。

菜食主義コロニーに移住したクネルゲ博士の顚末を描いた『クネルゲ博士の最期』に対して、『世界改革家』は恋愛小説の体裁をとっているものの、アスコーナのモンテ・ヴェリタに集った生活改革運動家たちや、グスト・グレーザーのような「放浪の預言者」に影響された若者ライヒャルトが文明生活を放棄し、嗜好物を断ち、菜食主義者となって、チロル南方の谷で孤独かつ質素な農業生活を送るのがメインストーリーとなっている。このふたつの作品は、どちらもアスコーナやアルチェーニョでの菜食主義生活や岩山の小屋での体験がモチーフとなっている点で、表裏一体の関係にあるといえるだろう。

使用人をひとりだけもちながらも、日中は農業に精励し、夜は孤独な読書にいそしむ主人公の姿は、一九〇七年のエッセイ『岩山にて　ある「自然人」の覚え書』に記されたヘッセ自身に重なる。『岩山にて』と異なり、小屋の主ライヒャルトは裸体生活者にはならないが、かれが感化された「オランダ人預言者」と同様の「きわめて簡素なローデン素材の服」を着用した。ローデンとは粗織りウール地をいう。この素材の服とは、すなわちグスト・グレーザーが着用していた修道服状の簡素な「改革服」にあたるもので、物語中でヒロインのアグネス・ヴァインラントが「預言者のマント」(Prophetenmantel)と揶揄している。

作品中で、主人公に反文明、嗜好物拒否、菜食主義、農業生活を志向させた「預言者」は、オランダ出身のエードゥアルト・ヴァン・フリッセンで、かつては「神学者」、現在は「芸術家」の肩書をもつ人物である。当然ながら、『世界改革家』には、ヴァン・フリッセンをふくめて、多くの「預言者」や生活改革家が登場し、かれらのモデルがやはりグストなどのモンテ・ヴェリタ入植者たちであることは想像に難くない。

本書ではこれまでに、グストを中心に、ヨーロッパ市民社会の慣習や秩序に疑問を投げかけ、挑戦しつづけた人びとについて言及してきたが、この章では、一九世紀後半から二〇世紀前半の時代に「放浪の預言者」、「放浪の説教者」と呼ばれた人物たちの群像を紹介したい。これとともに、やはりアスコーナでの滞在経験を有していたかれらの存在が、ヘッセの短編小説『世界改革家』においていかに描写されているかを分析してみよう。

「預言者」を描くヘッセ作品

グスト・グレーザーが菜食主義コロニー建設を夢みて、一九〇〇年にアスコーナをおとずれる以前、カール・ヴィルヘルム・ディーフェンバッハに師事したことや、アスコーナの山モンテ・ヴェリタには、ヘッセの作品中に描かれたような無政府主義者、神秘主義者、革命思想家、生活改革運動家が集結したことはすでに述べた。

かれらのなかには、ちょうどルートヴィヒ・フィンクが描写した「アスコーナの太陽兄弟団」のような独特の風俗とファッションに身をかためた者も多く存在しており、とりわけグスト・グレーザーはそうした異装の者たちのシンボル的存在であった。グストはたしかに、二〇世紀前半の反ヨーロッパ市民社会に抵抗した人物のなかでも特異な存在であっただろう。

長髪、裸体もしくは半裸、サンダルといういでたちで、ヨーロッパ文明、工業社会、キリスト教会が説く婚姻制度や道徳観を否定し、菜食主義、禁酒禁煙を訴えつづけるという活動は、グスト自身の思想と生活を一致させた生きかたを体現していた。

だが、グスト・グレーザーは、その生活改革運動の思想や生きかたのすべてをみずから創出したのではない。この若き彫刻家の人生を一変させるほどの強大な影響をおよぼした人物がいた。かつてのグストの師、芸術家カール・ヴィルヘルム・ディーフェンバッハ（一八五一―一九一三）である（図11）。

図11　ディーフェンバッハ（左）とフィードゥス（右）

初期の生活改革運動家ディーフェンバッハこそは、グストの先駆者であって、ドイツ最初の放浪する預言者であったといえるだろう。グストのみならず、ヨハネス・グートツァイト、フィードゥスといった「放浪の預言者」として知られた人物たちは、かつて一度はディーフェンバッハを師と仰いだ経験を有している。

ヘッセの短編小説『世界改革家』（一九一〇年）は、いわゆる「放浪の預言者」に心酔した結果、文明から乖離した原始生活を開始する主人公の物語である。『クネルゲ博士の最期』が菜食主義コロニーを舞台とし、菜食主義の実践がテーマであったのに対して、『世界改革家』は菜食主義にくわえて、「放浪の預言者」が訴えるような反文明生活の実践が重視されたテーマとなっている。『岩山にて』はごく短いエッセイであるが、この小品の内容とテーマを換骨奪胎して、短編小説として再構築したのが『世界改革家』であるといえようか。

もちろん、この作品に登場する「放浪の預言者」のモデルは、やはりグスト・グレーザーがそのひとりと目されている。かれとおなじく、ヨーロッパ市民社会のありかたと正面から対決する思想を説く預言者たちもまた、かれらと直接にまみえた人びとの脳裏に強烈な印象を刻印していたようである。

ゲルハルト・ハウプトマンの短編『使徒』

市民社会から拒絶される一方で畏怖されていた「放浪の預言者」から、ヘッセと同様に感銘を受けて、自身の短編小説のモチーフにしたのが、ゲルハルト・ハウプトマン（一八六二―一九四六）である。

ハウプトマンは、ごく一部の研究者たちを除外すれば、現代の日本ではもはやほぼ忘れられたドイツ文学者といえるだろうが、一九一二年にノーベル文学賞も受賞しており、二〇世紀前半ではゲーテと比肩されるほどの大作家であった。ヘッセよりもひと世代以上の年長であるが、八四年の生涯において多岐にわたる執筆活動を継続したのは、八五歳まで生きたヘッセと同様である。ちなみに、ハウプトマンもアスコーナに滞在した文学者のひとりである。二一世紀の日本では、絶版状態の世界文学全集や文庫によって、わずかばかりの戯曲や散文を読むことが可能である。

ハウプトマンの短編小説『使徒』(一八九〇年)は、そのタイトルにあるように、イエスの再来とされるような「放浪の預言者」を描いた物語である。薬屋の息子の青年が救世主の使命をはたすために放浪していたが、立ち寄った実家の母の病気を奇跡によって快癒させると、イエスの弟子たちが眼前に現れたところで眼が覚める。だが、この夢によってかれ自身の再生を体験するという物語である。注目すべきは、ハウプトマンによる主人公の青年の外見描写である。

かれは洗濯して、衣服を着た。サンダルのひもを結んだとき、かれが着れば、ほかの人びとすべてとはっきりと判別される舞台衣装のように、さっと様変わりした。ディーフェンバッハ師の姿がよぎった。[…]

サンダルは両足にしっかりなじんでいた。フライス織の白い修道服を締めるロープを腰に結んで、頭はひもでぐるりと巻いた。

宿屋の玄関の間には、古い鏡がしつらえられていた。そこを通り過ぎる一瞬、かれは自身を確認するために立ち止まった。本物だ! かれは使徒そのものだった。長髪の聖なる金髪、赤みがかった豊かな楔形の口髭、勇気をたたえ、落ち着きつつも、無限に穏やかな表情、白い修道服、ひきしまった美しい容姿が、軍人のように鍛錬されたしなやかな身体を完全無欠にしていた。

この引用で言及された「ディーフェンバッハ師」こそが、裸体生活や菜食主義を信奉する生活改革運動家にして、グスト・グレーザーの師であったカール・ヴィルヘルム・ディーフェンバッハその人である。

サンダル、長髪とヘアバンド、口髭、修道服、長身といった「放浪の預言者」の容姿がじつはすでにディーフェンバッハの外見的特徴として定着しており、それが広くヨーロッパ社会で知られていたことを、ハウプトマンの短編の描写は示唆している。さらには、前述したグスト・グレーザーのいでたちは、その師のスタイルをほぼ継承したものであったこともうかがえるだろう。

ハウプトマンによる「預言者」の外見描写とあいまって、『使徒《アポステル》』というこのタイトルそのものが、「コールラビ唱道者《アポステル》」という菜食主義者をネガティブに意味する語を想起させるものであって、「使徒」がこの当時の流行の語であり、市民社会において生活改革運動家たちがいかなる位置づけにあったかを連想させるものでもあろう。

ところが、興味深いのは、『使徒』に登場する「預言者」である主人公のモデルが、じつはディーフェンバッハではないことなのだ。ハウプトマンによると、それはこの小品が書かれた一八九〇年の二年まえの一八八八年にかれが遭遇した事件にさかのぼる。当時チューリヒに滞在していたハウプトマンが湖岸通りを散歩していると、いわゆる「放浪の預言者」を目撃したのである。

毛織りの衣服、サンダル、赤みがかった長髪をした〈使徒〉のような人物が「驕奢を捨て、自然へ帰れ」と説きはじめたのだ。良家の出身とおぼしき青年がこの説教に感銘を受けて、教えを乞い願った。すると、「みずからの財で貧者に施せ」との言をあたえると、この青年は即座にそのことばどおりに施しをおこなったという。

ハウプトマンが驚嘆とともに目撃したこのカリスマ的説教者は、自然回帰の思想を説いて放浪する預言者ヨハネス・グートツァイト（一八五三―一九三五）であった。かれもやはり、かつてディーフェンバッハを師と仰いだ経験のある思想家であった。

放浪の説教師ヨハネス・グートツァイト

のちに自然回帰の説教師となったヨハネス・グートツァイトは、一八五三年にケーニヒスベルク（現在はロシア連邦カリーニングラード）で生まれた（図12）。軍人であった父親が転職するたびに、都市を転々としたが、ヨハネスは一三歳から幼年学校に通いはじめる。ドイツ帝国成立の契機となった普仏戦争をプロイセン軍大尉として戦い、戦後はフランス占領軍に在籍していた。一八七九年の両親の死を転機として、一年間のベルリン滞在後にイタリアで自然生活の思想を醸成する一方で、教育者としても活動する。一八八三年にベルリンへ帰還したときには菜食主義者になっており、周辺の村を転々とし、清貧の生活を送りながら、自身の思想を語りつづけた。一八八五年初頭にはシュテッティーン（現在はポーランド西ポモージェ県都シュチェチン）で説教師となったのちに、ミュンヒェンに旅立ったのだが、この都市で知り合ったのが、かの画家ディーフェンバッハであった。

図 12　ヨハネス・グートツァイト

ディーフェンバッハの薫陶を受けたグートツァイトはまたもやイタリアで二年間の説教活動をおこなったのち、スイスやドイツの大都市を巡回しながら、講話をおこなった。一八九〇年にはかれの自由な服装に対して裁判がもちあがったが、いずれも無罪となっている。その後もまた、ドイツの諸都市を放浪しつつ、説教をつづけた。一九〇〇年から二年間、『新人類』という雑誌の編集出版も手がけた。さらにヴェネツィア、ブダペスト、トリエステ、グラーツ、上部シュレージエンのノイベルン（現在、ポーランド南部ビェルニ・ノビ）、南部シュレージエンのヴォーラウ（現在、同南部ボウウフ）などを転々としたのちに、一九〇八年にミュンヒエン近郊のオルヒングに滞在すると、それ以後はようやく定住した。

グートツァイトが退役した理由は、ディーフェンバッハの思想に影響を受けたからだともいわれており、その師の秘書としての地位にあったほど一時期は親密な関係で、グストの兄弟子であった。

師と同様に菜食主義者であったグートツァイトも、機械工業化、衣服の流行、飲酒、喫煙、政党制度には異を唱える一方で、平和主義、菜食主義、社会の進展、女性解放には同意を示した。キリスト教教会に対しては、そのために投獄されたほどの激しい批判をくりかえした。

ハウプトマンの伝記作家ペーター・シュプレンゲルによると、ハウプトマンの小説『使徒』が公表されたさいには、主人公の外見描写が自身と酷似していることについて、グートツァイトが書簡をつうじてハウプトマンに不満をもらしたというエピソードが記されている。

ちなみに、ハウプトマンがフランチェスコ会修道服を着用している写真が残されているが、後述するように、ハウプトマンも自身の健康維持に尽力した知識人であった。

グレーザー兄弟、ディーフェンバッハ、グートツァイトといった生活改革運動家たちのなかでも、

「自然人」や「放浪の預言者」と呼ばれた人びとは、ディーフェンバッハに由来する共通の風体をしていた。長髪とそれを束ねるヘアバンド、口髭、チュニックや修道服、むきだしの足、サンダルといったスタイルである。

菜食主義者を揶揄する「コールラビ唱道者《アポステル》」、反文明主義者をいう「自然提唱者」に使用される〈使徒《アポステル》〉という語はもちろん「唱道者」の意味であるが、「放浪の預言者」と呼ばれた人びとは、そのいで立ちそのものが、イエスやその〈使徒〉を思わせる外見であったゆえに「アポステル」と（否定的に）呼ばれたにちがいない。

「放浪の預言者」のこうしたイメージが成立した背景には、菜食主義、衣服改革運動、裸体日光浴などの自然療法の流行があげられるだろう。思想的動因としての菜食主義は、ほかの動物を殺して、その肉を食することのみならず、その動物から剥ぎ取った皮革を靴や衣服などに転用することも嫌悪し、その着用も拒否する生きかたである。くわえて、機械で生産された繊維を使用せず、ファッションの流行に左右されない簡素な衣服の追及が、裸体での日光浴によって健康を増進する自然療法とも結びつき、身体を拘束せず、必要以上に身体を覆わない、古代風のゆるやかなチュニックや修道服などのデザインへといきつくのは、合理的な発想であっただろう。

生活改革運動の芸術家ディーフェンバッハ

グスト・グレーザーやグートツァイトが師と仰いだ人物、カール・ヴィルヘルム・ディーフェンバッハは、ヘッセン地方ハダマール出身の画家である。ギムナジウムの図画教師を父にもつかれは、少年時代から美術をたしなみ、当時流行の写真術を学んだのち、一八七二年にミュンヒェン造形芸術アカデミーに入学する。

しかし、翌年にチフスに罹患し、実家での一年間の療養生活を送った。このときにディーフェンバッハを襲ったのが、注射の不始末による化膿が悪化して、利き腕であった右手の上腕二頭筋を切除した不幸な事故である。かれが弟子を多くかかえた理由のひとつは、利き手の不自由にあった。

その後、ミュンヒェンの芸術アカデミーに復学したディーフェンバッハは、芸術家としてしだいに認知されるようになっていくのだが、その一方で、生活改革運動家としての思想を醸成していく。菜食主義運動のパイオニアであったエードゥアルト・バルツァーとの出会いから菜食主義者となり、アスコーナのモンテ・ヴェリタ・サナトリウムの範例となった日光浴・空気浴サナトリウムを運営する自然療法医アルノルト・リークリとも書簡で交流した。

ディーフェンバッハは同時期に修道服のような羊毛地《ウール》の簡素な衣服を着用しはじめるのだが、動物学者、衛生学者、医者グスタフ・イェーガー（一八三二―一九一七）が推進する衣服改革運動の影響を受けたものである。修道服の下にはなにも身に着けず、さらには裸体や裸足になることによって、かれの健康に一定の改善がみられたようである。この羊毛製の修道服こそが、弟子のグストやグートツァイトが、総髪、口ひげ、むき出しの足、裸足などとともに模倣し、ハウプトマンによって「ディーフェンバッハ師」と記述された異装なのだった。

持病の痔、頭痛、痙攣の苦痛に仕事を阻害されていたディーフェンバッハは、自然療法や生活改革運動に没頭し、みずからもその〈使徒〉となっていったのである。

遺稿によると、生活改革運動家としてのディーフェンバッハの動機は、一八八二年二月一〇日の啓示体験にあった。不安と絶望のあまり汗まみれで眠れぬ夜を過ごした翌朝、上部バイエルン地方を見下ろすホーエンパイセンベルク山に登ったときのことである。無限につづくアルプスの稜線、沸き立つ雲海、夜明けの太陽の日差しといったものが啓示をあたえた。それは、自然の聖性、人間の神性とも呼ぶべきものであった。

「この瞬間、わが生命が最高潮に達した！　わたしが感じたものを表現することばはこの世にない。［…］知れ、人類よ、汝の母を、自然を、それが最高の存在として純粋に自由に汝を産み、原罪と冒瀆と恥辱に汚されることなく汝をこの花咲くエデンに置いたことを。地球の栄えあるものすべて、宇宙の無限さがだれの胸のうちにも萌芽として隠されていることを。人間よ、汝を知れ」。

この啓示によって、ディーフェンバッハはまさしく「預言者」として転生したといえよう。一八八四年一〇月から、外見もまた「預言者」のようなかれは肉食、アルコール摂取、教会による法的結婚制度に反対し、素朴な自然生活を説く講演を毎週日曜日に教会のミサのごとくおこなった。

当然ながら、ミュンヒェンの市民社会はかれを放置しておかなかった。ディーフェンバッハによるピナコテーク（絵画館）内での模写申請が、その奇抜な風体ゆえに却下された。一八八五年六月には、裁判所がかれの講演を禁止した。さらに翌月にはミュンヒェン南部のタールキルヒェンの住居から、より南方のイーザルタールのヘルリーゲルスクロイトの採石場へ移住するよう追いこまれてしまう。

しかし、人里離れたこの僻地で、ディーフェンバッハは家族や弟子たちと「フマニタス」（人間性）というの名のコミューンを主宰し、菜食主義、禁酒、裸体文化などの生活改革思想を実践した。この時期にフィードゥスやグートツァイトが参入している。

そうした生活を送っていたディーフェンバッハが画家としての名声を確立したのは、一八八九年の個展《子どもの音楽》の成功である。以後のかれは、コミューンの解散と結成、弟子との対立と離反、個展の成功と失敗、私生活のスキャンダルをくりかえしながら、上部バイエルンのデルフェン、ミュンヒェン、ヴィーン、アルプス、イタリアのガルダ湖、エジプトなどを漂泊し、ついにはイタリア南部カンパーニュ地方のカプリ島を終焉の地とした。

カプリ島での晩年は、作品制作や個展開催などの活動をつづけた一〇年であったが、一九一三年一二月に腸閉塞によって（一説には、岩山から落ちた傷が原因ともいう）、初期の生活改革運動家ディーフェンバッハは世を去った。

次節で言及するユーゲントシュティールを代表する画家フィードゥスは、菜食主義、裸体文化、空気浴場、ウール服と衣服改革などの二〇世紀初期から定着しはじめた生活改革運動の成果は、師のディーフェンバッハに帰属するものだと記している。市民社会と激しく対立したディーフェンバッハの「唱道者《アポステル》」としての活動が二〇世紀の新しい生活文化を準備したというフィードゥスの見解は、正当である。その意味で、早すぎた生活改革運動家ディーフェンバッハはまさに「預言者」であったといえよう。

《光への祈り》の画家フィードゥス

ディーフェンバッハの弟子のなかで、芸術家および生活改革運動家として大成したのは、リューベック出身のフーゴー・ヘッペナー（一八六八―一九四八）、すなわちフィードゥスである。かれがヘルリーゲルスクロイトのコミューン「フマニタス」に参入し、ディーフェンバッハの弟子になったのは、一八歳の美術学生であったときである。

フィードゥスもまた、幼少時の天然痘予防接種が原因で、足にループス（狼瘡《ろうそう》、結核菌が血行によって全身の皮膚や顔面などの組織を破壊し、結節、潰瘍、瘢痕などが生じる病気）が発病した結果、腺病質となって、成人するまで病床で過ごすことも少なくなかった。

それゆえ、かれは少年時から自然療法と生活改革運動に興味をいだいており、衣服改革運動家グスタフ・イェーガーの著作も読んでいた。ディーフェンバッハも当時の近代医学で治療できなかった持病に苦しんだ経験が自然療法と生活改革運動に接近していく契機となったのは、前述のとおりである。おたがいによく似た病歴を有する師弟をめぐり合わせる要因はここにあった。

「フィードゥス」（Fidus）という、ラテン語で「信頼」を意味する名を、師からフーゴー・ヘッペナーが授かったのは、師の代理で八日間の禁固刑に服したからだった。かれがディーフェンバッハに弟子入りしてまもない一八八八年夏に、ヘルリーゲルスクロイトの採石場でコミュニティの人びとと全裸でいるところを地方警官に目撃された結果、最終的にディーフェンバッハが八日間の禁固刑に処されたさいのエピソードである。

弟子となったフィードゥスは師の仕事をよく助けた。一八八九年に大成功に終わったディーフェンバッハの個展《子どもの音楽》では、楽器をかなでる裸の子どもを描いた連作絵画が出展されたが、これもフィードゥスが多くを手伝ったといわれている。しかし皮肉にも、この成功が師と弟子たちのあいだに不和と離反をもたらした。ディーフェンバッハがその利益を芸術とは無関係の事業計画に投資しようとしたからである。

同年、師と袂を分かち、ミュンヒェンの美術アカデミーに復学したフィードゥスは画家としてデビューし、一八九二年にはベルリン近郊のシュテーグリッツに移住する。ベルリンの神智学会や、その近郊のフリードリヒスハーゲンの詩人サークル（本章後述）に出入りしながら、雑誌のイラストなどで仕事をつづけたフィードゥスは、ユーゲントシュティールの旗手として名声が高まっていく。この時期に、裸体の少年少女と植物、理想的な身体美とプリミティブな自然を組み合わせるといった、フィードゥスの作風が確立されていった。

生活改革運動家としては、一九〇七年にベルリン南東のヴォルタースドルフのシェーンブリック地区に自身が設計した家を建てて、やはりそこにコミュニティを主宰し、信奉者たちと菜食主義や裸体生活を実践した。ディーフェンバッハの生活様式を継承したのである。また、「裸体文化協会」の会員として裸体文化の普及に尽力しており、ベルリンの空気浴場のポスターを制作している。

フィードゥスの作品でおそらく最も有名なのが、一九一三年に描かれた《光への祈り》(Lichtgebet)である（図13）。中世的な裸の若者が金髪をなびかせて、岩山の頂上で太陽の光と清浄な空気を全身で受け止めようとする構図が、光への憧憬、若者の力強さ、健康な身体と精神を視覚化している。古代ゲルマン人の身体美や、自然療法や生活改革の理想を投影していた。こうして、《光への祈り》は生活改革運動が目的とした「新しい人間」のシンボルとなっていった。

さまざまな判型と品質で印刷された《光への祈り》は、ドイツの多様な市民階層で大人気であった。

図 13　フィードゥス，《光への祈り》，1913 年

とりわけ、「自由ドイツ青年団会議一九一三年、ホーア・マイスナー一〇〇年祭一〇月一一―一二日」という語句を印刷したものが、一九一三年の「マイスナー祭典」と呼ばれるドイツ青年運動の大会で販売されて、若き運動家たちに大好評を博した。

フィードゥスが付加した語句は、ドイツ青年運動グループの大会合「マイスナー祭典」がカッセル南部のホーア・マイスナー山で開催された日が、対フランス解放戦争戦勝一〇〇周年記念祭当日であったことにも由来している。ちなみに、グスト・グレーザーもこの祭典に招待されており、若者たちに囲まれている写真も伝わっている。

《光への祈り》の青年のモデルは、当時三二歳の退役軍人で平和運動家であったハンス・パーシェ(一八八一―一九二〇)だとされる。生活改革運動家フィードゥスはマイスナー祭典を主催する若者たちとも接点があり、青年運動家をモデルにしたのだった。海軍退役後、作家活動とともに平和運動や生活改革運動を推進したパーシェは、一九一八年のドイツ革命に参加し、一九二〇年に反革命義勇軍のエアハルト海兵旅団に殺害されるという運命をたどった。

この一九一三年にフィードゥスはアスコーナのモンテ・ヴェリタに滞在し、イザドラ・ダンカンとも知己を得ている。

しだいに民族主義的な傾向を強めていったフィードゥスは、ナチスが台頭してくると、一九三二年にナチス党員になり、アドルフ・ヒトラーの肖像まで描いたが、ようやくナチスに評価されたのは、一九四三年九月に七五歳の誕生日を迎えて、名誉教授の称号を授与されたときである。第二次大戦後のソ連軍占領下のヴォルタースドルフで、一九四八年二月下旬に死去した。

2. 「裸足の預言者」グスタフ・ナーゲル

グスタフ・ナーゲルの経歴

ディーフェンバッハの弟子ではなかった「放浪の預言者」として、グスタフ・ナーゲル（一八七四―一九五二）にも言及しておこう（図14）。同時代の「預言者」たちとは異質の生涯を送ったナーゲルはヘッセよりも三歳年長の同時代人で、七七歳という長寿をまっとうしている。かつてはブランデンブルク州に属していたが、現在ザクセン・アンハルト地方北部に位置するアルトマルク出身のナーゲルは、羊毛アレルギー、鼻カタル、咽頭カタルという持病に苦しんでおり、結核や消耗性疾患の疑いもあるほど、非常にやせほそっていた。それゆえ一八九四年、二〇歳のときに兵役不適格者と判定された。

ほかの生活改革運動家と同様に、当時の医学では治療できない疾病に苦悶したナーゲルは自然療法に接近していった。とりわけ、ヴェーリスホーフェンの牧師ゼバスティアン・クナイプとドレスデンの医師フリードリヒ・エードゥアルト・ビルツ（一八四二―一九二二）に傾倒していった結果、かれの生活様式は一変した。菜食主義者となり、衣服を着用せず、頭髪を切ることなく伸ばしはじめた。持病の発症が緩和されたために、ナーゲルの生活改革運動はさらに拍車がかかり、地元のアーレントゼー湖畔に洞窟を穿ち、そこに住むようになった。こうして、ナーゲルは「自然人」となったのである。

だが、アーレントゼーの保守的な市民による圧力に耐えかねて、ナーゲルは一八九八年から放浪の旅に出立する。この旅程で、自然療法をよりよく知るために、ドイツの諸都市を歴訪するが、その特異な風体ゆえに、ブランデンブルクのハーベル河畔の都市ラーテノーでは投獄の憂き目にあう。しかしながら、この遍歴のあいだに、かれは「裸足の預言者」、「裸足の説教者」として着目されるようになっていく。一九〇一年と二年の二年間で、かれのパンフレットは一万二千部、絵葉書は五万枚が売れたのである。

この時期のナーゲルのエピソードとしてもうひとつ重要なのは、かれ自身による恣意的なドイツ語表記法を考案したことである。q、v、x、yなどのアルファベットを省略し、「話すように書く」という原則に即したものであった。かれのテクストはこの表記法で書かれたものが多く残っているが、三人の妻や子どもたちは標準の表記法を遵守していたため、ナーゲル個人のみが使用していたにすぎない。

一九〇二年夏、二八歳のナーゲルはパレスティナへの徒歩遍歴を敢行する。同年一一月にはアスコーナのモンテ・ヴェリタを来訪し、カール・グレーザー、アンリ・エダンコヴァン、イーダ・ホフマンと出会い、さらには先駆者ディーフェンバッハにも邂逅したようである。このとき、グスタフ・ナーゲルの名はすでにアスコーナでも知られていた。ローベルト・ラントマンの年代記にも、グスタフ・ナーゲルは記されている。

この年の一二月にはアレクサンドリアを経由して、ナーゲルはエルサレムとベツレヘムに巡礼者として到達する。この巡礼で、神への信仰を深化させ、さらに自身の生活様式への確信を強くした。

ナーゲルがディーフェンバッハやその薫陶を受けた「預言者」もしくは生活改革運動家と決定的に相異するのは、このキリスト教への堅固な信仰である。ナーゲルと異なり、かれらは教会やその道徳観、婚姻形態と激しく対立したが、「預言者」ナーゲルはキリスト教への信仰を喪失することはなかった。

図 14　グスタフ・ナーゲル，1901 年，絵はがき

翌一九〇三年四月初頭にはカプリ島に滞在し、ディーフェンバッハとも再会し、ほかの芸術家とも交流をもった。同年五月末には、ナーゲルはふたたび故郷アーレントゼーに姿を現したのである。

この年の夏に、自然療法に心酔していたナーゲルはアーレントゼーで念願の空気日光浴場サナトリウムをついに開業する。その入口の大きな看板では、肉食、飲酒、喫煙、衣服着用の害と、裸体の美と健全を称揚しており、裸体文化や自然療法の趣旨に合致するものである。ところが、ナーゲルの空気日光浴場は閑古鳥が鳴いていた。というのも、そこへ押しかけるのは野次馬ばかりで、利用者はほとんどいなかったからである。ナーゲルのサナトリウムの目と鼻の先にある市立の保養所が連日、たくさんの客でにぎわっていたことが、さらにナーゲルの勘気に触れた。結果として、ナーゲルは一九〇八年にサナトリウムを売却せざるをえなかった。

だが一九一〇年ごろから、ドイツの大都市を周遊する「放浪の預言者」グスタフ・ナーゲルの名望は急速に高騰していく。ナーゲルが姿をみせると、市の立つ広場であろうとホールであろうと、無数の聴衆が群がるようになった。かれの姿が大衆を熱狂させるのである。講演会入場券やかれの絵葉書が飛ぶように売れていった。これを元手に、ナーゲルは一九一〇年にまたもやアーレントゼーで事業を開始したのである。

かれが湖畔に造設したのは、「エデンの園」と呼ばれる庭園を中心にした一種のテーマパークで、ナーゲルの信仰を表現する「船乗りの墓」、隅石《すみいし》、「海の神殿」、家族が住むバラック住宅などがあった。かれの人気が絶頂期にあった二〇年代や三〇年代には、まるで〈聖地巡礼〉ツーリズムのごとく、来園者が殺到し、年間一万人以上が来訪した。入場料、エデンの園や肖像の絵葉書などの収入で、ナーゲルはアーレントゼー市の高額納税者にもなった。

しかしながら、やはりナーゲルがほかの「放浪の預言者」と大きく異なっていたのは、一九二四年から政界進出をはかったことである。ナーゲルは選挙に何度も落選したのだが、ディーフェンバッハやフィードゥスがそのコミュニティで少数の信奉者たちと生活改革を実践して、隠者のように暮らしていたのとはまったく対照的である。

ナチスと対立するナーゲル

一九三三年のナチスによる政権掌握以後は、思想的には愛国主義的傾向をもつナーゲルであったが、どんな暴力も拒絶し、戦争に反対するナーゲルはナチス政権と対立を深めていった。ナチスがかれの講演と出版を禁止したが、これに何度も違反して、逮捕をくりかえした。かれの地所の建築物がおそらくはナチス関係者の嫌がらせで損壊されたりもしたが、当初はかれの言動にはいくらかの猶予がなされていた。

とはいえ、かれの戦争批判発言が激化してくると、一九四三年七月二三日、ナーゲルはついにゲシュタポ（国家秘密警察）によって「保護拘禁」の名目でダッハウの強制収容所へ収監されてしまうのだ。

その生涯をつうじて少なからず逮捕経験のあるグスト・グレーザーでさえ、第二次大戦中の一九四〇年に逮捕と執筆禁止を経験したのみである。ほかの著名な「放浪の預言者」や生活改革運動家たちはナチス政権に順応したために、強制収容所送りになった者は、ナーゲルくらいではないだろうか。

第二次世界大戦が終わると、アルトマルクのアーレントゼーはアメリカ軍によって解放された。グスタフ・ナーゲルも故郷の町に生還していた。復興の喧騒のなかで、古くからの市民たちは、ナーゲルが長ズボン、靴、コートをはじめて着用しているのを目撃する。かれもすでに七一歳になっていた。強制収容所での生活がナーゲルを衰弱させたのである。

戦前に失火で焼失したかれの住居と荒廃していた庭園は、アメリカ軍退去後にやってきたソ連軍と市の尽力で復旧された。戦後も、ナーゲル目当てでアーレントゼーを来訪する者があとを絶たなかった。ナーゲルが最後に公のまえに登場したのは、一九四九年三月初旬のことである。ソ連占領下にもかかわらず、当局の支持をとりつけたナーゲルの主導で、カンバーランド大公エルンスト・アウグスト・フォン・ハノーヴァーを、形式的であるが「ドイツ王」にする戴冠式をアーレントゼーでおこなったのだった。そして、七八歳を目前にした一九五二年二月一五日に、異色の「放浪の預言者」グスタフ・ナーゲルは心筋衰弱で死去した。

ちなみに、ナーゲルをモデルに小説を書いたとされるのは、ノルウェーのノーベル賞作家クヌート・ハムスン（一八五九―一九五二）である。一九二〇年に六一歳のハムスンは『土の恵み』などの作品が評価されて、ノーベル文学賞を受賞した。

ハムスンは祖国だけでなく、ドイツでも当時は非常に読まれて、たとえばおなじくノーベル賞作家トーマス・マンも長らく愛読し、多大な影響を受けたとされる作家のひとりである。ハムスンの生誕七〇周年の一九二九年に、マンはホメロスやドストエフスキーに比肩する天才だと絶賛した。

ところが、親ドイツ派のハムスンはナチス政権発足後には熱狂的なナチス礼賛者になり、ノルウェーのファシズム政権協力者でもあったために、第二次世界大戦後には高齢にもかかわらず、三年間も法廷に立たなければならなかった。高額な賠償金を課されたあげく、隠遁生活の果てに九二歳で世を去った。

グスタフ・ナーゲルと思しき人物が登場するハムスンの小説『秘儀』は、一八九二年にコペンハーゲンで初版が上梓された。この作品に登場する癖の強い奇人の名は、ヨハン・ニルス・ナーゲルという。この小説が出版された一八九二年はナーゲルが有名になった年であって、それは同年に北ドイツの新聞数紙に、ナーゲルの肖像が掲載されたからである。

ドイツ好きで名高いハムスンはドイツの日刊紙を愛読していたために、新聞記事から「自然人グスタフ・ナーゲル」のことを知ったようだ。ハムスンはナーゲルと個人的な面識がなかったが、新聞記事に書かれたナーゲルにたちまち魅了されたらしい。

ハムスンが描くところのヨハン・ニルス・ナーゲルは、地元の奇人で菜食主義者、自然生活に夢中になっているという設定である。この人物がナーゲル本人とこのうえなく類似しているのは、あるハムスン研究者によると、ヨハン・ニルス・ナーゲルの人物造型には、ナーゲル本人の伝記や思想が落とし込まれているからだという。ノーベル賞作家ハムスンとグスタフ・ナーゲルの関係は、同様にノーベル文学賞を授与されたヘルマン・ヘッセとグスト・グレーザーの関係と同一であるだろう。

3.『世界改革家』

『世界改革家』成立時期の異説

人生を模索中の知性も財もあるハンサムな若者が、自身を正しく導いてくれるヒロインに魅了されながらも、同時代を騒がせていた生活改革の思想家たちに感化されたゆえに、文化的な市民生活やヒロインと決別して、一年間の孤独な農民生活を送るが、やがて思想家たちの欺瞞に気づき、文明とヒロインのもとへ帰還するというのが、短編小説『世界改革家』の物語である。世間知らずの若者が広い世界を知って成長するというストーリーは、ジャンル的にはドイツ特有とされる教養小説《ビルドゥングスロマーン》だといえよう。

この作品には、アスコーナでヘッセが目撃し、交流したであろう「預言者」や生活改革運動家がじつに多く登場する。かれらが主人公ライヒャルトの思考と生きかたに影響をあたえる一方で、その眼を覚まさせる役割も物語内で演じている。

主人公が最終的には自身の過誤を認識して、文明生活へ立ち返るという物語展開であるゆえに、作者ヘッセが主人公に投げかける視線はきわめて冷静で、口先だけのイカサマ芸術家たちの弁舌に容易に騙される世間知らずの主人公を風刺豊かに描写しており、ライヒャルトの自然生活を「殉教」と皮肉に表現している。しかも、この冷徹な視点が「預言者」や生活改革運動家の描写にも容赦なく向けられているのは、逆に違和感を生じさせるところでもある。

この作品が執筆された一九一〇年は、わずか数年前にアスコーナに滞在したヘッセにとっては、その影響がまだ鮮烈に残っていた時期のはずだが、ごく簡潔な描写で進行する一種のテーマ小説である短編『クネルゲ博士の最期』と同様のモチーフの小説へと昇華できるぐらいの時間は経過していた。ところが、それでいて、主人公の生きかたに影響をおよぼす市民社会の反乱者たちの精細な描写そのものはやはり多彩なうえにきわめて具体的である点には、いくらか奇異な印象をぬぐえない。

この問題には、グスト・グレーザー研究者ヘルマン・ミュラーによる『世界改革家』成立時期に対する考察が答えとなるかもしれない。最新版のヘッセ全集ではこの作品の成立年が一九一〇年となっているが、『世界改革家』は一九三三年に刊行された作品集『小さな世界』に収録される以前の一九二八年から三〇年のあいだに、ヘッセが徹底的に加筆したと推測している。

『世界改革家』の正しい成立年は一九〇六年だと、ミュラーは特定する。というのも、ヘッセ自身が編集した全集版の注には、「この物語は一九〇六年ごろの成立である」と記されており、また一九七三年に出版された『世界改革家』を収録する『物語集』の編集者も成立年を一九〇六年と注に記しているからだ。すなわち、一九〇六年とはヘッセが最初にモンテ・ヴェリタを来訪した年である。

一九〇六年に完成した『世界改革家』が、その後二〇年以上が経過した一九二〇年代末に大幅に加筆されたというのであれば、論理的につじつまが合う。というのも、この作品から看取される、主人公や反市民社会の思想家たちに対する作者ヘッセの視線や記述はあまりにも冷淡なわりに、かれらの描写については非常に具体的だからである。くわえて、ルートヴィヒ・フィンクが回想に記したごとく、菜食主義食に固執し、周囲の心配をよそに痩軀になっていたさいのヘッセの異常な情熱がまったく感じられず、徹頭徹尾、作品の登場人物たちとはかなりの精神的な距離を置いた記述となっているからである。

ヘッセが描くボヘミアンの肖像

『世界改革家』冒頭で、主人公ライヒャルトは学生時代に一年間暮らしたことのあるミュンヒェンにやってくる。そこでかつての知人たちの芸術家グループと親しく交友するようになる。かれら若き芸術家たちは実力のともなわない能弁さと調子のよさだけしかもちあわせておらず、そのだれもが自身の名声のために裕福なライヒャルトを利用しようとするだけであった。

この町でかれの亡父が親しくしていた法律顧問官は死去しており、以前の暮らしぶりとはうってかわって、その未亡人と娘が現在は質素な生活を送っているのを知った主人公はふたりを訪問して、娘のアグネス・ヴァインラントと知り合う。穏やかさと慎ましさのなかに正しい思慮分別を有したヒロインに、ライヒャルトは惹かれていく。

ヘッセの筆致は、零落しながらも美しさと健気さを失わず、穏やかな魅力によって主人公を正しく導こうとするアグネスを、主人公の人生の幸福の絶対的指標となる人物として描く一方で、ライヒャルトにまとわりつく芸術家グループの欺瞞と虚偽や、それを察知しない主人公の無邪気さについては、皮肉たっぷりに淡々と描写していくのである。

アグネスとの交流によって、ライヒャルトは芸術家グループの正体にようやく気づく。かれらがいかに浅薄で、自分を利用することしか頭にないかを知って、大きな失望を味わう。だが、このあとに主人公は生活改革運動を知り、さらに「預言者」エードゥアルト・ヴァン・フリッセンとの邂逅によって、反文明の生活を志向し、そのなかへと身を投じていくのだった。

「そして、かれは自分の道楽のために舗装されたかのような通りへと、すなわち新しい倫理観へといきついた」と、翻弄される主人公のこうした人生探究の過程を「道楽」と記すヘッセには、自身がかつて菜食主義や裸体文化に心酔していたときの熱狂はもはや感受できない。しかしその一方で、ライヒャルトが出会った「新しい倫理観」を生きる人びとのなかに、リアルな多様性を入念に書きこんでおり、やはりヘッセ自身が当時知っていた、もしくは関心をもっていた人物たちがモデルとなっている。

生活改革の思想に陶酔し、ヴァン・フリッセンが推奨するままにチロル地方の果樹園とブドウ畑の小屋を購入したライヒャルトは、幸福の女神アグネスの忠告も聞き入れることなく、嗜好物を廃した菜食主義者として農民生活を開始する。〈殉教者〉のごとく暮らすかれのもとを、「日常の世界秩序の外で彗星のような放浪生活を送っている、大勢の特殊な人びと」が来訪する。

ヘッセの人物描写に対するヘルマン・ミュラーの指摘のなかで、とりわけ本章で注目したいのは、二番目、三番目、四番目の訪問者である。というのも、モデルとおぼしき具体的な人物が想定されるからだ。

ライヒャルトを二番目におとずれたのは、「活発で熱狂的な紳士」という外見のザロモン・アドルフス・ヴォルフである。奇跡の治療をおこなう医師で、それゆえに医者と裁判官から迫害されているという設定であった。

この「ザロモン」という名が想起させるのは、モンテ・ヴェリタに滞在していたラファエル・サロモンソン（一八五三—？）で、「メーヴァ」とも名乗っていたが、かつてはジョゼフ・サロモンソンという名であった。イーダ・ホフマンが一九〇六年に著した冊子『モンテ・ヴェリタ　詩なき真実』（ゲーテの自伝『詩と真実』を連想させるタイトルにこの著作の意義が読み取れるだろう）に、サロモンソンのことが記されている。

ベルギーの元領事であったジョゼフ・サロモンソンはモンテ・ヴェリタで会計係やロバ引きをしており、菜食主義を厳格化した人物である。「恥がわれわれに服を着させたが、名誉はわれわれをふたたび裸にするだろう」という一文をつけて、アスコーナで裸体のまま労働する自分の写真を売っていた（図

15）。熱狂的なワーグナー崇拝者でもあったというかれであるが、かつて東インドで代理公使としての滞在経験があり、かの地に神殿を建設する目的をもっていた。ある新聞に〈二〇世紀のキリスト〉として掲載されたことに喜悦の声をあげていたという。

ヘッセはサロモンソンと面識はなかったようだが、イーダ・ホフマンの著作を参照したと考えられるのは、それがヘッセの蔵書としてマールバッハのヘッセ文書館に現在も保管されているからである。

そして、三番目の来訪者は「ロシア人の外見をした若い男」で、「わずかしかドイツ語を話さず」、ライヒャルトには「迫害された無政府主義者か、零落した芸術家か、聖者なのか」が判別できなかった。

前提として、一九〇五年のロシア第一革命の一月蜂起にサンクトペテルブルクで失敗した革命家たちが、同年の春には亡命者となってアスコーナやモンテ・ヴェリタに多数滞在していたという歴史的事実がある。エーリヒ・ミューザムの友人でもあったモンテ・ヴェリタ最初期設立メンバーのロッテ・ハッテマーがこの時期にロシアから亡命してきた革命家たちと交流していたことを、のちの人形職人ケーテ・クルーゼが書き残している。「わたしは彼女には悲劇を演じる才能があると考えた。というのも、ある日の盛り上がっていた夜に彼女がかつて逃亡中のロシア人虚無主義者といっしょにいて、ことばにできない熱情をこめてニーチェとゲーテを朗読しているのをみたことがあるからである」。

そして、「半裸の菜食主義者」と記された四番目の来訪者こそ、またもやグスト・グレーザーを想定させるべく描かれている。この人物の外見描写も、グストらしい風体を示したものである。たとえばヘッセの長男ハイナーの証言によると、グストが一九一六年から一八年のいずれかの年にベルンに滞在していたヘッセを来訪したときには、かれは「漁網のみを身にまとっていた」という。

図 15　ジョゼフ・サロモンソン

「サンダル履きで、木綿の一種でできたシャツとズボンがつながった服を着た群れの最初の人物であった。その仲間たちの同志とおなじく、若干の労働嫌いのほかは、悪徳にまみれておらず、感動的なほどに無欲で天真爛漫な人間であり、衛生や社会に関する救済思想が奇妙により合わさった主張をしながら、自由で自然にその日暮らしをしていたが、それにふさわしく、多少芝居がかった粗末な衣服を着ており、威厳もあった」。

ふたりの出会いについてのヘッセの描写は、まるでかつてのアスコーナでのグストとの邂逅がそうであったかのように、具体的に詳述されていく。

この単純かつ天真爛漫な男はライヒャルトに感銘をあたえた。かれが説くのは憎しみでも争いでもなく、自分の教義に随従すれば、新しい楽園のような人間生活が開花するのがまったく自明のことであるのを、誇らしく謙遜しつつも確信しており、それについての自身の関与をみずから感じていた。かれの最上の戒律こそは「汝殺すことなかれ！」であって、それを同胞の人間と動物に関係づけただけではなく、生きとし生けるものすべてに対して無限の尊敬をいだくことだと理解していた。動物を弑することを憎むべく思っており、現在の堕落と盲目の時代が終われば、人類がこの犯罪行為から完全に手を洗うだろうと、堅固に信じていた。

この人物の思想の大きな特徴である「汝殺すことなかれ！」が、グストの主張であり、ヘッセもまた同一のタイトルで戦争反対の文章を書いたことはすでに言及した。

花を摘み、木を伐採するのも認めないというこの菜食主義者の主張に対して、かつてガイエンホーフェンに出現した「アスコーナの太陽兄弟団」にルートヴィヒ・フィンクがしたように、ライヒャルトもおなじく、その矛盾を指摘する。だが、かれは主人公の批判をすべて承認し、衣服も家も所有すべきではなく、「エデンの園」のごとき無所有の暮らしの実践を説くのである。

そして、グストと思しき半裸の菜食主義者と主人公のやりとりをめぐって、いまやヘッセは「その思想の浅薄さが明白であるにもかかわらず、ベルトルトはこの牧歌的な哲学から一種の喜びを感じた」と冷淡に記している。まるでかつての自分を現在の時間から俯瞰するかのように。

ヴァン・フリッセンの不可思議な人物設定

最後に問題となるのは、主人公ライヒャルトに最大の影響をあたえた「預言者」ヴァン・フリッセンである。ヘッセが作品内で詳述したプロフィールは、以下のように長大である。

> エードゥアルト・ヴァン・フリッセンと名乗るこの男は、まず神学者、ついで芸術家になったが、そのゆく先々で、かれのもとにやってくる求道者たちの輪のなかで即座に大きな力を手に入れた。なぜなら、社会の悪弊を認識し非難するのに厳格であるばかりか、自分の思想に責任をもち、それに自身を犠牲にする心がまえが、かれ個人には常時あったからである。カトリックの神学者であったかれは［…］、説教壇を追われて、教会を離脱した。［…］

きわめて簡素なローデン素材の衣服をつねにまとって、気後れせずに裕福な人びとの家を来訪したが、それは徒歩散策や旅行で着ていたものと同一のものであった。かれの教えは教義がなく、とりわけ無欲と誠実を推奨したので、どれほど小さな追従の嘘であっても嫌悪した。［…］

このオランダの預言者はおのれの禍福に無関心で、その全力を人類の平和の敵で破壊者とみなす悪に傾注した。かれは戦争と権力政治を、金銭と贅沢を憎悪し、いつの日か悪を根絶するために、自分の憎悪を拡散し、火花を火炎にすることをその使命とみなしていた。［…］

かれの人間関係はトルストイ伯のロシアの大農場からイタリアの海岸とマデイラ島にある平和主義・菜食主義コロニーにまでわたっていた。［…］単純かつだれにもわかる弁論で、すべての預言者と賢者を自身の同志として語り、かれらのことばを自身の教義を証明するものとして引用するすべを心得ていた。聖フランチェスコのほか、イエス本人、ソクラテス、ブッダ、孔子にまでおよんだ。

ヴァン・フリッセンの具体的な人物像を、ヘッセはこのように詳細に描出しているのだが、この複雑な設定をもつ「預言者」が単純に造型されてはいないことを、ヘルマン・ミュラーが指摘している。というのも、かれの特性描写がほかの登場人物よりも多面的に詳細であるのは、ふたりの人物をモデルにしたと考えられるからである。ひとりはグスト・グレーザー、もうひとりはフェルディナント・ドメーラ・ニューワンホイス（一八四六―一九一九）である。

ニューワンホイスの肩書は複雑である。かつてアムステルダムで有名な説教師であったが、教会を追われている。社会主義革命理論家フリードリヒ・エンゲルス（一八二〇―九五）、無政府主義者クロポトキン、無政府思想史家マックス・ネットラウ（一八六五―一九四四）とも親しく、一八九三年にチューリヒで開催された国際社会主義会議の中心人物であって、戦争反対論者、オランダ社会民主主義党創立者、無政府主義の著述家、そして菜食主義者であった。

フィードゥスも交流をもっていたベルリン近郊ミュゲルゼー湖畔のフリードリヒスハーゲンの詩人サークルに、ニューワンホイスは出入りしていた。社会主義的な傾向が強かったこのグループの著名なメンバーには、文筆家ヴィルヘルム・ベルシェ（一八六一―一九三九）、生活改革運動家の画家フィードゥス、詩人で自然主義文芸批評家のハインリヒ（一八五五―一九〇六）とユリウス（一八五九―一九三〇）のハルト兄弟、無政府主義評論家グスタフ・ランダウアー（一八七〇―一九一九）、エーリヒ・ミューザム、マルティン・ブーバー、文学者カール（一八五八―一九二二）とゲルハルトのハウプトマン兄弟などがあげられる。

このグループは一九〇〇年におなじく、ベルリン近郊のシュラハテンゼーに「新共同体」という無政府主義・共産主義的コミューンを設立している。ちなみに、そのメンバーは本書第1章で列挙したアスコーナ滞在者とも重複しているゆえに、その思想的特徴の輪郭が理解できるだろう。マルティン・ブーバー、ゲルハルト・ハウプトマン、フィードゥス、無政府主義者ラファエル・フリーデベルク（一八六三―一九四〇）、エルゼ・ラスカー＝シェーラー、エーリヒ・ミューザム、医者で社会学者のフランツ・オッペンハイマー（一八六四―一九四三）、ルドルフ・シュタイナーといった関係者たちはアスコーナでの滞在経験をもっており、ニューワンホイスもそのひとりであった。

その戦争反対を訴える活動でよく知られているのは、ドイツ社会民主主義運動の指導者ヴィルヘルム・リープクネヒト（一八二六―一九〇〇）とのあいだに起こった対立で、「ニューワンホイスとリープクネヒトの決闘」と呼ばれている。政治的にはニューワンホイスの敗北で終わったために、かれは社会民主党を脱党して、無政府主義を志向するようになる。

チューリヒとアスコーナでの滞在後の一九〇七年四月一日に開催されたドイツ無政府主義労働者同盟の会議に、ニューワンホイスは参加する。その会議自体は警察の激しい妨害ゆえに、ついにはマンハイム近くの平原で開催されるにいたったものである。しかしこの会議の決議は、急進的なニューワンホイスにとって満足のいくものではなかったため、かれは第一次世界大戦以前のアムステルダムで国際反軍国主義連盟を創設している。

第一次大戦後の一九一九年に死去したが、ニューワンホイスはこの時期すでに、労働者階級の独裁を社会主義にとって致命的となる新たな専制政治の出発点だと見越していた最初のひとりであったといわれている。

ヴァン・フリッセンとニューワンホイス

そのような活動家ニューワンホイスであるが、ヘッセが描くヴァン・フリッセンとの類似点は多い。オランダ出身、有名な教会説教師であった過去、戦争や権力政治の否定、ロシアや菜食主義コロニーとの縁故、菜食主義信奉者といったヴァン・フリッセンの人物像は、ニューワンホイスの経歴や人格とよく似ている部分である。

ニューワンホイスがアスコーナに現れたのは、一九〇七年九月だとされており、ベルリンの市会議員をつとめた社会主義者ラファエル・フリーデベルクと親しくなった。フリーデベルクもまた、ニューワンホイスのように、無政府主義的かつ反軍国主義的な思想をもっていたからである。ヘッセがアスコーナに滞在したのは前年一九〇六年六月や翌年三月から五月であるために、ニューワンホイスの噂はもっとあとになってから耳にしたと思われる。

とはいえ、ほかの特徴については、グスト・グレーザーを思わせる部分も多い。ニューワンホイスは「簡素なローデン素材の衣服」や「預言者のマント」を着用していたという記録はなく、それはグストの外見を想起させる。また芸術家の肩書にくわえて、無欲と誠実を好むところや、ブッダ、孔子のことばを自分の教えに援用したというエピソードも、アスコーナでヒンズー教の「導師」として活動したり、『老子』の翻訳をして、インドや中国の思想を理解し、実践していたというグストに由来しているように思われる。

それゆえ、ヴァン・フリッセンの人物造型は、ニューワンホイスからは、元神学者と革命活動家という身分や政治的思想に関する経歴を借用する一方で、「預言者」の外見や反文明・反市民生活に関連する部分やその詳細については、グスト・グレーザーの言動をキメラ的に接ぎ木したような印象である。

エードゥアルト・ヴァン・フリッセンの人物設定がふたりの実在の人物を合成したかのようになっているのは、ヘッセがやはり、その「預言者」としての人物造型にふさわしい外見にする必要があったゆえだと思われる。当時、評判の「預言者」を作品に登場させるために、特異なローデン地の衣服を身に着けさせ、旧知の「預言者」グストの言動をふりわけることで、ヴァン・フリッセンの人物像にリアリズムを注入したのである。

キメラ的な接ぎ木のもうひとつの理由としては、作中でこの「預言者」があっけない最期をむかえるためかもしれない。主人公のチロル移住が一年ほど経過したころ、取り寄せていた唯一の新聞の記事で、ロシア国境周辺の村に滞在していたヴァン・フリッセンが農民たちの飲み屋で火酒に反対する説教をおこなっていたときに、勃発した騒動のさなかで撲殺されたことを、ライヒャルトが知るからである。こうした運命をたどる登場人物に、特定のモデルを設定することを忌避したという推測も可能だろう。

『世界改革家』の作品的意義

いずれにせよ、ヴァン・フリッセンの頓死が転機となって、主人公が文明生活へ帰還していく物語へと転回をみせていく。「預言者」ヴァン・フリッセンが農民に殴殺された事実は、この預言者が説いた農民生活の理想を色褪せさせたはずである。「鈍感な農夫が無意識に送る田舎の生活は、感謝の念をもつ意識的な人間によって営まれたならば、神聖化と秘められた力で充溢したものになるにちがいない」と語る師のことばに感動し、一年のあいだ農夫となって実践したライヒャルトだが、その「預言者」自身が農民に禁酒を説教するも、結局は「鈍感な農夫」に殺されたという事実こそが、神聖さや秘密の力にあふれた農民生活という幻想からかれを目覚めさせる結果となるのである。

そして、ミュンヒェンでふたたび文明生活の有意義と必然性を痛感したライヒャルトは、ただひと筋にヒロインのアグネス・ヴァインラントのもとへと急ぐ。彼女だけは最初から正しい分別をわきまえて、「芸術家」や「預言者」の浅薄な虚偽と虚栄をみぬいていた、ライヒャルトの幸福の指針となる女性であった。主人公とその帰還に感涙するヒロインとの邂逅がクライマックスとなって、物語はハッピーエンドで幕を閉じるのである。

チューリヒの路上で説教する「放浪の預言者」グートツァイトに、裕福な若者が深い感銘を受け、その場で即座に教えを希求した事件が、目撃したハウプトマンにとっても衝撃的な体験であったことは記したとおりである。だが、こうした光景は当時、少なからずよくみかけられたはずだろう。ヘッセの『世界改革家』はそのような青年を主人公にした作品である。つまり、この物語設定ゆえに、「放浪の預言者」たちが闊歩し、世間を騒がせていた同時代を刻印した作品になっている。

一九〇六年に一度完成させた『世界改革家』を、ヘッセは約二〇年後に多くの加筆をおこなった結果、「放浪の預言者」とそれに惑乱される主人公への冷厳な視線がこの物語を包含するようになったというのが、この作品の成立時期に関するおおむねの仮説である。しかしながら、この小説加筆時にヘッセの胸に去来したものはけっして些少なものではなかったはずだ。この作品に登場する、まさに異界に棲むかと思われた登場人物たちの詳細な描写のなかに、フィクションとしての虚実をないまぜにしながら、それでもいくらかの事実が醸成するゆえのリアリズムが封入されているからである。

『世界改革家』が一九二八年以降に加筆されたとするばあい、このときヘッセはすでに五〇歳を超えている。三〇代前半に熱狂した菜食主義、裸体生活といったアスコーナ周辺での体験や説教者グスト・グレーザーの教えに対して、ヘッセはすでに決着をつけていたと考えられる。この物語の主人公に対するヘッセのまなざしがいたって冷徹であるのも、ベルトルト・ライヒャルトがかれ自身のかつての分身であるからだろう。ライヒャルトがヴァン・フリッセンのことばの導きに従って、チロル南方の果樹園に移住し、質素な農民生活を送る物語は、ヘッセが「アスコーナの太陽兄弟団」に随行し、そのままアスコーナやアルチェーニョで孤独な菜食生活を過ごしたというエピソードを連想させるのである。

しかしながら、おなじく主人公が生活改革運動を実践する作品がもう一編、一九〇七年から〇八年に書かれている。それが比較的長い中編『友人たち』である。後述するこの小説においても、生活改革運動へ没入していく主人公ハンス・カルヴァースに対するヘッセの視線は存外、冷静なのだ。

いわゆる一九〇七年の二度目のアスコーナ滞在からガイエンホーフェンに帰宅したのち、つまりヘッセの菜食主義や節制の生活はそれほど長くつづかなかったものと思われる。『世界改革家』は『友人たち』から二年後の一九一〇年の作である。それゆえ、主人公ライヒャルトをもっと冷厳な視点で描いていても、それほど不自然ではないだろう。

とはいえ、『世界改革家』という物語には、生活改革運動家や「預言者」に対する否定的な意見が明確に記されており、市民社会を否定する自然生活から文明への主人公の帰還によるハッピーエンドが用意されていることに、かつての自身に対するヘッセの判断はすでになされたといえよう。

たとえば、一九一二年五月三〇日付のヴァルター・シェーデリン宛書簡では、以下のように述べられている。

「頭でっかちのライヒャルトの物語は、あなたにはそのテーマゆえにほかの物語よりも好ましいのでしょうが、わたしにとっては最も共感できないものなのです！　しかし、あなたのおっしゃることには、べつの側面があります。教養ある地位の高い人間の人生を描き、そのうえでかれが〈憧れと諦め〉だけで満足しないことをみせてほしいと、あなたはわたしに要求しています。それはわたしにも立派かつ大いなる課題に思えますが、ただし残念ながら、やりとげることも、それを試みることさえできません。というのも、この点についてあなたのご判断はまったくもって正当なのです。けれども、問題なのは作家的能力の不足ではなくて、個人的・人間的な能力の不足なのです」。この書簡には、生活改革運動の実践に対して自分の限界を感じたヘッセ本人の本音が吐露されているのだろう。

そして、自然生活と文明生活のどちらを、どのようにヘッセが選択したのか、あるいはグスト・グレーザーの思想をいかように咀嚼し体験した結果、ヘッセはアスコーナからガイエンホーフェンへと帰還したのかという問題を考察するのに、うってつけの作品が存在する。

それが、ヘッセがアスコーナを二度目に来訪した一九〇七年から〇八年にかけて書かれた中編小説『友人たち』である。文明生活と自然生活をそれぞれ象徴するふたりの魅力的な友人に主人公が翻弄される物語であるのだが、クライマックスでは主人公が二者択一の選択を強いられるという展開となるのである。

第6章　『ペーター・カーメンツィント』の生活改革運動

1．シュテファン・ツヴァイクの回想録『昨日の世界』

ヘッセの同時代人ツヴァイク

ここでもう一度、ヘルマン・ヘッセが生きた時代の裸体文化や健康思想がいかなるものであったかを、同時代人の証言から確認してみよう。ここでひもとくのは、シュテファン・ツヴァイク（一八八一―一九四二）の遺著となった自伝『昨日の世界』（一九四二年）である。ツヴァイクはウィーン出身のユダヤ人作家で、多くの歴史・伝記小説を書いた。しかし、ナチス政権時代に反ユダヤ主義が台頭してくると、一九三四年にイギリスへ亡命、四一年にアメリカ、つづいてブラジルに移住するも、四二年二月二二日にヨーロッパの現状と未来を憂えて、薬物の過剰服用で自殺した。

ツヴァイクは一九〇三年初頭から三八年夏ごろまで書簡でヘッセとの交流があったが、かつてヘッセをガイエンホーフェンに来訪したこともある。このとき、ヘッセが注意をうながすまえに、ツヴァイクが興奮のあまりいきなり入ってきて、家のかもいに頭をしたたか打ちつけた結果、一五分ほど寝かせてからようやく話ができたと、ヘッセが一九三一年のエッセイ『新居に住みはじめるときに』で書き残している。

さて、そのツヴァイクが最期に書き残したのが、回想録『昨日の世界』である。この著作は近年では、ウェス・アンダーソン監督の歴史コメディ映画『グランド・ブダペスト・ホテル』(二〇一四年)の原作としても知られている。死を覚悟したツヴァイクがあえて自伝のなかに書きとどめようとしたのは、二〇世紀前半のヨーロッパ社会と文化であって、アンダーソン監督が共感したものでもあるだろう。

この回想録では、「婦人の解放、フロイトの精神分析、スポーツの肉体崇拝、青年の独立」によって、二〇世紀前半の四〇年間で、性的なものもふくめたヨーロッパの道徳観が全体的に変容をとげたことを、ツヴァイクが感慨深く追想している。

たとえば、「イザドラ・ダンカンがそのきわめて古典的なダンスで、タイミングよく下方へたなびく白いチュニックを着て、よくある絹のトゥシューズのかわりに裸足の足裏をみせたときに、それが無類のセンセーションを惹起したことを、今日なお想像できるだろうか」と、時代の急激な変化を驚嘆とともに述懐する。

モダンダンスの創始者イザドラ・ダンカンがヨーロッパで舞踊家としてデビューしたのは一九〇〇年のことである。彼女の即興的なダンスは芸術として評価されたが、その一方で、ときには半裸の衣装で裸足のまま踊るダンカンは、同時代の道徳観からは逸脱していた。とはいえ、「裸足のイザドラ」と呼ばれた彼女は、衣服改革運動もふくめた女性改革運動家たちにとっては女性解放のシンボル的存在でもあった。「［女性の衣服はコルセット・ロングスカート着用が必然だった］あの時代に、もし女性がスポーツや競技のときにズボンを着用すれば、犯罪とみなされたことは、今日でも理解されるだろう」と、ツヴァイクは当時の社会状況を説明している。二〇世紀になって、女性の衣服改革がなされて、女性は道徳的にも大きく解放されたのである。

一九〇〇年に『夢判断』を上梓したジークムント・フロイトが創始した精神分析学は、「無意識」という人間の内面を分析することで、神経症などの精神疾患の治療を可能とする理論を構築した。ヒトの精神や心を科学的に把握しようとする新奇な学問領域を開拓したのだった。ヘッセもまた精神分析学に傾倒していたことはすでに記したが、後述することにしたい。

「スポーツの肉体崇拝、青年の独立」についても、「しかし［…］、人間そのものもまた、スポーツ、よりよい滋養、短縮された労働時間、自然との密接な関わりあいによって、さらに美しく、さらに健康になった。冬はかつて荒涼とした時間であったが、［…］、冬の山上は、濾過された日光の圧搾場、肺にとっての美酒、血行がよい肌を歓喜させるものとして見いだされた」と、ツヴァイクは詳述する。くわえて、身体鍛錬施設の増大や健康意識の変化についても説明をつづけるのだ。

日曜日には、はでやかなスポーツジャケットに身をつつみ、スキーやリュージュに乗った数千、数万の人びとが雪の斜面を滑降していたし、どこにでもスポーツ会館や水泳場がつくられた。そしてまさしく水泳場では、変化にはっきりと気づくことができた。わたしの青年時代では、じっさいに発育のよい男性とは、太い首、太鼓腹、やせ細った胸をした者たちのなかで人目を惹いたものだが、いまでは、体操選手のようにしなやかな、日に焼けた、スポーツで引き締まった体型の人びとが古代風の快活な競技でたがいに競い合っている。極度な貧困にあえぐ人びと以外は、毎週日曜日に自宅にいるような人びとはいなくなり、すべての若者は徒歩旅行、登山、競技にいそしみ、すべてのスポーツに習熟していた。

ツヴァイクが伝える二〇世紀前半のヨーロッパで進展したのは、女性の解放、衣服改革、日光と新鮮な空気の効用、自立した若者たち、健康思想の浸透、健康のための身体鍛錬、スポーツ会館や水泳場の増設といったものである。男性だけでなく、女性もまた、すでにコルセットや全身を覆い隠す衣服を放棄し、旧弊固陋とした道徳や身体観から解放される途上にあった。

生活改革運動と自然療法の浸透

おそらく、この時期ほどヨーロッパで裸体での日光浴や冷水浴の効用に対する絶大な信頼がおかれたことはないだろう。とはいえ、これらの時代変化は二〇世紀になって突如として起こったのではない。菜食主義、禁酒禁煙、裸体文化、衣服改革、日光浴治療といった生活改革運動は、健康、道徳、日常生活の変革を求める人びとによって一九世紀後半から開始されていたのであって、そうした運動の成果が二〇世紀にようやく根づきはじめたといえよう。自然療法医ヴィンツェンツ・プリースニッツ（一七九九—一八五一）、ゼバスティアン・クナイプ（一八二一—九七）らの水治療法、おなじくアルノルト・リークリ（一八二三―一九〇六）、オーギュスト・ローリエ（一八七四―一九五四）らの空気浴・日光浴療法は、転地療養の効用を主張するサナトリウムの多くで導入されていた。

禁酒禁煙、菜食主義、自然療法といった部類の生活改革運動は一般の市民労働者のあいだでも拡大しつつあり、余暇における野外でのスポーツが奨励される傾向にあった。たとえば一九世紀末の一八九〇年には、自然療法協会の分派組織として「国民健康同盟」が誕生している。同年すでにこの組織は四〇の協会と四〇〇〇人もの会員を擁していたのであって、労働者たちにおける生活改革運動の普及を示すものである。一八九五年に設立された「自然の友」という旅行協会も会員数の多い組織であったが、社会福祉政策のための徒歩旅行を健康のために奨励する組織であった。

文化が有する病や害に対抗するための健康・力・美・運動能力・抵抗力を、理性的な滋養摂取および身体・感覚・精神の養成によって人間の身体すべてが獲得すると考えており、そうした発想を「身体文化」として認識していたのが、生活改革運動家でスポーツ学校校長であったテオドール・ジーベルト（一八六六―一九六一）であった。菜食主義者でアスリートのカール・マン（一八七四―一九五一）は、精神生活が健全に発展するための必要不可欠な基盤として、生の歓喜、快活さ、明朗な精魂を獲得し維持するための前提条件こそが身体文化であるとみなしていた。ボディビルダーにして生活改革運動家ゲオルゲ・ハッケンシュミット（一八七八―一九六八）も、身体文化とは、最も困難な生活上の問題解決や、満足感と真の生きるよろこびをあたえることに寄与するものと捉えていたのである。

すでに健康は自身の鍛錬で獲得できるものであって、だれもが健康のために努力をおしまないのが当然という時代意識なのだった。

2.『ペーター・カーメンツィント』

ヘッセ出世作の成立時期

生活改革運動と健康をめぐる話題は、ヘッセの出世作『ペーター・カーメンツィント（郷愁）』（一九〇四年、以下、カーメンツィントと略記）でもみいだされる。この作品が出版されたのは一九〇四年であるが、ベルリンの有力出版社フィッシャーからの依頼によって前年に書きあげられていた。この小説こそが、ヘルマン・ヘッセの名を一躍有名にし、かれが作家として世に立つことを可能にした作品である。

そして、なんといっても『ペーター・カーメンツィント』が本書にとって重要なのは、ヘッセのアスコーナ滞在以前の作品であり、完成したのはガイエンホーフェンで結婚生活を送るまえであることだ。それゆえ、この小説を読むと、アスコーナ滞在が反映されたテクスト群と異なる部分がより明白にみえてくるはずである。

ちなみに、一九〇三年一二月に完成して出版社に送付されていた『車輪の下』がようやく出版されたのは、一九〇五年一〇月であり、しかも奥付には「一九〇六年出版」と表記されていた。よって、『カーメンツィント』と同様に、この作品もアスコーナ体験以前のヘッセによって書かれたものと分類されるだろう。

作品タイトルのペーター・カーメンツィントが主人公であって、アルプスの小村ニミコンで生まれ育ったかれは、やがて都会のチューリヒで文筆家として身を立てていく。だが、文明や都会となじめずにいたカーメンツィントは、救いであった恋に破れ、親友と死に別れたのち、ふたたび故郷の村へ帰還するという物語である。

この作品の冒頭や終盤のニミコン村での描写で興味深いのは、この村に春がおとずれると、フェーンが吹き荒れるという自然現象である。故郷の小村に災害をもたらすこともあるが、主人公にとってはかけがえのない故郷の風物詩であった。「毎度、冬の終わりにはフェーンが低いうなりとともにやってくるのであって、それをアルプスの人びとは震えわななきつつ耳にするのだが、異国にいると、ホームシックのあまり、その風が熱烈に恋しくてたまらなくなるのである」。

ここで思い出すのは、『カーメンツィント』がテュービンゲン時代の友であったルートヴィヒ・フィンクに捧げられていたことと、一九〇六年六月にヘッセが「アスコーナの太陽兄弟団」に熱狂して、ともにアスコーナへ旅立ったという事件を、フィンクがその随想録『天と地』(一九六一年)に記したのだが、その小文のタイトルが「フェーン」であることである。

第二次大戦時にナチス党員になったフィンクとヘッセの関係は、戦後にフィンクが歩み寄りをみせても修復されなかったことはすでに述べた。ヘッセの気ままな情熱を記した文章に、フィンクが「フェーン」と題しているのはおそらく偶然ではないと思われる。

というのも、そうすることで、この物語の主人公の故郷の村では春にフェーンが吹き荒れるという設定に関連づけて、それもヘッセの出世作をかれ自身がかつてフィンクに捧げたことを想起させようとしているかのように感じられるからである。それはまるで気まぐれな情熱家にかつての友との親しかった交流を思い出させようとするかのようだ。

キリスト教から離脱する者たち

『カーメンツィント』のテクストそのものから少し逸脱してしまったので、その物語世界に戻るとしよう。若くして文筆家で名を成しはじめた時期に、主人公は「賢明にして精神的な人間たち」と交流したのだが、かれらに対する主人公の印象のなかに、同時代人の精神生活が描かれている。

かれらは神への信仰をもたず、それを愚鈍でほぼ不当だと考える一方で、ショーペンハウアー、ブッダ、ツァラトゥストラなどを信じていた。神のまえで頭を垂れることを恥じながら、オトリーコリのゼウス像にはひざまずいた。トルストイ、ブッダを神とあがめる禁欲主義者や雄弁に語る芸術家たちであって、「根本的には、こうした不自然な喜劇全体がわたしにはおかしく滑稽であった」と考察している。

オトリーコリのゼウス像とは、イタリアのテルニ県オトリーコリで発掘されたゼウスの胸像のことである。紀元四世紀のギリシアのオリジナルをローマで複製したもので、現在はヴァチカン美術館で所蔵されている。ちなみに、ゲーテも同一の複製を所有していたため、ヴァイマルのゲーテハウス内には現在もこの胸像が飾られている。一九世紀以降、ラオコーン像に比肩されるほど有名であったゆえに、古代の異教崇拝のシンボルにする人びとがいたのだろう。

ツァラトゥストラは古代ゾロアスター教の開祖者とされる人物だが、フリードリヒ・ニーチェの『ツァラトゥストラかく語りき』（一八八五年）の主人公でもある。厭世思想のアルトゥール・ショーペンハウアーがニーチェやリヒャルト・ワーグナーにも影響をあたえた哲学者であるのはいうまでもない。

無神論的な信仰態度、古代ギリシア最高神ゼウス、反キリスト教的な哲学、新しい農本主義を提唱するトルストイへの崇拝といったかたちでの精神的ありかたは、世紀末を経由した同時代的なものだ。キリスト教と教会が人びとの精神的支柱としてもはや求心力を喪失しており、その代替物として古代に存在した宗教や新奇な哲学と生活様式が台頭していたのである。

とはいえ、これらに対して嘲笑的な態度をもつ主人公の心情のありかたもまた、おなじく同時代的に存在したものとして併置されているといえようか。そもそも、プロテスタント敬虔主義のキリスト教伝道師を両親にもっていたヘッセが、同時代の反キリスト教的、異教的な精神態度から一定の距離を維持していたのはそれほど不思議ではないだろう。

『カーメンツィント』には、主人公がチューリヒ、ベルリン、パリで見聞した生活改革運動についての記述もある。主人公がバーゼルで新たに仕事を開始した場面である。

「従前の家具、壁紙、衣服を廃止して、人間をもっと自由かつ美しい環境になじませようとするひとがいた。ヘッケルの一元論を大衆的な読みものや講演で普及させようと尽力するひともいた。恒久の世界平和をもたらすことを努力する価値あるものとみなす人びとがいた。さらに、困窮する下層の人びとのために闘争したり、または劇場や博物館が民衆のために建造および開設されるように、寄付を募集し演説したりするひともいたのである」。

住宅環境や衣服の改革、平和運動、大衆の教育改革といった、広義の生活改革運動全般に属するものが紹介されているが、ここではとりわけ、「ヘッケルの一元論」について解説が必要だろう。

エルンスト・ヘッケルと進化論

このヘッケルとは、イェーナ大学の生物学者エルンスト・ヘッケル（一八三四―一九一九）のことである。かれはイギリスの博物学者チャールズ・ダーウィン（一八〇九―八二）の『種の起源』（一八五九年）で提唱された進化論を支持し、これを自身の汎神論的一元論と融合させた説を『宇宙の謎』（一八九九年）で提唱した。

ヘッケルの汎神論的一元論とは、精神と物質（身体）は同時に同一のものだが、両者の発達段階にはちがいがあり、精神は無機物、下等生物、高等動物、ヒトという位階順に発達する一方で、形態も連続して発展していくという思想である。発達する精神や物質という考えかたは進化論的であって、ダーウィンの進化論とも適合していた。

モダンダンス創始者イザドラ・ダンカンは、ニーチェの『悲劇の誕生』（一八七二年）、『ツァラトゥストラかく語りき』（一八八五年）とヘッケルの『宇宙の謎』を愛読しており、ダンカンはドイツ滞在時にヘッケルとの面会を切望したという。一六歳のカフカも、ダーウィンの『種の起源』とヘッケルの『宇宙の謎』を読んでいる。

ヘッケルのこの著作は一八九九年に出版されて、一九一九年までに一一版を重ねた。三〇ヵ国以上で翻訳がなされて、ドイツの販売数だけでも四〇万部を数えた。それほどのベストセラーであった。ドイツのみならず、ヨーロッパにダーウィンの進化論を普及させたといえよう。

『デミアン』第七章で、カインの〈しるし〉をもつデミアンが主人公シンクレアに〈しるし〉をもつ者の使命として語る内容は、明らかに進化論を踏襲したものである。

「それをつねに生物学的、発展史的に考えてみる必要があるね。地球表面上の変動が水生動物を地上へ投げ出し、陸生動物を水中へ投げ入れたときに、こうした運命に対して準備していた個体がいたんだよ、それが新たな前代未聞のことを成就して、新たに適応することで自身の種を救済できたんだ。この個体がそれまでその種において保守的で現状維持派として、あるいは変種で革命派として傑出していたかどうかはわからない。とはいえ、かれらは準備していたから、結果として、その種をさらなる高みへと発展させて絶滅から救ったのだ。ぼくたちにはそれがわかっている。だから、ぼくらも準備しておくんだ」。

『カーメンツィント』と禁酒運動

ちなみに『カーメンツィント』において、最大の紙数を割いて言及されている生活改革運動が、禁酒運動である。物語のなかでは、バーゼルでの生活改革運動は禁酒運動であったという旨があるが、ヘッセがこの作品を一九〇二年から一九〇三年にバーゼルで書いたと『ヘルマン・ラウシャー』(一八九六年)新版の序文に記していることからも、じっさいにかの地でヘッセの耳目に触れたのかもしれない。主人公カーメンツィントが大酒飲みであったことを、つきあいのある大学関係者たちがつきとめたさいのことである。

酒飲みであることが発覚したのは恥ずべきではあったが、わたしの人間関係にとってはまったく害にならなかったし、むしろそのせいでもてはやされた。なぜなら、ちょうど禁酒運動が流行をきわめており、紳士淑女たちは節酒協会の委員会メンバーであって、かれらの手に捕まった罪人がだれであっても歓喜したからである。ある日のこと、最初の礼儀正しい攻撃がなされた。飲み屋をはしごする暮らしの低劣さ、飲酒癖の呪わしさといったすべてを、衛生的、倫理的、社会的観点から考察するように説かれて、協会の祝賀行事に招待された。わたしはすっかり面食らってしまった。というのも、そんな協会や運動についてこれまでいっさい知らなかったからだ。

おまけに、主人公のペーター・カーメンツィント自身は、この禁酒協会の催事をどこまでもこっけいに感じ、かれらの数週間におよぶ説教に退屈してしまう。そのうえ、禁酒協会の大会や会議が開催されると、運動家たちの人間的な虚栄心や嫉妬によって混乱し、運動が分裂していくさまをみて、ひそやかに愉快に思ってしまうのである。

こうした禁酒運動をはじめとする生活改革運動について、「わたしは詩人で放浪者で酒飲みで変人だった！」と自認する主人公は完全に無関心であった。「これらの尽力のすべてには、生活と衝動と運動があった。しかし、自分にはそのどれもが重要かつ不可欠ではなかったし、それらの目標がすべてこんにち実現されたとしても、わたしとわたしの生活を動じさせはしなかっただろう」。

『カーメンツィント』の主人公は、このような都市部の文明と文化に疲弊した結果、恋愛や友情に生きる価値をみいだすという物語構造であるために、生活改革運動の影響を受けて、生きざまを変化させるような人物設定になっていないのは当然のことである。

しかしながら、一九〇六年六月のアスコーナでの滞在を経験したヘッセが書いた作品群が禁煙禁酒、断食療法、菜食主義、裸体による日光浴療法を実践する人物を主人公としていることを思いやれば、あまりにも対照的ではないだろうか。

本書はもちろん、『カーメンツィント』を自伝的要素の濃厚な作品としてのみ規定するものではない。とはいえ、これと、ヘッセのアスコーナ以後の作品群、とりわけ生活改革運動をモチーフとする作品群の人物設定とストーリーとのあいだに存在するあまりに大きすぎる差異については、留意しておくべきであるだろう。

登山家《アルピニスト》のカーメンツィント

いまひとつ、『カーメンツィント』の物語において、二〇世紀初頭の時代背景をかいまみることができるのは、一七歳のカーメンツィントが弁護士を父にもつ美しい娘レージー・ギルタナーに恋したときのエピソードである。「自分が最高のレスラー、最高のラケットさばき、最高のランナー、最高のカヌー漕ぎだと誇らしく感じていた」というほどスポーツ万能のかれは短期休暇で帰郷すると、もっと厳しく自身の身体を鍛えぬくのだ。

［…］そこで毎日あらゆる離れ業をなしとげたが、それはすべてレージーを敬慕する気持ちからであった。登るのが困難な山頂に、最も険阻な斜面から登攀した。湖上ではごくわずかな時間で遠距離を小舟で漕ぎ進むというとほうもないことをした。そうしたオールさばきのあとで日に焼けて、お腹をすかせて帰宅すると、夜まで飲食しないでおこうと思いついた。すべてはレージー・ギルタナーのた

めである。わたしは彼女の名と賛美とを片田舎の尾根や人跡未踏の山峡にもちこんだのだった。

同時に、教室でうずくまっていたわたしの青春はこうして満足感を獲得した。両肩はがっしりと張り出し、顔と首筋は褐色に焼けて、全身のいたるところで筋肉が伸びふくらんだ。


ここで、カーメンツィントの故郷のニミコン村がアルプス山中にあることと、かれがわざわざ厳しい条件で登山することとは、じつは一九世紀中葉からのアルプス登山ブームと密接な関係にある。

一八五四年のヴェッターホルン初登頂から一八六五年のマッターホルン初登頂までの時期を〈金の時代〉、同年から一八八二年のエギーユ・デュ・ジェアン初登頂までの時期を〈銀の時代〉と呼ぶ。前人未踏のアルプスの山頂をめざして、登山家たちがアルプスに殺到した時代のことである。とりわけ、〈銀の時代〉にはピッケル、ザイル、登山靴などの登山用具の開発と改良が進展した。アルプス登山はかつて地元農民などに先導されて、安全に登山するスタイルであったのが、危険な岩壁を登る一種のスポーツへと変化をとげたのである。

〈銀の時代〉以後の一九世紀末には、もっと高難度の氷壁・岩壁への登攀が希求されるようになって、登山靴、アイゼンなどの用具の改良発達にくわえて、ハーケン、鋼輪《カラビナ》の開発導入といった登攀技術そのものが発展向上していったのだが、ペーター・カーメンツィントの青春時代はまさしくこの時期に該当している。かれの学生時代には、危険ながらも険阻な斜面を登ることがすでにスポーツとして定着していたといえよう。

そうした新様式の登山で、登山家たちは未知の眺望を体験できるようになったのだが、険しいアルプス山岳地帯の驚異の光景をフィルムにおさめようとしたのが、当時新種のエンターテインメントであった〈山岳映画〉であった。一九〇〇年ぐらいから製作されはじめたという〈山岳映画〉というジャンルであるが、巨匠アルノルト・ファンク（一八八九―一九七四）の『聖山』（一九二六年）で女優としてデビューをはたしたのが、のちの映画監督レニ・リーフェンシュタールであった。

さらに自身が主演した初監督作『青の光』（一九三二年）も〈山岳映画〉であり、この監督デビュー作が第一回ヴェネツィア国際映画祭で準グランプリの銀獅子賞を受賞し、リーフェンシュタールは映画監督としてのキャリアを開始するのである。

将来的には文筆家になったカーメンツィントが、学生時代にはスポーツと身体鍛錬に驚くほど没入していたことの理由は、本章で引用したツヴァイクが書き残した文章が明らかにしている。人びとが「体操選手のようにしなやかな、日に焼けた、スポーツで引き締まった体型」となって、「快活な競技でたがいに競い合っている」時代であり、「すべての若者は徒歩旅行、登山、競技にいそしみ、すべてのスポーツに習熟していた」時代であったからである。

ところで、この物語の主人公にかぎっていえば、生活改革運動や新時代の考えに一貫して否定的な態度をとっている。都会での生に倦み飽きたカーメンツィントにとっては、それらは無意味なものとして描かれている。おそらく、この時期のヘッセ自身にとっても、そうだったのではないだろうか。しかも、主人公が満たされない生に疲れ、酒癖におぼれる場面は、まるでガイエンホーフェン時代のヘッセを先取りした予言のようである。

とはいえ、だからこそガイエンホーフェン時代のヘッセがアスコーナ滞在後には逆に、生活改革運動を熱狂的に支持するようになり、菜食主義、禁酒禁煙、裸体文化、平和主義を極端に実践したことには大きな説得力が生じるといえるだろう。

第7章　生活改革運動家との訣別　『友人たち』（一九〇八年）をめぐって

1．もうひとつの生活改革運動コロニー、山村アムデン

裸のヘッセが撮影されたアムデンの岩山

ヘッセの裸体の後姿の写真が本書のタイトルやテーマのもとになっていることは、序で言及したとおりであるが、この写真もまた、ヘルマン・ヘッセとグスト・グレーザーの精神的近親性を示唆するものである。

ヘッセの裸体写真が撮影されたスイスのヴァーレン湖畔の山村アムデンは、かれが来訪した一九一〇年当時は、新興の生活改革運動コロニーであると同時に、ダルムシュタットのマティルデンヘーエやブレーメン近郊のヴォルプスヴェーデとおなじく、芸術家たちが多く移住した芸術コロニーでもあった。そして後世、アムデンは「スイスのモンテ・ヴェリタ」、「リント地方のモンテ・ヴェリタ」と呼ばれた。そし

て、このコロニー創設の中心人物はシュトゥットガルト出身の数人の芸術家たちと、〈放浪の説教師〉と呼ばれたヨーズア・クライン（一八六七—一九四五）であった。やはり、ここでも登場するのが、同時代を騒がせていた〈放浪の説教師〉なのである。

ヴァーレン湖畔のアムデン村の生活改革運動コロニーとしての歴史に最初に登場するのは、画家で建築家のカール・ファスベンダー（一八七八—?）と、シュトゥットガルト出身のヴュルテンベルク陸軍の大尉であったマックス・ノッパー（一八六一—一九三二）である。このふたりがまずアムデンにあったホテルの物件視察に来訪したが、そのときは交渉が進まなかった。

だが自身の良心が軍務と齟齬をきたしていたノッパーは翌年、アムデン下方一帯の土地を購入し、家族とともに移住した。同年春にノッパーをたずねて、ファスベンダーもまたバーデン地方のプフォルツハイムからこの山村に移住する。アメリカからヨーロッパへ戻っていた〈放浪の説教師〉ヨーズア・クラインは一九〇二年六月にはじめてアムデンをおとずれて、三週間だけ滞在したが、翌一九〇三年に地所を購入して、アムデン下方にあるグラッペンにグラッペンホーフという共同体をノッパーとともに創設した。

一九一二年以降、この人里離れたコロニーに、ヴィリー・バウマイスター（一八八九—一九五五）、ヘルマン・フーバー（一八八八—一九六七）、オットー・マイヤー=アムデン（一八八五—一九三三）、アルベルト・プフィスター（一八八四—一九七八）といったシュトゥットガルトの画家たちが合流する。一九一九年以降は、ヴァイマルやデッサウのバウハウスで表現主義舞踊を教えていたオスカー・シュレンマー（一八八八—一九四三）も数度滞在している。

シュレンマーはシュトゥットガルトでマイヤー＝アムデンと同門のアドルフ・ヘルツェル（一八五三―一九三四）に美術を学んでいた。かれらの芸術家コロニーがめざしたのは、モンテ・ヴェリタで導入された営利化を忌避して、同胞による共同体を維持し、新世代の芸術家たちによる自然宗教的な新しい生活様式を確立することであった。

ちなみに、一九一二年からアムデンに移住し、一九二八年までその地に滞在しつづけたオットー・マイヤー＝アムデンは、自身の姓マイヤーにこの山村の名をくわえて、マイヤー＝アムデンを名乗っていたが、かれはこの山村を代表する芸術家であった。

アムデンへの移住者がシュトゥットガルトを拠点とする芸術家に多かった背景には、グスト・グレーザーの存在がある。グストはカール・ファスベンダーの友人であったうえ、マックス・ノッパーの軍役拒否を後押しした張本人と考えられる。当然ながら、一九〇四年春にグストもまたアムデンにファスベンダーをたずねて、しばらく滞在している。

すでにアンリ・エダンコヴァンと軋轢が生じていた一九〇一年春には、グストはスイスとドイツを放浪していた。この時期にシュトゥットガルト東方にあるゲッピンゲン近郊のバート・ボルをおとずれたグスト・グレーザーは、「放浪の牧師」クリストフ・ブルームハルトと邂逅したり、レオンベルク近郊のヴァルムブロンでは詩人で自然愛好家のクリスティアン・ヴァーグナーを訪問した記録が残っている。ローマ時代からの温泉保養地バート・ボルは現在、シュトゥットガルト南東の周辺地域となっているほどの距離である。おそらくグスト・グレーザーはシュトゥットガルトを来訪したはずである。

記録によると、ヘッセの二回目のアスコーナ滞在があった一九〇七年から再度、グストはヨーロッパを転々としていたが、一九一三年にはカールスルーエ、マンハイム、プフォルツハイムで講演した結果、バーデン地方から追放されている。そして、シュトゥットガルトには同年三月に滞在しており、編入されてまもない南部のボプザーヴァルトでは毎週日曜日にスピーチしていた。この時期に、グストはシュトゥットガルトの芸術家たちと交流し、生活改革運動コロニーのアムデン村への移住を推奨していたと思われる。

放浪の説教師ヨーズア・クライン

ところで、〈放浪の説教師〉と呼ばれたヨーズア・クラインは、独特の思考と生活様式をもった人間であったらしい。現在はイタリアのチロル州だが、かつてはオーストリアに属してイタリア人とドイツ人が雑居していたメラーノ（独語ではメラーン）出身である。かれはアメリカへ三度移住したり、スイスのアムデンやグラッペンホーフ、ウィーンのほかオーストリア国内で居場所を変えつづけたし、生涯で三人の妻を娶り、それぞれと複数の子どもをもうけた。

一八八八年にアメリカへ移住し、そこでハンス・クリスティアン・アンデルセンの血縁の女性と結婚したクラインは、一九〇一年にヨーロッパへ戻った。翌年にはアムデンに初滞在して、さらに翌年の一九〇三年には、妻子とともに定住した。コロニー移住運動を推進するクラインは山村アムデンの下方に位置するグラッペンを、牧草地、耕地、森林および住居や農舎ごと買い取り、グラッペンホーフに共同住宅を建設し、アムデンの隣町ヴェーゼンには「湖の望楼」（Seewarte）と呼ばれた邸宅を入手した。しかも、ヴェーゼンとアムデン北方に位置するシュペーア山を結ぶ電気鉄道の敷設まで計画したのである。

クラインの構想はこれでとどまらない。神殿建設まで考えており、当時、頭角をあらわしつつあったユーゲントシュティール画家で生活改革運動家のフィードゥスにその設計を依頼している。この大仕事に乗り気だったかれはベルリン在住であったが、わざわざアムデンにまで移住した。かれが描いた「鉄冠の神殿」、「大地の神殿」のデザインは現在も伝わっている。

ところが、財源不足によってコロニー建設が頓挫すると、クラインは一九〇五年にアムデンの地所の大部分を売却し、翌年にアメリカのテキサス州へ移り住んだが、一九〇八年には「グラッペンホーフ」へ舞い戻っている。しかし、一九一四年にはまたふたたび渡米するものの、一九一六年にニューヨーク湾内に浮かぶエリス島に収容されて、一九二〇年にはヨーロッパへ国外退去される。その後、一九二一年にグラッペンホーフを再訪している。

一九二五年末以降、クラインはザルツブルク近郊のパルシュで新しいコミューンを設立したり、グラーツ近郊のヴィンディッシュガルテン、パーヒェルンと居を変えた。一九三八年にはインスブルック近郊のフォンパーベルクで聖杯運動コロニーに参加している。

聖杯運動とは、ザクセン・オーバーラウジッツ地方のビショフスヴェルダ出身の商人オスカー・エルンスト・ベルンハルト（一八七五―一九四一）が創始した運動であり、その信奉者たちがベルンハルトの住むフォンパーベルクに移住したのである。聖杯崇拝もこの時期に流行したオカルト信仰のひとつといえるだろう。

クラインはさらに一九三八年にウィーン移住、翌年秋にウィーン市内の療養施設に収容されて、一九四五年三月に死去した。

山村アムデンをヘッセが来訪し、裸体で岩山を登った一九一〇年は、クラインが二度目のアメリカ移住からヨーロッパへ戻って、グラッペンホーフに住んでいた時期にあたる。ヘッセのアムデン来訪の理由は明らかではないが、このアムデンが生活改革運動の拠点で〈第二のモンテ・ヴェリタ〉と目されており、グスト・グレーザーの影響を受けた人びとがコロニーをいとなんでいたことでいくらか推測できよう。ヘッセが裸体になるところ、グスト・グレーザーの影ありといったところであろうか。

それにしても、ヘッセは菜食主義、禁酒禁煙、裸体文化を熱狂的に支持し、過度に実践したにもかかわらず、最終的には市民生活に回帰している。これをめぐる思考の推移を自身の作品に封入したのが、『クネルゲ博士の最期』や『世界改革家』とみなされるのだが、おなじく着目すべき同時期の作品がもうひとつ存在する。ヘッセが二度目にアスコーナに滞在したとされる一九〇七年から〇八年に書かれた『友人たち』である。

2.『友人たち』

やはり伝記的な中編小説

ヘッセが友人の遺稿を編集出版したという体裁の『ヘルマン・ラウシャーの遺稿と詩』(一九〇〇年)は、タイトルどおりに主人公の名がヘルマンである。『車輪の下』の主人公の親友の名がおなじくヘルマン・ハイルナー、『荒野のおおかみ』(一九二七年)の主人公はハリー・ハラーであって、このふたりのイニシャルはヘルマン・ヘッセと同一である。ヘッセ作品にはかれ本人を連想させる主人公や中心人物の命名などで、自身のアイデンティティの記号を盛りこんでいることがよくあるのだが、『友人たち』もその例にもれない。

テオドア・ツィオルコフスキーが指摘するところであるが、『友人たち』の主人公ハンス・カルヴァース（Hans Calwers）は、ヘッセ本人をイメージさせる。というのも、かれの故郷の町カルフ（Calw）から取られた名前であることが類推されるからである。もうひとりの主人公エルヴィーン・ミューレターも同様で、カルフはナーゴルト河畔の町であるのだが、その近郊にはナーゴルトタールと呼ばれる険しい渓谷があって、風車《ミューレ》が多くあった。すなわち、ヘッセの故郷にあやかった命名がなされているために、このふたりはヘッセの分身であるかのような印象を受ける。

また、『友人たち』と同時期に書かれた『ベルトルト』（一九〇七年、出版一九四四年）は、ヘッセにはめずらしく一七世紀の三〇年戦争をあつかったとされる未完の歴史小説だが、その冒頭部分の主人公ベルトルトが生まれた町の描写はカルフの特徴を語っており、『ヘルマン・ラウシャー』と『クヌルプ』（一九一五年）でも、ナーゴルト河畔の町が舞台となっていて、その名を「革なめし職人の水辺の草地」という意味の「ゲルバースアウ」（Gerbersau）という架空の名称にしている。

かくのごとく、登場人物の命名や生まれた町の描写によってヘッセのアイデンティティが散りばめられた作品群のなかでも、とりわけ『友人たち』にヘッセの自伝的要素がなお濃厚に思えるのは、人物の命名のみならず、やはりその物語の主人公ハンスが生活改革運動に影響され、翻弄され、最終的には訣別するまでが描かれているからである。以下、中心人物である友人たち三人の物語をたどっていこう。

大学生三人が主人公の物語

テュービンゲン大学の学生三人の友情の転変をめぐる物語は、とりわけヘッセ本人に近しい命名のハンス・カルヴァースとエルヴィーン・ミューレタールの精神的成長を描く一種の教養小説である。舞台のテュービンゲンは若かりしときのヘッセが書店員として暮らした大学町だが、当時かれが現地で聞きおよんでいたのだろう、学生生活や学生組合《コーア》の詳細な実態の描写やそれらへの批判的な意見が書きこまれている。

物語冒頭で、ハンスは大学組合の団体活動や固陋な慣習に嫌悪をいだき、そこから脱退する。幼なじみのエルヴィーンはハンスとともに行動してきたが、ここにいたってハンスと離反、学生組合にとどまることを選択する。一方でハンスは新たな友人ハインリヒ・ヴィルトと出会う。それ以降、変化していくふたりの学生生活がメインストーリーとなって展開していく。

ハンスなき学生組合に残ったエルヴィーンは孤独に耐えかねて、組合で禁止された飲み屋に出入りするようになるが、その店の悪辣なウェイトレスに籠絡されて、多額の借金で追いこまれてしまう。だが、義兄とハンスの支援によって辛くも更生し、帰郷中に知り合った娘と婚約したことで、最終的には医師をめざして学業に本腰を入れるという成長をみせる。

ハンスと距離を置いたゆえに苛立ちを隠さないエルヴィーンが、学生組合の仲間に嘲弄されて激昂したり、いかがわしいカフェ「青い軽騎兵」の女将の娘ミス・エルヴィーラと酒に耽溺するエピソードは、ヘッセの出世作『車輪の下』の主人公ハンス・ギーベンラートとヘルマン・ハイルナー（ここでもやはりハンスやヘルマンという名である）のホモソーシャルな友人関係や、神学校退学後のハンスがたどる物語との類似を想起させるだろう。いずれにせよ、これまでヘッセが自身の自伝的要素を投入して造型した人物たちと似ている部分があるのはまちがいない。

本書にとって重要なのは、大学組合を脱退したハンスが邂逅する学生ハインリヒ・ヴィルトであり、このふたりによって展開される物語とその関係のありかたである。かれの姓「ヴィルト」(Wirth) が、旅館や飲食店の主人・亭主、不動産の家主・大家、寄生生物の宿主・奇主、客に対するホスト・主人などを意味する語「ヴィルト」(Wirt) と酷似していることは示唆的である。すなわちこの命名によって、ハンスとヴィルトとの精神的関係がすでにあらかじめ設定されているように思われるからだ。

三人目の主人公ハインリヒ・ヴィルト

ハンスが学生組合を脱退して以降、物語は展開していくのだが、その物語全体をいわば包囲しているのが〈東洋学〉である。

学生組合辞去後にかれが思い出したのが、「東洋宗教学の講義」で隣席に座っていた農民風の学生のことであり、ハンスが組合退会報告のために来訪するのが、学生組合の先輩で共同設立者の「東洋言語学の教授」である。かれがハンスのことを「多少の神経衰弱患者」(ein wenig Neurastheniker) のようだと述べるところも、この主人公にヘッセ自身が投影されていると考えられる。

そして、かの農民風いでたちの学生の隣席に座るうちに、ハンスがついに話しかけるにいたったのは、「東洋学者」の講義であった。

この学生の名はハインリヒ・ヴィルト、大学から徒歩で三〇分ほどのブラウバッハハウゼン村に住んでおり、三歳年下のハンスとは「ブッダの講義」以来の顔見知りであった。認識の問題についてブッダ、ショーペンハウアー、カントの思想をまじえて議論しながら、ふたりは村まで歩いて、ハンスは立派な蔵書コレクションをそなえたヴィルトの部屋に招待される。パンを牛乳にひたすだけの簡素な食事やナシをふるまわれて、ハンスはヴィルトの経験に由来する深い思考や菜食主義的な生活にすっかり魅了されてしまう。

ヴィルトの蔵書には、エマソンやトルストイの著作があったことも、その人物造型のリアリズムを醸成している。アメリカの詩人・思想家ラルフ・ウォルド・エマソン（一八〇三―八二）の超絶主義とは、物質主義や合理主義の排除、「直観」重視の理想主義運動であって、汎神論や神秘主義の傾向が強い思想であった。レフ・トルストイ（一八一七―一八七五）は非暴力、菜食主義、禁酒禁煙などの禁欲主義、素朴な農業生活を提唱したロシアの作家だが、二〇世紀前半になっても、その思想を信奉するトルストイ運動家は多くいたのである。

このふたりはやはり反文明・反市民社会の思想家に属するのであって、その著作を有するヴィルトの質素な食事や農民風生活のスタイルに説得力をあたえている。

> ［…］、その満足感ゆえにかれ［ハンス］は冷静であったが、それはさらになおいっそう、自分でわかっていたよりももっと、ハインリヒ・ヴィルトへの若々しい感嘆と、それまでとはまったく異なったやりかたで愛すべき新しい友になってほしいという希望によるものだった。エルヴィーンは遊び仲間だったが、もうひとりのかれ［ヴィルト］はハンスの思想と人生をほんとうに共有してくれる者にして、

助言者、指導者、同行者であった。

『世界改革家』の物語を知る者にとっては、これ以降のハンスの物語がどのように進展していくかは容易に想像できるだろう。ヴィルトが説くブッダやイエスの評価、人間の正当な生きかたに大きな感銘を受けたハンスは、ブラウバッハハウゼン村に入居し、農民の自給自足生活を実践するようになるのだった。

興味深いのは、ハンスの下宿でこの三人が一堂に会したさいのエピソードである。エルヴィーンは、ハンスが心のよりどころとしているヴィルトが当然気に入らず、節制と菜食主義に関する議論をふっかけて嘲弄しようとするが、ハンスの不興を買ってしまう。ところが、このときのエルヴィーンが以下のように洞察している。

エルヴィーンには、ヴィルトがハンスにあたえる影響が好ましくないように思われた。ヴィルトがハンスを、すでに傾倒の度が過ぎているべつの側へ、エルヴィーンにとっては半分ばかげて半分不気味な思い煩いと変人ぶりの奥へ引きずりこんでいくように思われた。かつてハンスはすぐに没入しやすく、思索にふけやすいところがいくらかあったが、とはいえ、いつも若々しくエレガントな若者だったので、ささいなことすべてに捕われることは不可能だった。だがいまや、このヴィルトはハンスをそそのかし、いよいよもって部屋に閉じこもらせ、些事に拘泥する人間に変えてしまう魂胆があると感じられた。

このエルヴィーンの分析は、まるでヘッセの自己批判のようにもみてとれる。かつての極端な菜食主義実践を想起させるように、なにかに即座に影響され熱狂しやすく、思考に没頭しがちな自分自身を批判するかのようであって、『世界改革家』での主人公批判の描写ともかなり類似している。『友人たち』は『世界改革家』よりも二年早い成立年の一九〇七年から翌〇八年であるために、ヘッセが案外、熱しやすく冷めやすい性質であることを証明しているのかもしれない。そうした体験を作品の題材に設定するのも迅速なのが、さすがに天性の作家だといえようか。

ちなみに、『友人たち』が公刊されたのは戦後である。散逸したと思われていた手稿をヘッセが発見したのは一九四八年のことで、翌一九四九年一月に『新チューリヒ新聞』にはじめて上梓された。しかも、かれはこの中編小説を自身の作品集に収録するのを好まず、八〇歳の誕生日を迎えたことを契機に、一九五七年にようやく愛蔵版として単行本化された作品であった。

そして、このテクストに対する後年のヘッセの見解には注視すべきところがある。「わたしがこの物語をもう一度印刷に回すということが起ったのは、かなり単純にして形式的には陳腐なこの初期の物語が、個人の問題、つまり『デミアン』などの問題にこのうえなく真剣にどれほど取り組んでいるかを、いくらかの驚きとともに認めたからです。……それは、時代を超越した範例です、慣習と平均を超越して、自分自身に勇気をふるい起こせという、人間たちへの呼び声なのです」。『友人たち』が技術的には拙劣な小説であることを自認しながらも、それが『デミアン』と同様のテーマの「個人の問題」、それも自身を勇気づけるためのものであったということを、ヘッセは重視している。『友人たち』で展開される三人の学生たちの生きかたの問題と闘争しつづけたヘッセは、『デミアン』の主人公エーミール・シンクレアへと継承させたことがわかるのである。

友人ふたりはいかに訣別しえたか

ヴィルトに対して挑発的だったエルヴィーンがその原因に気づいて退出したのち、ハンスはヴィルトに、自身が進むべき道を問いかける。ヴィルトは答える。

「それは簡単だよ。ぼくと同様の生活をしたまえ、うまくいくと思う」

「いったいどうやって?」

「できるかぎり外気のなかにいたまえ、できるかぎり野外で働きたまえ。ぼくはそうするための場所を知っている。そのうえで、肉食をやめて、飲酒をやめて、コーヒーと紅茶もやめて、当然、喫煙もやめるんだ。パン、牛乳、果実類だけで生活したまえ。これがはじめの一歩だ」

「ということは、まるごと菜食主義者になれってことなのかい? いったいなぜ?」

「なぜと問いつづけるのを放棄するためさ。理性的な生きかたをすると、それまでは疑問に思われていた非常にたくさんのことが自明になるから」

ハンスが混乱し落胆するのは、共感や友情ではなく、「かれ自身には大事でもなく、ほとんどばかげていた一種の自然療法の処方箋」を、ヴィルトが指示したからである。だが、かれを失いたくないハンスは、典型的な生活改革運動の実践を決意する。

夏学期の二ヵ月を、ハンスはブラウバッハハウゼン村で暮らしながら、毎朝、ヴィルトと大学でサンスクリットの講義を聴き、ヴェーダのウパニシャッドをともに読み、昼には村でミルクに浸したパンを食し、散歩や草刈りに精を出して、藁のベッドに眠った。

だが、ついに破局がやってきた。ふた月が経過すると、不機嫌に黙るハンスは数日来農作業からも遠ざかり、無為に草原に横たわっていた。

翌朝、ヴィルトはハンスを説得するかのように話しかける。ハンスはヴィルトとおなじ道を歩こうとしたが、それがハンスに辛苦をあたえる結果になったと語るのである。

「[…]きみが最大限の犠牲を払おうと試したのは、ぼくがそうしているのが幸福だとみなしてくれたからだ。きみはぼくの道を進もうとしてくれたが、それが涅槃《ニルヴァーナ》へ通じるものだとはわからなかった。きみは自分の個人的な生活を高位かつ高度にしようとしたが、そのために、ぼくがきみを助けることはできなかった。というのも、個人的な生活をもはや有せず、全体のなかで相殺されることがぼくの目的だったからだ。ぼくはきみとは正反対で、きみになにも教えられない。きみは修道院に入って落胆したようなものだと考えてほしい」。

もしかするとハンスは強くて充分に芸術家であるかもしれない、自分の人生を創出するために、べつの場所で「平穏」(Frieden)を探せというヴィルトのことばを、ハンスは素直に受けとめる。そして、ハンスはヴィルトの道のゆく先を問うと、友人は以下のように返答する。

平穏へ通じていると望んでいる。ぼくがいつかは自分の意識をことほぎ、それでいて、鳥や植物のように神の御手のなかにこだわりなく安らげるような状態に道が通じてくれることを望んでいる。そうできたら、いつかはほかの人びとにぼくの生きかたと知を伝えるだろう。できなければ、自分のために死と恐怖を克服する以外に求めるものはなにもない。そうできるのは、ぼくの生命をもはや個別で他者とは分離されたものとは感じないときだけであって、そうしてようやく、ぼくの人生のどの刹那も意味をもつことになるだろう。

翌日の夕方、町の下宿に戻っていたハンスを、前回のヴィルトへの非礼を詫びにエルヴィーンがたずねてくる。ベルリン出身の婚約者との婚約式のために旅立つことを伝えるエルヴィーンに、自分もライプツィヒへの転学を考えていることを明かすハンス。ふたりの親友たちがおたがいに新しい人生の目標を向かって歩みだすところで、物語の幕は閉じる。

ヴィルトとの別離の意義

『友人たち』が、『クネルゲ博士の最期』や『世界改革家』といった生活改革運動を実践する主人公を描いた作品のなかでも特異であるのは、その指導者との訣別が明確に記されていること、それも、離別の経緯と理由が詳細に描写されている点である。

ハンスとヴィルトの訣別はおたがいが求める道の差異を認識し、双方の道をそれぞれが独自に希求していくことをともに承認しあうことでなされる。それは自身の進む道を選択したエルヴィーンも同様であって、学生の主人公三人が納得したうえでの清々しい別離で終わるこの物語は、ヘッセ得意の青春小説と教養小説の性質を兼備していると思われる。

ところで、物語序盤には、そもそもハンスが学生組合を脱退した理由が記されている。「ピアノももう一度借りたかった。最初の月にあった一台を返却してしまったのは、そのせいで来訪者がたえず、学生組合仲間のひとりがほぼ毎日やってきてはワルツを演奏したからであった。今回はふたたび、ランプの明かり、タバコのにおい、お気に入りの書物に良質の音楽で、好ましい静かな夕べを楽しみたいと願っていた。しかも無駄にした数ヶ月を埋めあわせるために、また練習もしたかった」。

こうした生活こそがじつはかれが望む日常であったにもかかわらず、自分に満足しないハンスが最初に学生組合、ついでブッダ研究、最後はヴィルトに生きかたの解決策を求めたとみぬくのが、ヴィルトなのである。

「精神的苦境」を打破するために、ときには崇高にさえ思われる極端な方法に没入しては、しばらくすると熱狂が覚めてしまい、安逸な市民生活へふたたび回帰してしまうハンスこそは、じつはガイエンホーフェン時代のヘッセ自身の写し絵ではなかったかと類推させる。「アスコーナの太陽兄弟団」をみるなり、感激したヘッセがすぐに旅支度して追いかけたのを、ルートヴィヒ・フィンクが「ヘッセはすぐさま興奮状態になった」と記したのは正当だっただろう。

そのヘッセは、ハンスの生活改革への努力をこのように結論づけている。「かれ［ハンス］は、自分が厳粛に放棄したものに、いまさら少しだけ手を出すようなことはしたくなかった。しかも、かれは常時疲れていて、意欲をなくしていた。どんな荒療治も自発的動因と内的必然性がないままに施術すれば、かえって健康を害するのとおなじく、慣れない生活がかれを痛めつけたのだった」。

ヴィルトの知識や精神と生活改革運動の理念に共感し、敬意をいだきながらも、自身がその実践を継続できないのを自覚した結果、極端さや過酷さに身を置くことを断念し、もとの望むべき市民生活に復帰するハンスであるが、それでも、その自覚への到達こそがかれ自身の精神的成長であったと描くことに、この物語の意図があったのではないかと考えられる。そして、それはヘッセ自身にとっても同様であったはずである。

ヴィルトのモデルも生活改革運動家

さて、本書がここまで論じてきた内容全体から、ブッダ、サンスクリット、ウパニシャッドなどの東洋の宗教学や思想、禁酒禁煙、コーヒー紅茶などの嗜好物の不摂取、菜食主義、農民的生活など、ヴィルトの思想や生きかた、生活改革運動への傾倒、ハンスよりも数年年上である点などを顧慮すると、ハインリヒ・ヴィルトがアスコーナの代表的人物グスト・グレーザーと思しき生活改革運動の実践者らしいことは明らかだ。

ハンスによるヴィルトの印象はこのように描かれている。

> かれの単純な気取らない自由な話しかた、人と知り合いになるやりかた、会話では自分を包み隠さないが慎ましくあること、これらはほかの外見と反対で、ほとんど世故にたけた人のようだった。それにしても忘れがたいのは、かれのまなざしで、美しく思いやりのある褐色の双眸にたたえた安らかで

澄んだ屈しないまなざしだった。

生前はよく読まれたが、現在は忘れられたに等しい女性作家ガブリエーレ・ロイター（一八五九―一九四二）の小説『ベネディクタ』（一九二三年）にも、グストを思わせるアスコーナ移住者が登場する。「それはひとりの美丈夫であって、強健かつ長身で、長く黒い巻き毛を額で結んだ革のヘアバンドでまとめていた。かれは生地が粗い茶色の修道服を腰のところで縄でしばっていたが、毛深い胸板がのぞいており、憂いをおびたその大きな褐色の双眸もあいまって、そのままで東洋諸国からやってきた聖人そのものだった」。

ヴィルトは農民風のたたずまいだったために、この描写にあるようなアスコーナの衣服改革者のようないでたちではなかったが、眼が独特の雰囲気をまとっていた点でよく類似した表現である。

一九一二年七月三一日付『カールスルーエ日報』の記事は、グスト・グレーザーの講演のようすを伝えている。

> グスト・グレーザー、ジーベンビュルゲン出身の独立独行の詩人は、大勢の聴衆をまえに「高位の楽しみ」について長口舌《ちょうこうぜつ》をふるった。［…］かれは預言者でもなければ、詩人でもなく、友だちとして登場した。支持者の獲得や改宗の強制は、かれには思いも寄らないものである。かれ自身は人生についての錯覚から解放されて生きることができたという、［…］その発言を信じない者はいない。［…］この男が一風変わった毛皮のコートを着用しているのは、もはやわれわれの眼に入らない。ただかれ

の思いやりのある低音の声が、われわれの耳に入るだけである。流行を追い求めても、空虚な現状にとってどれほどのものになるのかと、その声は父親のように語るのだ。

この新聞記事もまた、威圧なく温かみのある話しかた、思いやりと説得力に満ちた声だという、グストの風貌を報告している。『友人たち』でのハインリヒ・ヴィルトの話しかたと共通の印象をあたえるだろう。

3. グスト・グレーザーと『デミアン』

遍歴するグストとの再会

ここで、エダンコヴァンとの対立後にモンテ・ヴェリタを追われたグスト・グレーザーの一九〇一年以後の動向について記しておきたい。

アスコーナを去ったグストは、パリやバーゼルなどを巡歴しながら、さまざまな人物と交流している。たとえば、同時期にパリに滞在していたモダンダンス創始者イザドラ・ダンカンとその兄レイモンドと邂逅し、この舞踊家兄妹とともに舞踊のセッションをしたという。

一九〇二年には、オーストリアでの兵役拒否ゆえに禁固されたのち、アスコーナに舞い戻り、周辺住民の好意からアルチェーニョの岩穴「異教徒の洞窟」に数年間住みはじめる。一九〇五年には、アルチェーニョで月光の夜に舞踊を披露したことが伝わっている。明らかに、ダンカン兄妹から習い覚えたのだろう。ヘッセが描くグスト類型の登場人物たちはみな、生活改革を実践する農民哲学者といったイメージが濃厚だが、グストは舞踊のパフォーマーでもあった。

同年から翌一九〇六年には、グストは仲間たちとまた放浪の旅に出ており、ミュンヘンにも姿をみせた。そして、ルードヴィヒ・フィンクの記述が正しければ、ガイエンホーフェンにも立ち寄って、ヘッセをともなってアスコーナへ帰還したのは、すでに記したとおりである。

一九〇七年、ヘッセはアスコーナを再訪し、アルチェーニョにも滞在した。同年からグストはまたもやヨーロッパを転々とする。一九〇八年にミュンヒェンで公衆のまえで詩の朗読、舞踊、講演をおこなった。この年、兄カールとおなじく、グストは前夫ともうけた五人の子どもを連れたエリーザベト・デル（一八七四—一九五五）と教会を通さずに結婚した。

一九〇九年にチューリヒ、ウィーンを遊歴し、ヴァイマルでは劇作家で小説家のヨハネス・シュラーフ（一八六二—一九四一）やゲルハルト・ハウプトマンをたずねている。アスコーナの隣村ロカルノで逮捕されるも、講演を敢行した。一九一〇年にはウィーン滞在、ミュンヒェンでは芸術家が集うことで知られる居酒屋ジンプリツィスムスにも現れた。

一九一一年にはグスト手づくりの幌馬車で妻子とともにミュンヒェンからベルリンへ向かい、一九一二年にベルリンでパンフレット『故郷』、『友はいる！』を配布する。ザクセン王国で追放処分になったが、これに対する反対声明が詩人リヒャルト・デーメル、ゲルハルト・ハウプトマン、ヨハネス・シュラーフなどによって出された。

一九一三年はグストがカールスルーエ、マンハイム、プフォルツハイム、シュトゥットガルトで精力的に講演をおこなった年である。

バーデン大公国からは追放処分を受けたが、同年五月からはシュトゥットガルトに滞在し、毎週日曜に近郊のボスパーヴァルトで講演したり、有名なコンサートホールのリーダーハレで老子の「道《タオ》」思想について話した。本章冒頭で記したアムデンへ移住した芸術家たちは、この前後にグストと接触があったとされる。

さらに一〇月一一日には自由ドイツ青年団結成を呼びかけるワンダーフォーゲル運動家たちの「ホーア・マイスナー祭典」にも、グストは招待された。

一九一五年、第一次大戦勃発後、ついにグストはドイツから追放されて、オーストリアからの兵役を再度拒否したために、銃殺刑の判決が下されるも、精神病院へ収容された（第3章参照）。

翌一九一六年、グストがたどりついたのは、モンテ・ヴェリタである。そして、かの地でふたたびヘルマン・ヘッセと邂逅する運命にあった。

ヘッセのこの時期の事績を確認すると、一九一六年といえば、かれの反戦思想への世論批判にくわえて、三月以降は父の死、マリーア夫人の精神疾患悪化、三男の重病に起因する深刻な神経症でヘッセが苦悶した年である。一九一六年六月から一九一七年一一月まで、かれが精神分析医ヨーゼフ・ベルンハルト・ラングの治療を受けるために、ルツェルンやその近郊ゾンマットに六〇回以上も通院したことはすでに記した。

当時最新の神経症治療法であった精神分析の洗礼を受けたヘッセであるが、約一〇年前にも試した自然療法にも思いがおよんだらしい。グストが三度目のモンテ・ヴェリタへ流れ着いた一九一六年九月にヘッセもロカルノに滞在し、アスコーナへもふたたび足を踏み入れる。約束の地へ導かれたかのように、そこでふたりは再会するのである。

デミアンとはだれのことか

グスト研究者ヘルマン・ミュラーは、一九一六年から一八年までのアスコーナの隣村ロカルノでの断続的な滞在でなされたヘッセとグストの再会が、この時期に執筆されていた『デミアン』にも影響をあたえ、主人公エーミール・シンクレアの親友マックス・デミアンのモデルがグストであるという説を、グストの著作の文面とデミアンの会話の文章を比較したうえで提唱している。

たしかに、「ぼくの友であり、導き手であるかれに」という物語最後の死にゆく主人公シンクレアのことばは、ヘッセの友にして導師であったともいわれるグストとの関係を暗示させるものといえる。物語冒頭で、デミアンが『旧約聖書』のカインとアベルの物語を、慣例とは反対の解釈によって、まったく異なる価値観の物語として少年時代のシンクレアに提示し、新しい価値観をもたらすエピソードなども、慣れ親しんだ文明や市民社会を否定し、原始的自然生活の優位を主張するグストの思想をイメージさせないわけではない。

『デミアン』第七章「エヴァ夫人」において、シンクレアがデミアンと母親エヴァ夫人の屋敷で交流する「非常に多様な種類の探究者たち」も、アスコーナの移住者たちを想起させるだろう。

「かれらの多数が特殊な道を歩み、かけ離れた目標をかかげ、風変わりな意見と義務にこだわっていた。なかには、占星術師、カバラ信奉者、トルストイ伯信奉者、さらにさまざまな繊細で臆病で傷つきやすい人びと、新宗派の信奉者、インドのヨガ修行者、菜食主義者などだった。[…]ここにもまた、ある種の希望論と救済論の信者たちがいた。ヨーロッパの改宗を望む仏教徒、トルストイ主義者、ほかの信仰者たちがいた」。

「カバラ」はユダヤ教神秘主義の宗派であり、「トルストイ伯信奉者」や「トルストイ主義者」とは、前述のトルストイ運動家（第6章参照）のことである。この引用に列挙された人びとは、まさしくアスコーナの移住者そのものだろう。

また、主人公シンクレアの自宅玄関にある紋章の鳥ハイタカはその後、何度も語られて、物語展開でも重要な機能をはたすのだが、アスコーナのグストがベルンのヘッセに送った一九一六年一一月二六日付の絵はがきに書かれたハイタカの絵がインスピレーションをあたえたという説もある（図16）。なお、このグストの絵はがきを世に広めたのは、ヘルマン・ミュラーのグスト研究書『詩人と導師』である。

ミュラーのこの研究書にはほかにも、グスト作による、女性が小鳥を両手のなかで慈しんでいる絵が掲載されている。ミュラーによれば、これはグストの妻エリーザベトを描いたものであって、彼女がエヴァ夫人のモデルとなったとしている（図17）。

4. 預言者グストの素顔

ヒルデガルト・ユング＝ノイゲボーレンの証言

ヘルマン・ミュラーによるグストをデミアンのモデルとする説に対して、著者の見解をいくらか紹介

図 16　グストがヘッセに送ったハイタカの絵はがき

図 17　グストによる女性と小鳥の絵

しておきたい。

一九一六年にはヘッセは三九歳初老目前、グストは三七歳になっており、最初の出会いから一〇年ほどが経過している。この一〇年の期間にアスコーナ体験が色濃く反映された作品について本書は言及してきた。エッセイ『岩山にて』をのぞけば、それらはそれぞれ風刺と皮肉に満ちた結末である。『クネルゲ博士の最期』では、菜食主義コロニーで完全に野人と化した菜食主義者にインテリ主人公クネルゲが縊死させられる。『世界改革家』の主人公ライヒャルトは、指導者ヴァン・フリッセンの生活改革運動の思想に魅了されて、原始的な農民生活を一年間実践するが、望んでいた市民生活へ最終的に復帰する。『友人たち』においては、大学生ハンス・カルヴァースは、学友ハインリヒ・ヴィルトの菜食主義と質素な農民生活に共感し、共同生活を送るが、音楽や快適な文明生活を断念できずに、ヴィルトと訣別する。

こうした結末をたどる小説三編が、ヘッセがはじめてアスコーナに滞在した前後の一九〇七年から一〇年までに書かれたことからは、少なくとも、生活改革運動とその信奉者に対するヘッセの態度の一端を看取できると思われる。

さらに、ミュラーのグスト=デミアン説については、菜食主義療養施設「ヴィラ・ノイゲボーレン」を運営し、ヘッセとグストのアスコーナ滞在には宿を提供していたヒルデガルト・ユング=ノイゲボーレンの一九七三年の証言が興味深い。彼女の母親もグストの信奉者であったが、その庭に建てられた小屋に、ヘッセは当初はひとりで、のちには長男、次男と暮らした。

グスト・グレーザーからヘッセの『デミアン』が着想を得たとは、わたしは信じていません。反対に、ヘッセはグストを拒否したのです。あるとき、わたしたちがアスコーナのカフェ・カットリーニそばの居酒屋で座っていると、グストがこちらにやってくるのをヘッセは眼にしました。するとすぐさま、ヘッセは飛びあがり、支払いをしてから言ったのです。「あれがわたしたちの席に座ったら、ぜんぶ支払わなければならなくなる！」

ヒルデガルト・ユング＝ノイゲボーレンを、ヘルマン・ミュラーはグストの「友人で熱狂的な信奉者」と記しているのだが、そのような人物がデミアンとグストの関連性を否定し、ヘッセがグストから遠ざかろうとしたことを明言しているのには注視すべきだろう。

グストからの書簡

くわえて、グストとヘッセの交流を証明する書簡は少なからず存在するが、以下のようなグストからヘッセ宛ての一九一六年一二月一八日付書簡がベルン州立図書館ヘッセ文書館に所蔵されている。

親愛なるヘルマン・ヘッセ殿

青白いインクは象徴的ですね。インクはわたしたちにとって高すぎるのです。というのも、わたしはベッドに縛りつけられ、国家に虐待されたまま横たわって、必要なものを得るためにペンを走らせる以外、なにもできないからです。数日まえには、木材をもちあげて運んで背中を痛めたために、病気になり、背中をこごめて横になったままで、眺めることしかできないのです。ひどい貧乏が、今度はここでもまったくもって恐ろしく過酷な冬が、わたしたちの家を、わたしの七人の、いや八人です、この愛すべき子どもたちの周りにいまにも忍び寄り、雷雨を吹きつけようとしているのを。

このまま、わたしの家族たちも病いを患って、それが原因でできた傷あと、首の腫れ、凍傷の手をおみせするまで、お待ちしないといけないというのでしょうか。貴殿がわたしたちにいくらかのお金でご援助できて、そうしたいのかをおうかがいする必要があるのでしょうか。いいえ、貴殿がご自分からわたしたちにご援助してくださるのを信じておりますゆえ。

ご健勝で！　グスト・グレーザー　アスコーナより

前述のユング＝ノイゲボーレンの証言もあわせて、このグストの書簡からは、「放浪の預言者」グスト・グレーザーのもうひとつの顔が明らかになる。反文明や反市民社会を標榜し、自然に即した生活を訴えていても、厳冬の暖をとるためには資本主義社会に依存せずにはいられないというグストの姿である。しかも、旧知の友に金銭を無心する預言者の素顔なのだ。

グストの主張が正当であるとしても、かれがなお生きているのは文明の利器で便利になった資本主義的な市民社会であって、大多数の平凡な市民にとっては異端の思想を語るグストは厄介者である。そのかれでさえ、家族と健康に生活するためには、資本主義的社会に寄食するしかないのだ。

たとえばそれまでの作品においては、グストと目される登場人物は、半裸の菜食主義者ヨーナス、生活改革運動推進者ヴァン・フリッセン、農民風の質素な服装のハインリヒ・ヴィルトと、人物設定や容姿がグストやアスコーナ移住者を思わせるものであった。これに対して、デミアンはたしかに慣例的な世界観・価値観を転倒させる思想を語る一種の異端者であるが、「放浪の預言者」風の奇抜な服装を着ておらず、外見はふつうの少年や青年として描かれている。

小説の第七章で描写されるデミアンの容姿についても、病気で横になって金銭を無心するグストとはほど遠いイメージだ。「ぼくは驚いてたたずんだ。デミアンは煌びやかにみえた。広い胸板、男らしい頑丈な頭部、振りあげた腕のひきしまった筋肉は太く頑強だった。腰、肩、腕関節からくりだされた動きは、まるでほとばしる泉のようだった」。ヘッセもグストももはや若くはないのである。

ユング=ノイゲボーレンの証言やグストの書簡からすると、ヘッセがかれをモデルにしたと考えられる人物が登場する作品群の結末と同様に、その思想はともかく、グスト本人に対しては精神的にも距離を置いていた時期が一九一六年から一八年にはあったようである。また、次男ハイナーの証言では、この時期にはグストがベルンのヘッセを来訪したという。

第6章で言及したように、一九〇四年に出版された出世作『ペーター・カーメンツィント』の主人公はチューリヒで生活改革運動家と出会う。かれらを思わせる人びとについて、アスコーナ滞在以前のヘッセがみずから予言のように記した一節がここでは想起される。

「奇抜な服装と髪型をした詩人や美しい魂をもつ者といった、半分しか自立していない人びとを思い出すと、ただただ恐怖と同情のみを感じるばかりであった。というのも、そうしたかれらとの交流がいかに危険であったかをのちになってようやく理解したからである」。

次章で詳述するが、『デミアン』は多種多様な要素、それも現代では奇異に思われるような要素もふくめて、それらがみごとに融合して統一された結果、独特の物語を成立させていると、著者は考えている。

もちろん、『デミアン』の作中にはグスト本人をモチーフとする要素も散見されるものの、それほど単純ではないようだ。第五章から登場するオルガン奏者の牧師ピストリウスは、デミアンにつづく第二の導き手であり、精神分析医ラングがモデルといわれている。しかし、かれは主人公にバラモン教の聖典「ヴェーダの翻訳の一部」を朗読し、「聖なることば〈オーム〉の唱えかた」を教えたりと、どちらかといえば、グストをイメージさせる言動もおこなっている。

それゆえ本書では、グスト本人の特徴が、テクスト全体の観念的な部分に多少は認められうるとしても、デミアンという登場人物にそれほど濃密に集約されているとは考えにくいという結論となるだろう。

それからのグスト・グレーザー

第一次世界大戦終結の一九一八年に、スイスから追放処分になったグストは、この時期に老子の思想にもとづいた詩作『道《タオ》』をヘッセに送付している。その後のグストの人生はこれまで同様、やはり公衆相手に語ったのちの逮捕と追放の連続であった。

一九一九年はバイエルンから、二〇年はバーデンから、ついにはドイツからも追放されてしまう。つぎにグストが出現するのは一九二五年のドレスデンのロシュヴィッツだった。しかし翌年にはミュンヒェンで逮捕され、今度はバイエルンにくわえて、ドイツ帝国全土から追放処分となる。しかし、ドイツ帝国からの追放は、ドイツの自然主義作家ミハエル・ゲオルク・コンラート（一八四六―一九二七）、ウィーンの作家ヘルマン・バール（一八六三—一九三四）、トーマス・マンたちの擁護によって中止された。ちなみに、マンはグストを「この男は純粋な心をもっており、ドイツを愛している。かれはわれわれのことを好意的かつ友好的に考えており、かれと出会えば、みな好意的かつ友好的になるだろう」と評した。

一九二七年と二八年にはベルリンで講話をつづけながら、無政府主義的平和運動家エルンスト・フリードリヒ（一八九四—一九六七）の反戦博物館に滞在した。二九年にはシュトゥットガルトの「放浪者会議」で講演、三一年にはまたもやスイスから追放されるも、ハイデルベルクで講演をおこなった。一九三二年には娘婿の平和運動家オットー・グロスエーミヒ（一九一〇—二〇〇五）とともにロバ車で旅しながら、パンフレットを配り歩いた。

ナチス政権が誕生した翌一九三三年にグロスエーミヒが強制収容所に送致されたために、グストの娘ゲルトルートが運営するブランデンブルク東部ガルツァウ村域の生活改革運動コロニー「グリューンホルスト」に身を寄せた。一九三八年からはベルリン近郊のラング湖で屋形船に住んだ。一九四〇年にナチスによって逮捕、執筆禁止処分を受けたグストは、ライプツィヒ、のちにミュンヒェンへと避難する。一九四二年以降はミュンヒェンの知識人のもとを転々としながら、第二次大戦を生き残った。

一九四五年から他界するまでの一三年間は、ミュンヒェンの州立図書館や「カフェ・クライン・ブカレスト」で詩やパンフレットなどの執筆に励む日々であった。晩年のグストは、これまでにないほど穏やかに過ごしている。この時期には、もはやグストの服装や髪型、生活様式をとがめる者はいなかったようである。グストが闘っていたものすべてを、ナチスと戦争が灰燼に帰したこともあるのだろう。

一九五八年一〇月二七日、ミュンヒェン近郊のフライマンにて、グスト・グレーザー死去。生前のグストの著作や絵画は、パンフレット以外は出版にめぐまれなかったが、現在、ヘルマン・ミュラーの編集によって部分的に公刊されている。

ちなみに、グスト・グレーザーの思想や生活様式は戦後、ドイツとアメリカを中心に継承されたと考えられる。

グストの娘婿にして平和運動家で菜食主義者でもあったオットー・グロスエーミヒは強制収容所から生還したのち、一九七九年に「緑の党」の共同設立者となった。グストの思想を継承した政党がドイツに誕生した瞬間である。

二一世紀の現在も、その動向に注目が集まる「緑の党」であるが、二〇世紀後半には、同様の主義信条を掲げる人びとによって世界各国で続々と結成された。いまやグストの思想は全世界的規模で支持者を獲得したといえようか。

また、グストの死後約一〇年後、アメリカでかれの思想や生活様式を継承したかのような若者たちが出現した。ヒッピー文化である。一九六〇年代に登場したヒッピーとは、社会体制や価値観を否定し、脱社会的に生きようとする若者たちのことである。さらに六〇年代や七〇年代のアメリカでは菜食主義ブームが発生したが、その背景にヒッピーたちがいたといわれている。

グスト・グレーザーの生きざまは、第二次世界大戦後のアメリカでポピュラーになったといえよう。しかも、そのヒッピーたちがもてはやした文学が、ヘッセのアウトサイダー小説として知られる『シッダールタ』（一九二二年）や『荒野のおおかみ』（一九二七年）であったことは、グストとヘッセの奇妙な人間関係の歴史的連続性を想起させずにはいられないだろう。まるでグストの精神性がヘッセを経由して、かれの作品のなかで脈々と生きのびて、ヒッピーたちに受容されたかのようにも考えられるからである。

第8章　ヘッセと日本の特殊な関係

1. 日本と関わりが深いヘッセの親族

少年ヘッセ、新島襄と会う

この章では、ヘッセと生活改革運動という本書全体の主題から少しだけ離れて、ヘッセと日本というテーマで論じることにしたい。

「東洋」という視点は、ヘッセの人物や思想を考察するためには不可欠なものである。かれの両親と母方の祖父母が宣教師であって、それぞれがインドでの滞在経験を有しており、母親はインド生まれであった。ヘッセ自身もまた一九一一年夏にインド旅行をおこなっている。それゆえ、「東洋」のなかでも、かれの精神風土にとって、インドは特異な地位を維持している。

ところが、ヘッセと日本という関係はもっと特殊な位置づけをもっている。たとえば、同時代の作家マックス・ダウテンダイ（一八六七―一九一八）とベルンハルト・ケラーマン（一八七九―一九五一）は日本に滞在したことがあり、日本をモチーフにした作品や滞在記を残している。その一方で、ヘッセには日本での滞在経験はない。

それにもかかわらず、ヘッセと日本の関係はやはり、ダウテンダイやケラーマンよりも特別であって、それどころかドイツ文学のみならず、世界文学全体でも、ヘッセは日本との関連において異質な地位にあるのだ。

その理由のひとつとしては、まずヘッセ個人がなにかと日本との関連が多いことである。ヘッセ幼年期の一八八一年四月に、ヘッセ一家は生まれ故郷のカルプからスイスのバーゼルに転居する。この地の伝道館で布教雑誌の編集という仕事を獲得したからである。この両親が働く伝道館で、一八八四年に七歳のヘッセは新島襄（一八四三―一八九〇）と会っている。このとき、新島はすでに一八七五年に京都にキリスト教を教育の指針とする同志社英学校（のちの同志社大学）を創立しており、ヘッセとの邂逅は二度目の海外渡航のさいのことであった。

「日本の従弟」ヴィルヘルム・グンデルト

ヘッセの父ヨハネスがキリスト教伝道師をしていたおかげで、少年ヘッセは新島襄と会ったわけだが、ヨハネスの注目すべき仕事は、ほかにもある。内村鑑三の『代表的日本人』（一九〇八年）のドイツ語訳を一九〇八年にシュトゥットガルトのD・グンデルト社から出版したことである。とはいえ、ヨハネスが日本語に堪能であったわけではない。『代表的日本人』はそもそも英文著作であるため、英語から独訳したのだった。

D・グンデルト社は内村の『余は如何にして基督教徒になりし乎』（一八九五年）の独訳も一九〇四年に上梓しているが、この社主ダーフィット・グンデルト（一八五〇―一九四五）は、ヨハネスの義弟でヘルマンの叔父にあたる。

そして、このグンデルトの息子がヴィルヘルム・グンデルト（一八八八―一九七一）で、ヘッセが「日本の従弟」と呼んだ人物である。この母方の従弟もまたヘッセと日本を関連づける日本学者で伝道師であった。

グンデルトは学生時代にドイツ・キリスト教学生協会に属しており、そこで内村鑑三（一八六一―一九三〇）の知己を得た。一九〇六年に宣教師として渡日し、内村とともに布教活動につとめた。その後一九二〇年から二七年まで、グンデルトは旧制高校のドイツ語教師として第一（東京）、第五（熊本）、旧制水戸高校を歴任する。後述するが、ヘッセの初期作品を日本で最初に受容したのは、旧制高校生というごく少数の学歴エリートたちであったのだが、かれらがヘッセの血縁者から直接にドイツ語を習うことはいかに感動的であったかが推測できよう。

ヘッセの母方のインド学者を生んだ血筋によるものか、グンデルトは日本で禅や能を研究しており、臨済宗の仏教書『碧巌録』のドイツ語訳で知られている。一九三六年に帰国後、ハンブルク大学の日本語と日本文化の教授に就任し、一九三八年から四一年には学長職にあった。

しかし、すでに一九三四年にナチスに入党していたグンデルトは、ユダヤ人教員と学生をハンブルク大学から除籍したりもしている。ナチス党員としてのグンデルトは日本との交流にもつとめており、ドイツ東洋文化研究協会（ＯＡＧ）やドイツ文化研究所の編集委員会委員長の責をはたしていた。ちなみに、現在もＯＡＧは日独相互理解を促進する文化組織として東京赤坂のドイツ文化会館内で存続している。当然ながら、グンデルトがナチス礼賛者であった時期に、かれとヘルマン・ヘッセとの関係が悪化したのは、フィンクのばあいと同様である。

ともあれ、『シッダールタ』執筆にさいして、ヘッセに日本と東洋の思想や知識を教示したのは、〈日本の従弟〉と呼ばれたグンデルトであった。それゆえ、『シッダールタ』第二部はグンデルトに捧げられている。ヘッセにとって、グンデルトが極東の日本を想起させる親戚であったのはまちがいない。

日本の国語教材『少年の日の思い出』

ところで、ヘッセ自身は『インドから』、『デミアン』、『クリングゾル最後の夏』などで日本や日本人についてわずかに言及しているものの、一九二二年にヘッセが編纂した『日本の物語』のあとがきや、一九五五年五月に書かれた日本語版『ヘッセ全集』（新潮社）の序文「日本のわたしの読者へ」などが、かれが日本について書いたテクストである。

ヘッセがとくに興味を示した日本の思想は禅である。東北大学教授だったオイゲン・ヘリゲル（一八八四―一九五五）や鈴木大拙（一八七〇―一九六六）の禅に関する著作をヘッセは読んでいる。『碧巌録』訳者の従弟グンデルトはもちろん、禅に深い関心をもっていた心理学者カール・グスタフ・ユングとの交流からも影響を受けたようである。

しかしながら、ヘッセと日本の関係が特殊だと考えられるのは、ヘッセ個人のプライベートな関連性だけではなく、日本でヘッセがどのように受容されてきたかという要因が大きいからである。すなわち、日本におけるヘッセ受容の特異性が問題となるのだ。

というのも、ヘッセのある短編が日本の国語教育へはたしてきた寄与には、驚嘆に値するものがあるからである。

ヘルマン・ヘッセの小品『クジャクヤママユ』Das Nachtpfauenauge（一九一一）の改稿 Jugendgedenken（一九三一）は『少年の日の思い出』（高橋健二訳）として、一九四七年（昭和二十二年）に文部省の『中等國語』に採用されて以来、国定教科書が検定制度になってからも、十社にあまる出版社の国語の教科書に収録された。現在でも光村図書出版をはじめ四社の国語の教科書に掲載されており、これらの教科書の全国での採用率は八十パーセントに達するという。つまり、『少年の日の思い出』は一九四七年から現在まで、じつに六十四年間もわが国の中学国語の教科書に載り続けているわけで、このような教材はほかに例がなく、「国語教材の古典」といわれているのも当然かもしれない。

このように記すのは、『少年の日の思い出』のもうひとりの訳者として知られる岡田朝雄である。この内容が正しいとすると、海外文学の特定の作品がこれほど長いあいだ一国の国語教育で採用されてきた例は稀有であると考えられよう。

2.『車輪の下』と教養主義

ヘッセの青春小説

日本では青春文学の旗手として名高く、現在も多くの作品が翻訳で読めるヘルマン・ヘッセは、二〇世紀ドイツ文学という領域だけでなく、「翻訳文学」というジャンルにとってすでに貴重な存在である。

思うに、ヘッセが日本で読み継がれてきたさまざまな理由のひとつは、翻訳された作品に小品が多いことではないだろうか。ほかのドイツの文学作品の翻訳は、（詩集をのぞけば）長大かつ重厚な内容が多いのだが、ヘッセの翻訳作品群は小ぶりで読みやすいのである（ゲーテの『若きウェルテルの悩み』もまた恋愛小説かつ書簡体小説であるために、同様の親しみやすさがあると思われる）。たとえば、ヘッセよりも二歳年長のトーマス・マンの代表作『ブッデンブローク家の人びと』、『魔の山』の翻訳は文庫本であっても、分厚いうえに複数巻あるために、書店の棚にならんでいるのをみると、（価格帯もふくめて）手に取りにくいということがあるだろう。

そして、ヘッセの『車輪の下』が読まれてきた最大の理由として考えられるのは、ギムナジウムや神学校での挫折を味わい、内面の成長を遂げた文学者ヘッセが自身をモデルとして造型した、人生の孤独に苦悩する主人公の物語が、同様の経験をした若者たちにおなじく共感され、読み継がれてきたことである。

しかしながら、こうした〈ヘッセ体験〉が、じつは日本独特の「教養主義」と結びついた歪《いびつ》なものだったという主張が、高田里恵子の『文学部をめぐる病い　教養主義・ナチス・旧制高校』（二〇〇一年）で展開された。

『車輪の下』がドイツで出版されたのは一九〇六年であるが、この小説がドイツで受容された歴史的背景があった。経済と軍事で急成長をとげたドイツ帝国内で、人格を陶冶する教養としてあるべき文学と哲学が、学校教育のなかでただのファッションとしての知識へと格下げされていったことへの批判があったのである。

なによりも『車輪の下』は、このような学校教育から落伍したヘッセが自身をモデルにした主人公の物語であって、それは世紀転換期のドイツの学校教育批判とも絶妙に適応していただろう。本書の視点からは、一九世紀から二〇世紀への転換期における教育改革運動もまた、一連の生活改革運動とも連動するものであった。

作品冒頭で、神学校入学試験をひかえた主人公ハンス・ギーベンラートに対して、その合格を祈りつつ、たとえ失敗しても神様は人それぞれに道を用意していると励ました敬虔派信者である靴屋のフライク親方は、ハンスにとっての「善意の指導者」と記されている。泥酔して川で溺死したハンスの葬式のさいには、このフライク親方が父親や自身の責任を自覚する一方で、学校の教師を批判する物語結末となっている。

本文第五章でも、「学校と父親や数人の教師の野蛮なる功名心とがこの壊れやすい存在［ハンス］をこんなふうにしてしまっていたことを、だれひとりとして考えはしなかった」と、ハンスの周囲のおとなに対する批判ははっきりと明記されている。

しかも皮肉なのは、エリートから落伍した経歴をもつ作者ヘッセの分身が主人公の小説『車輪の下』を日本で最初に受容したのが、同年齢者の約〇・七パーセントしかいなかった戦前の旧制高校生という学歴エリートたちであったという事実も、高田は明らかにしている。

ヘッセの従弟ヴィルヘルム・グンデルトは宣教師として日本に滞在したが、その長い滞在期間で多年にわたって旧制高校でドイツ語を教えていたことは前述のとおりであって、この事実はヘッセと旧制高校生との関連性をより強化しているといえるかもしれない。

さらに、高田はヘッセをめぐる教養主義を、作品のなかに「男の問題」をみいだす態度だと定義した。それも、ただの男性讃歌や男性中心主義でなく、むしろ挫折や煩悶、反抗や葛藤といったもののなかに「男の問題」の特権性をみる視線であって、少年がいかにして苦悩して男となるかというテーマであり、少女にあたえられなかった青春のイメージだと考察している。

『車輪の下』の少年たちの描写

たしかに、『車輪の下』にもそうした場面がないわけではない。

「たとえ夕方に起こる少年たちのつかみ合いがまったくめずらしいものでなかったとしても、年齢的に急激に成長していく少年たちの多くはみんな概して、おたがいにここちよくふるまっていた。というのも、自分が大人であるという自覚をもとうとし、いまだなじまない〈あなたがた〉という先生たちの呼びかたを、学術的な真摯さと品のよい態度のせいだと理屈づけようと努力したからである」。

そんな思春期の少年たちばかりが暮らす神学校の寮生活のなかで、奔放な詩人の才能を有するヘルマン・ハイルナーがけんかで負けて人前で落涙するのを、主人公ハンスは目撃する。心配してかれのあとを追いかけると、ハンスをからかいつつも、ハイルナーは突然、ハンスに口づけする。「ゆっくりと、ヘルマン・ハイルナーは腕をのばしてハンスの肩をおさえ、おたがいの顔がすぐ近くになるまで、かれをひき寄せた。すると、ハンスは突如として、不思議な驚きのなかにべつのくちびるが自分の口に触れるのを感じた」。

そのあとには、以下のような説明がつづく。「このちっぽけな舞台のような場面を眼にしたおとながいれば、不器用かつ臆病な愛情ではにかんだ友情宣言と、ふたりの真剣なほっそりとした童顔とに、おそらくはひと知れない歓喜を感じたことだろう。その顔は、前途にみちあふれて愛らしく、さらには子どもの優美さを半分残している一方で、青年時代の内気で美しい強情さを半分は浮かべていたからである」。

男子生徒どうしのキスシーンの描写のうちに、少年と青年の微妙な心情の機微を感受できるのは、それを経験してきたおとなであって、やはり男性であるというホモソーシャルな社会認識がみられるのである。「早熟な少年ふたりは胸騒ぎのする恐れとともに、この友情のなかに、初恋の淡い神秘にまつわるものをなにも知らずにすでに味わっていた。それに、かれらの契りは成熟する男性の渋みを帯びた魅力をもっていた」。

後述する人気小説『デミアン』も、死にゆく運命にある負傷兵の主人公エーミール・シンクレアと親友デミアンとのキスで物語の幕が閉じるのはよく知られているし、チュービンゲン大学の学生三人の友情をめぐる『友人たち』も、同性愛ではないにせよ、男子学生どうしの友人関係に対する嫉妬の感情がホモソーシャル的に描かれているだろう。

ちなみに、高田によって教養主義とヘッセという「男の問題」の中心に位置づけられたのは、ヘッセ作品の翻訳を多く世に出したドイツ文学者、高橋健二（一九〇二—九八）である。高田の表現を拝借すると、左翼活動に没入できず、また政治や企業での立身出世も望まずに、ドイツ文学者に落ち着いた「教養主義的自由主義者の代表格」ということになる。

高橋健二は東京帝国大学ドイツ文学科を卒業し、成蹊高等学校や中央大学で教鞭をとったドイツ文学者である。『ヘッセ研究』で一九六三年に東京大学で博士号を取得し、著作や翻訳でのドイツ文学紹介で華々しい受賞歴も有している。

たとえば、日本最初のヘッセ作品は『クヌルプ　クヌルプの生涯の三つの物語』第二番目の『クヌルプへのわたしの思い出』であって、ドイツ文学者の茅野蕭々《ちのしょうしょう》（一八八三—一九四六）の手になる『友』というタイトルでの翻訳が石川啄木編の文芸雑誌『スバル』第一号に掲載された一九〇九年（明治四二年）のものだとしたのは、高橋健二の研究成果である。

高橋健二のヘッセ評伝

本書ではすでに高橋健二のヘッセ評伝におけるガイエンホーフェン時代の記事について触れたが、ここでその評伝そのものにも言及してみたい。

高橋健二の『ヘルマン・ヘッセ　危機の詩人』（新潮選書、一九七四年）は、二〇世紀後半でおそらく日本で最もよく読まれたヘッセの評伝であろう。ヘッセの伝記と作品の双方をほどよく論じており、分量も上下二段組で本文二五〇頁以上の著である。かつて高校時代に同書を読んだ著者が古書で入手したものは一九七八年の第五版であるが、定価七三〇円、カバーには著者高橋の現住所が記載されていたりと、昭和の出版事情も物語ってくれる。

ヘッセ本人とも個人的親交があった高橋の評伝は、詩人ヘッセの文学的主体性を神格化する傾向が多少看取されるものの、エリート街道からのドロップアウトをくりかえした少年時代に自殺さえも試みたヘッセの内面の苦悩と孤独を描いた力作である。小説家・詩人となることで作品へ昇華して生きながらえた芸術家としての前半生と、コスモポリタンで平和主義者としての後半生を、両時期に書かれた作品解説をくわえて描き切っている。

八五歳でこの世を去ったヘルマン・ヘッセは、日本でも著名な長編小説のほか、エッセイや短編・中編小説、書簡なども膨大な量を残したのだが、それらの全貌の輪郭が全集によって概括的に把握できるようになったのは、二〇世紀が過ぎ去ってからのことといえよう。

高橋がヘッセ評伝を執筆した時期はもちろん、二〇〇二年から〇七年まで刊行された全二〇巻の『ヘッセ全集』がいまだ出版されておらず、同様に一九七三年から八六年に上梓された四巻本『全書簡集』も完結していない、前世紀七〇年代中盤である。高橋の評伝が戦前の自身の研究を下敷きとしているとはいえ、その情報量にはおのずと限界があるだろう。

高橋本人がそのことを自覚しているのは、評伝のあとがきでかれ自身が将来の新資料の公表に期待しており、ヘッセ研究者フォルカー・ミヒェルスがヘッセの次男ハイナーと書簡集を編纂していることにも言及しているとおりである。

本書の立場は、高橋のこの評伝を批判するものではない。むしろ、それを起点にして、ヘッセの伝記と作品解釈をさらに補完することを目指している。

そして、太平洋戦争という困難な時代を生きぬいた経験のない著者としては、高橋健二の生涯や生きかたに対して発言する資格もないゆえに、これについての意見をもちえない。くわえて、若者が読みやすい文体での翻訳を世に送り出した、高橋もふくめた研究者諸氏が戦前にドイツ文学者として体制順応的であったとしても（さらに戦後を迎えて、いかなる精神的転向があったのかを憶測せずとも）、かれらがヘッセの少なからぬ作品を平易な文体で翻訳した仕事自体は別個に正当に評価されるべきだという見解である。

3. 少女マンガとヘッセ作品

「二四年組」がヘッセを読む

エリート神学校の寮生活を送る男子生徒どうしのキスシーンが前節で登場したところで、ヘルマン・ヘッセという文学者が日本のサブカルチャー成立史において特異な位置を占有していることについても明言しておこう。

現在の少女マンガ研究史によると、七〇年代の少女マンガ成熟期において、ヘッセ作品、とりわけ『デミアン』、『車輪の下』、『知と愛（ナルチスとゴルトムント）』が方法論的に大きな影響をあたえたことが明らかになっている。

少女マンガ表現を変革したといわれる昭和二四年前後に生まれた少女マンガ家たちを「二四年組」というのだが、そのなかでも、竹宮惠子と萩尾望都がヘッセの作品から大きなインスピレーションを受けたという証言が残っている。竹宮の『風と木の詩《うた》』ではフランスの男子寄宿学校が、萩尾の『一一月のギムナジウム』、『トーマの心臓』ではドイツのギムナジウムが舞台となっており、それらの物語で描かれるのは、女性禁制の世界に生きる少年たちの人間模様のドラマであった。

彼女たちにヘルマン・ヘッセの作品を紹介したのは、竹宮の創作活動を長期にわたってバックアップし、萩尾とも交遊をもつ増山法恵《のりえ》である。インタビューによれば、増山は才能ある両名に『デミアン』を読了したら、その感想をマンガとして表現するように勧めたという。萩尾もエッセイにおいて、少女マンガとしての表現と自身のありかたに閉塞していたときに、ヘッセの作品のなかに自己肯定の契機をみいだしたと述べている。

竹宮と萩尾が読んだとされる三作品は思春期の少年が主人公であって、『デミアン』のエーミール・シンクレアとマックス・デミアン、『車輪の下』のハンス・ギーベンラートとヘルマン・ハイルナー、『知と愛』のゴルトムントとナルチスというように、それぞれ対照的な個性を有する少年たち（あるいは青年たち）のカップリングの対立・葛藤・融和から生起するドラマによって、物語が進行していく。

こうした物語構造に依拠するヘッセ作品を〈素材〉として、竹宮・萩尾両氏が「少年愛」というジャンルの少女マンガを誕生させたのが少女マンガ史の歴史的事件であったことは、現在では広く認識されている。石田美紀の『密やかな教育　〈やおい・ボーイズラブ〉前史』（洛北出版、二〇〇八年）では、その要因をヘッセ作品に散在する少年たちの同性愛的な物語要素だけに求めるのではなく、ヘッセの〈文字表現〉に着目している。読者にイメージを喚起し、知覚から内的なヴィジョンへと迅速に変容するといった内面描写こそがその真骨頂であり、それがマンガ表現と適合していたために、竹宮と萩尾によって新しい独自表現としてヴィジュアル化されていったと結論づけている。

ヘッセ作品のヴィジュアル化

また石田によると、ヘッセの〈文字表現〉について同様のコメントを残しているのは、六〇年代ヒッピー文化の教祖であるティモシー・リアリー（一九二〇―一九六）である。『シッダールタ』から具象的かつ可変的なヴィジョンを看取し、「網膜に訴えるレポート」と表現している。

この問題を考察するさいに着目すべきは、伝記作家ラルフ・フリードマンによるヘッセ作品の映像化についての指摘である。フリードマンがいう六〇年代のアメリカでの第四次ヘッセブームにおいて、監督・脚本コンラッド・ルークス（一九三四―二〇一一）による『シッダールタ』（一九七二年）、監督・脚本フレッド・ヘインズ（一九三六―二〇〇八）による『荒野のおおかみ』（一九七四年）が映画化されたのだが、営業的には失敗に終わった。この時期はヘッセ人気が最高潮であったうえに、演技力のある俳優、秀逸なカメラワーク、繊細な人物描写など映像作品としてのクオリティはけっして悪くないにもかかわらず、である。

フリードマンは、この失敗の理由を、ヘッセ作品の文章の効果には特別な性質があって、完全に新奇な想像という現象を呼び起こし、展開させる効果があるということに帰している。すなわち、ヘッセの〈文字表現〉によって構築されるイメージ世界は、読者に独特の内的ヴィジュアルを生起させることで誕生するのであるが、それが「実写」による再現には適していないということなのではないだろうか。

これに対して、いわゆる「二四年組」の竹宮惠子と萩尾望都は、ヘッセの初期作品の忠実な実写ではないが、その物語のエッセンスを抽出し、マンガというヴィジュアル表現技術によって再現するのに成功したと考えられる。あるいは、ヘッセの〈文字表現〉のヴィジュアル化には、竹宮と萩尾による少女マンガの表現技法が適合していたということの証左だといえよう。

いずれにしても、日本の少女マンガの「少年愛」というジャンルに、〈ヘッセが多大な影響をあたえたことは紛れもない事実であろう。あまたの世界文学のなかで、〈少女マンガ〉という日本のサブカルチャー成立史において、ここまでその寄与が言及される海外の作家はヘッセ以外にはまず存在しないのである。

第9章　サナトリウムのヘルマン・ヘッセ

1. ヘッセは医師を巡歴する

ヘッセと医師

ヘルマン・ヘッセは少年期から身体的にも精神的にもあまり健康ではなかった。眼痛、神経症には少年時代から苦しんでいた。たとえば『車輪の下』には、主人公が神学校やギムナジウムを精神的に疲弊して退学するさいのようすが描写されているが、この作品がとりわけ自伝的要素が高いという理由でもある。

一九四六年にノーベル文学賞受賞の連絡を受け取ったのは、ヘッセがサナトリウム滞在中のことであったし、遺伝的な眼痛とこれによって併発する慢性頭痛および坐骨神経痛のために、ストックホルムの授与式へ出席することがかなわず、かれの代理でスウェーデン駐在のスイス大使が赴いたのだった。この時期、ヘッセはヌーシャテル湖畔の温泉保養地メランのサナトリウム・プレファルジエに滞在しており、その院長で精神科医のオットー・リッゲンバッハ（一九〇一―八七）からノーベル文学賞受賞を祝賀する夕食に招待されていた。

すでに一四歳のとき、マウルブロン修道院から失踪したさいに、家庭医《ホームドクター》のゲオルク・ツァーン（一八六〇―一九二八）から精神科の病院への入院を勧められたときから、ヘッセの医師・療養所遍歴は開始されていたといえるかもしれない。一八九二年四月から五月にかけて、かれはヴュルテンベルク地方の温泉保養地バート・ボルの療養施設で過ごした。だが、その後に自殺をはかったために、さらにボーデン湖畔の村シュテッテンの療養施設へと転院させられたのである。

ガイエンホーフェン時代の一九〇六年と〇七年の二度のモンテ・ヴェリタ・サナトリウム滞在では、裸体日光浴、節食療法や菜食主義を実践していたことは前述のとおりである。その二年後にヘッセがおとずれたのは、バーデンヴァイラーで運営されていたアルベルト・フレンケル（一八六四―一九三八）のサナトリウム「ヴィラ・ヘートヴィヒ」である。フレンケルはヘッセの回想にも記されている医師であるが、一九〇六年に心疾患の治療にストロファンティン静脈注射を導入したことによって、医学史に不朽の名を残した。

ヘッセを診察した医師たち

そして一九一六年は、『デミアン』上梓以前のヘッセにとって最大の危機がやってきた年とされている。父の死、マリーア夫人の悪化する精神疾患、三男で末子のマルティンの重病がヘッセに襲いかかったからである。

この危機の時期に、頭痛、めまい、不安症に煩悶するヘッセが救済をもとめたのが精神分析だった。同年六月から一一月まで毎週、ルツェルン近郊ゾンマットにあるサナトリウムの精神分析医ヨーゼフ・ベルンハルト・ラング（一八八三—一九四五）のもとで、ヘッセはほぼ六〇回におよぶ施療に通った。ラングはカール・グスタフ・ユングの弟子として知られていた。

ラングの診察と交流はヘッセに大きな感銘をあたえたらしく、『デミアン』に登場し、主人公を導こうとするオルガン奏者ピストリウス、秘密結社小説『東方への旅』（一九三二年）の占星術師ロングスのモデルとされており（ロングスはラングのラテン語名表記）、『荒野のおおかみ』（一九二七年）にもその影響のあとが看取されるといわれている。

ラングのほかにヘッセが頼った精神分析医には、オットー・グロース（一八七七—一九二〇）、ヨハネス・ノール（一八八二—一九六三）がいる。このふたりは無政府主義者かつ著述家で、一九〇四年以来のアスコーナ滞在経験があった。精神分析医の系譜としては、グロースはフロイトの弟子、ノールはグロースの弟子であった。一八一八年五月のアスコーナ滞在で、ノールはヘッセと会っており、すでに重度の精神疾患にあったマリーア夫人にも精神分析をおこなったとされる。

一九二一年には、マリーア夫人の重度の精神障害と、ふたりの息子を里子に出したゆえの養育費の捻出によって物質的に困窮し、作家としても停滞したヘッセは、今度はカール・グスタフ・ユング本人と精神分析のために対話している。また、ジークムント・フロイトとも交友があった。

リューマチと坐骨神経痛の治療には、ヘッセはもっぱら温泉療養を好んだ。一九二二年秋にザンクトガレン近郊のサナトリウムで、翌一九二三年から一九五二年まで毎年、スイスのチューリヒ近郊のアールガウ州バーデンの温泉保養施設「ヴェレーナホーフ」に数週間滞在したが、ヘッセの担当医ヨーゼフ・マルクヴァルダー（一八八三―一九五三）が死去したのちは、足が遠のいた。

一九三六年にヘッセが最後にドイツの土を踏んだのは、かれの慢性的な眼の不調のせいであった。ニーダーザクセン州の温泉療養地バート・アイルゼンで、ザクセン・マイニンゲン公の侍従かつ枢密医学参事官にして高名な眼科医でもあったマクシミリアン・フォン・ヴィーザー伯（一八六一―一九三八）の診療を受けるためであった。

一九四九年からヘッセの主治医となったのは、ティツィーノ州の都市ベッリンツォーナのクレメンテ・モーロである。かれは晩年のヘッセが白血病に侵されていたのを知っていた。ときおり、ヘッセのとなりに座って、なにも語らず日没をともに眺めていたという。一九六二年八月九日にヘッセの脈があがるのを確認したのは、モーロであった。

ヘッセ作品が自伝的とされる理由のひとつには、かれが受診した医師と目される登場人物たちがいるからである。本章では、精神分析を中心に同時代の自然療法とサナトリウムをヘッセがどのように描出したのかを確認したい。

冷水浴の描写

おそらく、ヘッセ自身が神経症を比較的頻繁に患っていたことを記していないヘッセ伝は存在しないのではないだろうか。それほどに、ヘッセは慢性的に精神疾患に苦しんでいた。ゆえに、自身の体験が深く反映されているのだろう、ヘッセ作品ではこの病に苦悶する主人公が少なくない。

『車輪の下』の主人公ハンス・ギーベンラートは、親友ヘルマン・ハイルナーがマウルブロン神学校を放校処分になったのち、勉学への意欲を完全に喪失して、郡の医者に「神経衰弱状態」と診断される。神学校を退学したあとは、地元の医師の診断によって滴剤、肝油、卵のほか、「冷水浴」(kalte Waschung)を処方される。

『デミアン』では、悪童フランツ・クローマーにゆすられる主人公エーミール・シンクレアは不安ゆえの悪夢がつづき、病気になってしまう。ここでも、家に呼ばれた医者はシンクレアを診察して、「毎朝の冷水浴」(kalte Waschung am Morgen)を指示するのである。ギムナジウム時代にすさんだ生活に耽溺していたシンクレアは、偶然出会った少女に恋して、そのイメージにベアトリーチェと名づけて、その像の祭壇をつくり、献身しようとする。それゆえ生活の刷新、まさしく生活改革(!)の手始めに、「朝の冷水浴」(den Morgen mit kalten Waschungen)を開始する。さらに、心霊主義や神智学に没頭する同級生クナウアーは、禁欲の苦悶から逃れるために、冷水(mit kaltem Wasser)をあび、からだに雪をすりこみ、体操して走ったが、すべては役に立たなかったと主人公に訴える。

『ゲルトルート(春の嵐)』では、音楽家の主人公クーンが、美しく聡明な女性ゲルトルートを愛するようになり、彼女への激烈な熱情を抑制しようとする。「そうして、わたしは歯を食いしばり、早朝から仕事をつづけ、長い散歩でむりやり落ち着けて、冷たいシャワー(kalte Sturzbäder)で元気づけた」。

日本でも著名なヘッセ作品にも、自然療法の冷水浴が医療行為として浸透していたのが容易に理解されるのだが、作品内の人物たちと同様に、ヘッセ自身も冷水浴治療を体験していたと思われる。現在の感覚では、冷水浴にそれほどの効能を期待することに違和感をいだいてしまうが、自然療法の高い効果が現代よりも信じられた時代であったのを忘れてはならないだろう。

神経症《ノイローゼ》の治療

ところで、神経症（Neurose）とはいわゆる「精神病」と異なり、自身に病気の自覚があり、心理的原因によって発症する心身の機能障害で、日本語では一般的にノイローゼと呼ばれている。神経衰弱（Nervenzusammenbruch）は、身体的・精神的過労によって、心身の機能障害の自覚症状が生じている状態を意味し、日本では「ノイローゼ」の訳語としてよく使用された語であった。

そして、ヘッセが自身の神経症を治療するために頼ったのが、ジークムント・フロイトを創始者とする精神分析であった。人間精神の内奥へ深く介入し、神経症の原因を特定しようとする、まったく新しい科学にして医学であった。

精神分析がいかに新しい衝撃的な学問として世紀転換期に登場し、それが二〇年のうちに社会に浸透したかを、シュテファン・ツヴァイクは一九三一年に出版した『精神による治療』収録のフロイト評伝で語っている。「二〇年前にはいまだ神の冒瀆や異端信仰であったところのフロイトの思想は、こんにちでは完全によどみなく時代とことばの血流中に循環している。かれがつくった用語は、それらを再度なかったことにするほうが、使用するよりも大きな努力を必要とするほどに自明なのである」。

フロイトによる「無意識」の発見は、幼少期の不安や抑圧に起因する神経症の根本的な原因を、しかも性的な領域にまで踏査していく精神科学を成立させた。旧弊固陋な性道徳に拘泥する人びとには理解できないものだったにちがいない。

ツヴァイクのことばでは、フロイトとは「反キリスト者ニーチェのあとに間を置かずに第二番目に出現した、古き掟の大いなる破壊者」であり、「すべての前景を非情な透視力でみぬき、性欲《リビドー》の背後に性のありかたを、無垢の子どもの背後に原始人を、家族の気が置けない共同生活のなかに父と子の古代からつづく危険な不和を、どこまでも何気ない夢のなかに熱く沸騰する血潮を発見する反夢想家《アンチイリュージョニスト》」なのである。

この比喩には、フロイトの精神分析の本質と方法がみごとに表現されている。フロイトの精神分析とは、神経症の特定できない原因を、「無意識」というサインでしか読み取れない、予想だにしなかった対象や事象との関連を解読する一種の科学捜査だからである。「夢」という「無意識」にあらわれるイメージやエピソードでさえ、神経症患者を支配する精神的〈神話〉の断片となったのだ。

ヘッセもまた、ツヴァイクと同様の見解をもっていた。一九二〇年に書かれた『精神分析入門』新版への書評には、「精神分析をめぐる論争はいまだにやかましいが、その一方でそれはずっとひっそりと若者たちの心を虜にしていて、未来は精神分析の時代を迎えるだろう。科学としての心理学は精神分析によって不動のものとなり、心の現象の法則についての重要な見識がはじめて獲得されたのである。さらにとりわけ、これまで科学とみなされなかった領域で真摯な研究がようやくなされるようになった」と論じて、「精神分析が広さと深さをもつ新奇な世界観の基礎となるかはべつの話だが、無意識の心理学が新しい世界観の基礎となるのは、避けられないと思われる」と結論している。

一九一六年にヘッセがゾンマットにあるヨーゼフ・ベルンハルト・ラングのサナトリウムに通院した

さいには、ユングの弟子ラングは患者ヘッセに絵画の趣味を推奨したほか（これ以降、かれの絵画作品の点数が増大していったのだが）、夢の内容を日記に書き留めるようにさせた。というのも、精神分析とは、患者の夢に表出した内容を分析して、心の病の要因を明らかにする方法論だからである。ちなみに、ニノン夫人の校閲を受けたヘッセの夢日記は、ドイツでは一九九六年に公刊されており、翻訳で読むことも可能である。

『芸術家と精神分析』

ところで、精神分析療法を試みる一方で、ヘッセはこの新しい医学についても考察しており、その成果は一九一八年に書かれた小論『芸術家と精神分析』に結実している。これによると、ヘッセは一九一六年ごろから精神分析に興味をおぼえ、フロイト、ユングなどの著作を読んだというが、この時期にユングの弟子ラングのサナトリウムに通院しているのは、前述のとおりである。

ヘッセにとって大いに関心があったのは、精神分析が神経症を治療するだけでなく、精神疾患の要因、いわば人間の内面にひそむ一種の〈物語〉を、関連する記憶の断片から再構築するその方法論であった。『ペーター・カーメンツィント』の冒頭で、「はじめに神話があった。偉大な神は、インド人、ギリシア人、ゲルマン人の魂のなかで詩作し、表現を希求したように、どの子どもの魂のなかでも、日々の詩作に明け暮れた」と書いたヘッセには、自身の創作のありかたと類似するものがあったにちがいない。かれの内面には神話を語る神が棲んでおり、それこそがかれの詩神であり、芸術家としてのかれ自身の創作力・創造力であるという主張なのだろう。

それゆえ、『芸術家と精神分析』で展開されるのは、精神分析という心理学的洞察がいわゆる作家などの芸術家にどのくらい有用であるのかという問いと、これに対する、芸術家ヘッセの自覚と矜持が読み取れる解答である。

ヘッセにとって、精神分析の技法そのものが、芸術家を支援するものであるのは明らかである。幾世代の経過で忘却され、喪失された人間の由来、歴史、束縛や希望などを、芸術家は精神分析による自己検証の過程で体験できるからである。たとえば、ドストエフスキーはすでに精神分析的心理学の知識をもっていて、その実践と技法に習熟していたし、ドイツではジャン・パウルが精神的事象の把握に優れており、自身の無意識から芸術の豊富な源泉を入手していた好例であるとしている。論考の最後では、フリードリヒ・シラーが創作力の欠如を悲嘆する親友クリスティアン・ケルナーに送った書簡を援用する。そのなかで、芸術家が無意識から生起するさまざまな着想群を、芸術家の「悟性」が吟味のうえに統御することで、芸術作品は誕生すると、シラーは述べていて、そこから以下のように結論する。

「無意識や、制御不可能な着想や、夢や、たわむれの心理学から流入する善意に抑圧されることもなければ、かたちをもたない無限の無意識にずっと依存することもなく、隠された［物語の］源泉に愛情をもって耳を傾けること、こうしてようやく、批評および混沌からの選別がはじまるのであって、すべての偉大な芸術家たちはそのように仕事をしてきたのだ。もしなにかの技術がこれらの要求の達成に役立てることがあるならば、それが精神分析の技術なのである」。

その一方で、ヘッセにとってはつまるところ、「詩人は夢想家であり、精神分析家は詩人の夢の解釈者であった」。詩人はむしろ無意識を解釈するのではなく、無意識からの呼び声に身をゆだねることとしができない者なのだ。

精神分析は芸術家に内在するいくたの着想や物語を明示するのに役立つものの、それらを吟味し、独自に結合させるのは、あくまで芸術家の悟性であって、無意識そのものである。それゆえ、精神分析が芸術家の内面をいかに明らかにしようとも、芸術作品を誕生させることはできないのである。

かくのごとく結論づけたヘッセであるが、精神分析と〈夢〉というテーマは、かれのなかで大きな意義を残した。というのも、後述するが、一九一七年に完成し、二年後に匿名で公刊された『デミアン』という物語の基礎構造に〈夢〉というテーマを設定し、物語を構築していった結果、この物語がじつは〈夢〉の物語といってよいほど、〈夢〉はその物語全体において大きな機能を発揮するにいたるからである。

2. 同時代の芸術家とサナトリウム

裸体で日光浴するムンク

本書ではこれまでヘッセと裸体文化、健康志向との関連を論じてきたが、ここでしばらくヘッセから離れて、かれと同時代の有名な芸術家たちがそれらとどのように向きあったのかを、本章で紹介しておこう。

ノルウェーの画家エドヴァルド・ムンク（一八六三―一九四四）もまた、サナトリウム、自然療法、裸体での日光浴にすがった。一八九九年にはノルウェーのサナトリウム、一九〇〇年にはスイスのサナトリウムをおとずれている。

一九〇二年はムンクがベルリンの展覧会で大成功をおさめたが、恋人と別離した年でもある。この年から神経症を病みはじめたムンクは、幻覚に苦悶するようになった。一九〇五年から翌年の冬をチューリンゲン地方の湯治場や、エルゲルスブルク、ケーゼン、イルメナウなどの温泉保養地で静養した。

一九〇七年と〇八年の夏には、ムンクはバルト海に面した北ドイツのリゾート地ヴァルネミュンデで過ごしている。海辺の新鮮な空気に触れながら、裸体海水浴場に大きなカンヴァスを立て、みずからも裸体になって、監視員をモデルに描いた。このときの作品が《水浴する男たち》（一九〇七―〇八年）であって、浜辺で大きなキャンバスを展開して、裸体のムンクが絵筆を握っている写真が伝わっている（図18、19）。やはり、ムンクも裸体文化の実践者であった。

しかしながら、一方で神経症とアルコール依存症は悪化の一途をたどり、ムンクは卒中の発作で倒れてしまう。それゆえ、同年秋からデンマークのコペンハーゲンの医師ダニエル・ヤコブソン博士（一八六九―一九三九）のサナトリウムに入院する。

電気による透熱療法、マッサージ療法などの施療を受けたムンクは、禁酒禁煙の実践にも専念した。絵画制作のかたわら、治療を受けつづけて、八ヵ月滞在し、一九〇九年五月にムンクはサナトリウムを退院したのだった。ヤコブソン博士の肖像画は、入院中のムンクが治療中に制作したものである。

この時期のムンクのサナトリウム体験は、友人への書簡に詳しい。「［…］わたしは電気療法とマッサージ療法を受けている。ここでの安静はわたしに適しており、親切な修道女たちとひとりの優秀な医者に囲まれている」。そして、アルコールの魔力から脱却できたときには、「そうだ、いまや、苦痛と歓喜

図 18　ムンク,《水浴する男たち》, 1907–08 年

図 19　ヴァルネミュンデの浜辺でキャンバスに向かう裸体のムンク，1907 年

を同時にもたらしたアルコールの時代は過ぎ去った。あの異常な世界の扉は閉ざされているのだ」と記し、「わたしは〈なにも触るな〉教団の団員になった。ニコチンなしタバコ、ノンアルコール飲料、毒のない未婚の女性。きみはおそろしく退屈なやつになったわたしと再会するだろう」と、禁煙までやりとげた健全さをアピールするのである。

同時期のヘッセとおなじく、ムンクもまた神経症とアルコールおよびニコチンの依存症で苦しんでいたが、ムンクのばあいは、コペンハーゲンのサナトリウムでの治療は良好な成果をあげたようである。

水浴するハウプトマンと『日の出前』

演劇への功績によって一九一二年にノーベル文学賞を受賞したゲルハルト・ハウプトマンは、一九世紀末から二〇世紀前半にかけてはドイツの国民作家というべき地位を獲得していた。ちなみに、かれもまた一九一九年にモンテ・ヴェリタを来訪した。

このハウプトマンが健康推進のプロパガンダ映画に出演している。その映画こそ、一九二五年に上映された文化映画『力と美への道』である。

「文化映画」(Kulturfilm)とは、第一次世界大戦後から第二次大戦中にドイツで制作されたドキュメンタリー映画のことであり、メインとなる劇映画のサブプログラム作品として映画館で上映された。当時、多種多様な専門的テーマを紹介する文化映画が多く撮影されたのだが、『力と美への道』は、裸体文化、健康のための身体鍛錬、これによる身体美を推奨する目的をもっていた。

この文化映画の第六部「新鮮な空気、太陽、水」には、半裸のハウプトマンが、イタリアのジェノヴァ南東約三〇キロの位置にある海水浴場で名高い港町ラパッロの岸辺を散策し、水浴するシーンがある。というのも、かれはこの港湾都市に一九〇八年から三九年までの三〇年間で二五度も滞在したのであって、滞在中は毎朝の水浴を日課としていたのだった。

ほかにも、ラパッロの隣町サンタ・マルゲリータでハウプトマンが妻子と散策する写真も残っている。かれは健康のための海水浴や散歩をイタリアの風光明媚なリゾート地で習慣にしていた人物であった。

ハウプトマンの処女戯曲『日の出前』は二七歳のときの一八八九年の自然主義的社会派演劇として知られているが、この作品では、同時代の禁酒主義が描かれている。

炭鉱と農業が中心産業である地方都市の新興ブルジョア一家、当主のホフマンのもとに、大学時代の友人でじつは社会主義運動家アルフレート・ロートが来訪するところから物語がはじまる。この作品で重要なのは、ホフマンの妻は地元の名家出身なのだが、その父親が重度のアルコール依存症であり、遺伝性アルコール中毒ゆえに妊娠中の妻が死産になるという物語展開である。アルコール中毒が遺伝しないという事実については現代の視点から明記しておきたいが、同時代の禁酒運動が反映されているのはまちがいない。

ハウプトマンの友人ふたりが医学生で禁酒していたことが、この演劇のテーマのひとつとなったとされている。禁酒主義者の主人公ロートに、ハウプトマンは以下のように語らせる。「[…]ねえ、ホフマン！　アルコールがわれわれの近代生活でどれほど猛威をふるっているか、ほとんど見当がつかないほどだよ……。ブンゲを読んでくれ、それを知りたいのであれば――」。

ここで名があがっているブンゲとは、バルト海東岸出身のドイツ人生理学者でバーゼル大学教授のグスタフ・フォン・ブンゲ（一八四四―一九二〇）のことで、一八八七年に出版された講演原稿『アルコール問題』は飲酒とアルコール生産に対する反論を提起して、一六ヵ国語に翻訳されるほど話題の著作であった。アルコール依存症と禁酒運動を物語に導入し、禁酒主義の主人公にブンゲを言及させることで、ハウプトマンはその演劇処女作で同時代の社会問題を描いたのである。

『魔の山』で療養するトーマス・マン

ハウプトマンのラパッロ滞在との関連で言及しておきたいのは、フィードゥスとともにベルリンを代表するユーゲントシュティール画家ルートヴィヒ・フォン・ホフマン（一八六八―一九四五）である。ホフマンは、一九〇七年にハウプトマンがおこなったギリシア旅行の同行者であった。この旅行を契機として、ハウプトマンの作風には自然神秘主義への転換がみられ、古代世界を舞台とした作品が増えたのだが、ホフマンの作品にも同様に、地中海沿岸の光景と太陽への憧憬がうかがわれるようになった。

ホフマンの作品で有名なのは、裸の少女たちの舞踊を連作で描いた《舞踊者たち》（一九二五年）である。同時代に流行していた裸体文化をモチーフにした作品はほかに《泉》（一九一三年）がある（図20）。これは三人の男性の水浴がテーマの作品だが、トーマス・マンお気に入りの一枚であって、これを一九一四年に購入したかれはアメリカに亡命しているあいだも携行していた。チューリヒにあるトーマス・マン文書館で再現されているマンの書斎には、現在も《泉》が飾られている（福元圭太『「青年の国」とトーマス・マン』九州大学出版会、二〇〇五年による）。

そして、トーマス・マンといえば、サナトリウム文学の最高峰ともいうべき『魔の山』（一九二四年）

図 20　ルートヴィヒ・ホフマン，《泉》，1913 年

の著者である。

この長編小説執筆の契機がかれのサナトリウムでの療養体験であるのは、有名である。マンはじっさいに一九一二年夏にスイスのグラウヴュンデン州にあるダヴォスのヴァルト・サナトリウムに四週間滞在している。もともとは、そこで療養中の妻を見舞うためにおとずれたのだが、『魔の山』の主人公ハンス・カストルプと同様に、受診したマンの肺のレントゲン写真に問題視されるべき箇所が発見されたのであった。

アルプス山中に位置するダヴォスは、ドイツ人医師アレクサンダー・シュペングラー（一八二七―一九〇二）がこの高山の空気が肺病治療に有効であることを発見し、オランダ人支援者ヴィレム・ヤン・ホルスベア（一八三四―九八）とともに、一八六八年にサナトリウムを開設して以来、療養地として知られるようになった。ちなみに、ヘッセも一九一六年二月にダヴォスに滞在したことがある。

『魔の山』には、サナトリウムの療養生活に関する具体的な描写が多いが、マン自身のサナトリウム体験が活用されているといえよう。

七つの食卓がある食堂で、主人公ハンスが「本式の献立」であると舌つづみを打った朝食のメニューは、「マーマレードやハチミツが入ったつぼ型容器、ミルク粥やオートミール粥のボール、スクランブルエッグや冷製肉を盛った皿」のほか、欲しいだけとれるほどたくさんのバター、スイス・チーズ、新鮮なくだものとドライフルーツがもりつけられた鉢、ココア、コーヒー、紅茶などである。

ハンスの友人ヨアヒムが日光浴療法をおこなう場面も詳細である。ヨアヒムは水銀式の体温計、体温表と鉛筆、暇つぶしのロシア語の文法書を用意して、屋外のバルコニーの寝椅子に横たわる。「ラクダの毛布はほぼ必要なかった。一五分もすると、厚い雲がだんだんと薄くなってきて、太陽が現れた。もう夏のように暖かくまばゆかったので、ヨアヒムは頭を白いリンネルの日よけで覆わざるをえなかった。日よけは気が利いた小型の装置で椅子のひじかけに固定されていて、太陽の位置に合わせて自由に調整できた」。

3. フランツ・カフカのサナトリウム巡礼

健康と衛生を気遣うカフカ

学生時代からサナトリウムにたびたび滞在し、自身の健康に心をくだいていたにもかかわらず、サナトリウムで命を終えた有名な文学者がいる。プラハ出身のユダヤ人作家フランツ・カフカ（一八八三―一九二四）である。

サナトリウム滞在と療養休暇を以下のようにくりかえしたのが、カフカの人生であった。一九〇三年にドレスデンの自然療法サナトリウム「ヴァイサー・ヒルシュ」、一九〇五年夏にツックマンテル（現在チェコ共和国の都市ズラテー・ホリ）のサナトリウム「シュヴァインブルク」、一九一二年にハルツ地方ユングボルンの自然療法サナトリウム「ユスト博士」、一九一三年にイタリアのリーヴァ・デル・ガルダのサナトリウム「クリストフ・フォン・ハルトゥンゲン博士」、一九一五年に北ボヘミアのルンボルク近郊のサナトリウム「フランケンシュタイン」に滞在した。

さらに一九一七年から一八年には北西ボヘミアの小村チューラウ（現チェコ共和国の村シジェム）での

療養休暇、同年一一月末中央ボヘミアの村シェーレーゼン（現チェコ共和国の村ジェリージ）での療養休暇、一九二〇年に南チロルの町メランでの療養休暇、同年一二月中旬にポーランドとエストニアの国境に位置するタトラ山脈の結核サナトリウム「マトリアリ」、一九二四年四月上旬にニーダーオーストリア州ペルニッツ近郊オルトマンの結核サナトリウム「ヴィーナーヴァルト」、同年同月中旬にウィーンのマルクス・ハイエク診療所のあと、同月中旬から六月三日まで滞在したニーダーオーストリア州クロスターノイブルク近郊キールリングのサナトリウム「ホフマン博士」がカフカ最期の療養施設となった。

とりわけ、カフカが学生時代に来訪したドレスデンの「ヴァイサー・ヒルシュ」は、自然療法医で衣服改革運動家ハインリヒ・ラーマン（一八六〇—一九〇五）が一八八八年に設立した自然療法サナトリウムで、菜食主義、冷水浴、裸体日光浴などの施療で当時は非常に高名であった。生活改革運動家で芸術家のディーフェンバッハ師も晩年に療養滞在している。

カフカが働いていたプラハの労働者災害保険局での同僚を父にもっていたグスタフ・ヤノーホ（一九〇三—六八）の手記によると、「カフカ博士は、たえず事務所で手を洗うほどのどこまでも清潔好きの人であって、「健康とは、気ままに自由にできる私有物ではない。それは貸与された財産でしかない。すなわち恩寵なのです」と語っている。一九〇九年からは菜食主義者になっていたカフカは、つねに健康に留意しており、アメリカの滋養改革者ホーラス・フレッチャー（一八四九—一九一九）が提唱する「フレッチェルン法」という特殊な咀嚼方法で食事した。

カフカと健康体操

ボート、水泳、徒歩旅行にも没頭し、身体鍛錬にも余念がなかったカフカであるが、とりわけ一九一〇年には同時代にヨーロッパで流行していたミュラー体操を毎日二回欠かさずに裸で実践していた。ミュラー体操とは、デンマークのスポーツ選手、スポーツジャーナリスト、体操教師であったイェルゲン・ペーター・ミュラー（一八六六―一九三八）が一九〇四年に考案した体操である。体操器具不要の一日一五分ほどの室内用エクササイズで、開けた窓のまえでおこなうことを推奨していた。

この体操の教則本『マイ・システム　健康のための毎日一五分運動』はドイツ語版が四〇万部発行され、二四ヵ国語で翻訳された大ベストセラーであった。ちなみに、現在でも「ミュレルン」(müllern)という動詞が「ミュラー式体操〈トレーニング〉をする」という意味で独和辞典に収録されているほど、ドイツでも隆盛をきわめた健康体操であった。

しかも、ミュラーがライバル視していた「近代ボディビルディングの祖」と呼ばれるプロイセン王国ケーニヒスベルク出身のユージン（オイゲン）・サンドウ（一八六七―一九二五）のトレーニング本も、カフカは所有していた。

いずれにせよ、そうした努力が報われずに、残念ながら最終的にオーストリアのキールリングのホフマン博士サナトリウムで生涯を終えるカフカであるが、それ以前のサナトリウム滞在を記した旅行記や早すぎる晩年の書簡には、その高い健康意識が見受けられる。

一九一一年八月から九月のルガーノ、パリ、エルレンバッハへの旅行で書き留めたメモでも、カフカの衛生と健康への高い関心がうかがえる。冒頭で「ミュンヒェンの〈個室〉で手と顔を洗う」という一文をわざわざ書き留めており、チューリヒでの描写では、冷水浴、温水浴、朝食を連続しておこなうことを逡巡するかと思えば、「アルコールを出さないレストラン」で朝食をとっている。チューリヒの男性専用水泳場や日光浴場の混雑や「長髪の自然療法医らしき人物」についても記している。ルツェルンでフィーアヴァルトシュテット湖の水浴場や保養施設《クアハウス》でのコンサート、ルガーノでコレラの情報を収集し、ミラノでは健康食としてのリンゴケーキ（アプフェルシュトルーデル）を食した。

パリでも、カフカの視線は健康に向けられている。「サナトリウムまえの薄暗い小庭園を散歩。コルネットで演奏される〈魔法の角笛〉の曲で歌いながら朝の体操」。そこで知り合った人物なのだろう、「冬ごとにブダペスト、南フランス、イタリアへ裸足で徒歩旅行する秘書は、生野菜食（黒パン、イチジク、ナツメヤシの実）で暮らし、ほかのふたりと二週間、ニース周辺の空き家にたいていは裸で住んだ」。トルコ風に外壁が塗られていた水泳場、ポン・ロワイヤル大水泳場《グラン・バン》、任意の体操をするための結び目のあるロープが水上に張られている水泳学校といった、水泳場の記述がまたもやつづく。

裸のカフカ

カフカは一九一二年六月末から七月末までの期間にヴァイマル、ハルツ地方シュターペルベルク近郊の自然療法施設ユングボルンへも旅している。滞在したユングボルン療養所は、自然療法医アドルフ・ユスト（一八五九―一九三六）が一八九五年九月に開業したサナトリウムで、菜食主義療法で知られていた。このときの旅のメモをひもとくと、ヴァイマルでは七月四日にゲーテハウス訪問後、水泳して午睡しなかったことや、ハレでは「上質な菜食主義料理の昼食」をとったことを記している。

ユングボルン療養所の滞在部分では、カフカの裸体療養生活の一端を知ることができる。七月八日に、裸体療法のために三方に明け放たれた、「ルツ」（旧約聖書ルツ記の主人公）という名の小屋を割り当てられるのだが、「裸体の人びとが数人、わたしの部屋のまえでねそべっている。わたし以外はみな、水泳パンツを着用していない。すばらしい余暇だ。公園、読書室などで、かわいらしい肉づきのよい素足がすぐ眼に入る」。

療養所の講義では、夜の大気浴は効能があるが、月の光に当たりすぎるのは害があるなどの話を聞き、翌朝は「洗顔、ミュラー体操、グループ体操（水泳パンツの男はわたしだけ）、聖歌数曲を歌唱。大きな輪になって球技」とある。

裸体生活に慣れていったかにみえたカフカだが、とはいえ七月一一日の記述では、「一定以上の距離をたいていは置いてはいるものの、これらの全裸の人びとが木々のあいだをゆっくりと通り過ぎていくのをみると、軽い微量の嘔吐感にときどきおそわれる。［…］乾草の山のうえを裸で飛び越える老紳士たちも好まない」と、違和感を吐露している。

晩年の書簡には、ウィーンや海外の著名な内科医と喉頭専門医の支援によって高名であったヴィーナーヴァルト・サナトリウムのほか、ウィーンのラザレット街にあるマルクス・ハイエク教授診療所、クロスターノイブルク近郊キーアリングのホフマン博士サナトリウムでの滞在のようすが描かれている。

一九二四年四月一五日付の両親宛の書簡では、ウィーンのマルクス・ハイエク教授診療所での療養生活が記されている。「いまは暖かくなってきているので、わたしの部屋の長所がことに明らかになります。大きな窓が開放されて、太陽の光であふれています。ちなみに、もっとすばらしい天候のときのこともあらかじめ考えられてあって、そのばあいにはベッドごと屋上庭園へ移動します」。

この日の昼食は、「卵入りチキンスープ、野菜添え鶏肉、ホイップクリームつきビスケットトルテ、あたりまえのバナナ」と伝えているが、菜食主義者のカフカでも、病院食として鶏肉を摂取しなければならなかったとみえる。そして、このサナトリウムでカフカは喉頭結核に罹患していることが確認されるのである。

その後、キーアリングのホフマン博士サナトリウムに転院し、部屋は南向きのバルコニーつきの部屋に入室した。しかし、このサナトリウムはわずかな従業員しかいない家族経営のサナトリウムで、療養費も安価だったゆえに、「食事もあまりかんばしくなく、味つけが濃厚すぎて、野菜やコンポート〔フルーツの砂糖煮〕もほとんどありません」とこぼしている（同年四月一六日および二一日付書簡）。

だが、この部屋のバルコニーで、カフカは裸体での日光浴をおこなっている。四月末から五月初頭の両親宛書簡で、「きょうはバルコニーの日陰でほぼ半裸で寝ていましたが、それは非常に快適でした」と書き留めている。六月二日付書簡には「すばらしい看護人、良質な空気と食事、ほぼ毎日の空気浴を実践しているのに、いまだにしっかりと回復せず、それればかりかむしろ全体的には、つい最近プラハにいたころよりも充分ではありません」と冷静に分析したが、カフカはこの書簡を書き終えることはなかった。というのも、翌日三日にカフカは喉頭結核でこの世を去ったからだ。

健康と衛生を気づかう菜食主義者フランツ・カフカもまた、同時代に流行していたサナトリウムでの裸体療法、日光浴療法を試みたひとりだったのである。

4．ヘッセのサナトリウム文学

『やすらぎの家』

対象をふたたびヘッセに戻そう。少なからずサナトリウムで療養滞在したヘルマン・ヘッセは、やはりその体験をテクストに残した。一九〇九年八月に書かれたらしい短編『やすらぎの家　サナトリウムで暮らす男の手記』と一九二三年に完成した中編『湯治客　バーデン湯治療養手記』である。

前者『やすらぎの家』は一九〇九年六月にバーデンヴァイラーのアルベルト・フレンケルのサナトリウム「ヴィラ・ヘートヴィヒ」での滞在経験をもとに書かれ、ある作家の一人称告白体で語られるテクストである。とはいえ、この小品がやはりフィクションであるのは、冒頭でこの主人公の滞在期間が「約一年まえから」となっているが、ヘッセ自身はじっさいには五ヵ月しか滞在していないからである。つまり、この短編でもまた、ヘッセはあくまでフィクションとしての「物語」の体裁にこだわっているといえよう。

この短編は、名前そのものがいっさい記述されない主人公による語りで進行していくテクストだが、ほんとうの主人公は、おなじく匿名のサナトリウム主任医の「教授」と療養中のさまざまな患者たちであって、「教授」と患者たちの人間関係を主人公が洞察していく物語である。

もちろん、『やすらぎの家』にも、同時代のサナトリウムの特徴が書きこまれている。そこが「ホテルとサナトリウムの中間のような」施設であり、「たとえば、わたしのように、特別かつ厳格な治療法、いわば食餌療法、静臥療法、禁断療法などを必要としない者には、この家ではただ禁煙と一〇時の門限によるごくわずかな自由制限が課されるのみ」である。

この療養所は特定の専門的な医療を施術するのではないために、「肥満症から鉄欠乏性貧血症まで、リューマチ患者から神経性鬱病者まで、ありとあらゆる種類の患者」が暮らしており、「平穏、森の空気、湯治場、親切な世話、快適な散歩道、温暖な気候、ならびに工夫をこらした良質な食事」が提供されていた。

この『やすらぎの家』が書かれたのは一九〇九年であり、同年六月にバーデンヴァイラーのサナトリウム「ヴィラ・ヘートヴィヒ」滞在経験がもとになっているのは既述のとおりである（初出は一九一〇年五月の雑誌『月刊南ドイツ』）。本書にとって非常に興味深いのは、これがヘッセによる二度目のアスコーナのモンテ・ヴェリタ・サナトリウム滞在から二年後であるという事実である。というのも、その二年まえにはモンテ・ヴェリタで菜食主義、絶食主義、裸体療法に挑戦し、周囲を心配させるほどに没頭していたヘッセがいまや、標準的で気楽な療養施設で滞在し、その体験を短編小説に収束させているからである。

反文明・反市民生活を標榜する生活改革運動に対して一種シニカルな視点で物語がつづられている『クネルゲ博士の最期』や『世界改革家』が一九一〇年に書かれている事実と考えあわせれば、この間の三年はアスコーナ滞在とその成果を見直す冷却期間であったかのようだ。バーデンヴァイラーの緩慢な規律で運営される療養施設滞在は、精神的・身体的に重度の試練を課すモンテ・ヴェリタ滞在とはこのうえなく相異するものであって、ヘッセにサナトリウムでの療養という事象に対して新しい思考をもたらす契機となったにちがいない。

しかも、その滞在でさえ、小品『やすらぎの家』として結実させているところに、ヘッセのクリエイターとしての貪欲さと執念を感じさせずにはいられないだろう。

ところで、この短編の真の主人公「教授」のモデルとされているのが「ヴィラ・ヘートヴィヒ」のアルベルト・フレンケルだが、その医師としての仕事ぶりと性格がたしかに、ヘッセに小説を書かせるほどに感銘をあたえたのはまちがいないようだ。

戦後のエッセイ『医者に関するいくつかの思い出』（一九六〇年）内の「大物の医者」という記事で、ヘッセはフレンケルとその同僚のことを回想している。「大物の医者」というタイトル自体がそのままヘッセによるフレンケル評なのだが、「わたしが知りあって友人になったすべての医者のなかで、最大の重要人物はアルベルト・フレンケルであった」と冒頭で記した。毎日、ヨーロッパ全体からフレンケルをたずねて、患者が殺到していた状況も記されている。

ヘッセによると、かつて結核に侵されたために虚弱であったフレンケルが毎日早朝から助手や患者たちに献身的に尽くしており、患者や助手たち全員に「かれの心が開かれていること、無際限にして一見して完全に受動的に解放されている状態」に驚愕したという。このエッセイには、『やすらぎの家』をめぐるフレンケルとのユーモラスなやりとりが描かれている。

「そして、ヴィラ・ヘートヴィヒ滞在後すぐに、あのサナトリウムについてわずかばかりの手記［安らぎの家］を書いて、そこでかれとその医者としての心理学を描写しようとしたのだが、かれはこれを読んだあとに心の底から微笑みかけて、〈わたしはあなたをうまく捕獲したと思ってましたが、そのとき、あなたに捕獲されたのは、わたしのほうだったんですね〉とおっしゃった」。

『湯治客』

もう一編、ヘッセにはサナトリウム滞在を題材にした中編『湯治客』がある。この小説は一九二二年秋のザンクトガレン郊外での湯治療養滞在ののちに、一九二三年五月にバーゼルとチューリヒのあいだに位置するバーデンのサナトリウム「ヴェレーナホーフ」で数週間、つづいて同年一〇月にも滞在した経験が、構想の契機となっている。

ヘッセはこのサナトリウムの主任医ヨーゼフ・マルクヴァルダーがよほど気に入ったらしく、それ以後もマルクヴァルダーが世を去る前年までは毎年滞在した。それゆえだろう、『湯治客』には、医師の兄と経営者の弟に向けた「ヨーゼフとフランツ・クサーヴァー・マルクヴァルダー兄弟に捧ぐ」という献辞が掲げられている。

このテクストそのものは一九二三年に完成したが、翌年に『湯治場心理学あるいはバーデン湯治客の苦言』という表題でナンバリングされた私家版三〇〇冊のみが印刷され、知人たちに配布された。私家版出版八ヵ月後の一九二五年四月にようやく『湯治客　バーデン湯治療養手記』というタイトルに変更され、ベルリンのフィッシャー社によって公刊されるにいたる。

物語は、ヘッセの持病でもある坐骨神経痛の治療のために、老境の主人公が「ヴェレーナホーフ」をモデルとした「ハイリゲンホーフ」（聖者館）を来訪することから開始される。『やすらぎの家』同様に主人公がこの温泉療養サナトリウムで、私家版タイトルにあるように、多種多様な患者たちを観察し、その心理を分析するストーリーである。しかも、主人公が考察するのは、ほかの患者の心理だけでなく、療養生活で変化していく自分自身の心理でもあるのだ。

贅をつくした食事、コンサート、アルコールなど、規則正しいが退屈な療養生活のなかで、ルーレット賭博のスリルと刺激の虜になっていく主人公自身の心理分析などは、ドストエフスキーの『賭博者』（一八六六年）を想起させる。

というのも、ロシアの文豪によるこの心理小説も、一八六三年八月に出発したヨーロッパ旅行でバーデン・バーデン、ジュネーヴ、ローマ、ナポリ、トリノなどのカジノでルーレットに病的に依存するドストエフスキーの実体験がもとになったとされているからである。ちなみに、小説の舞台は「ルーレットの町」という意味のルーレテンブルクで、この町の描写にはドストエフスキーがよくおとずれた療養地ヴィースバーデンを用いているため、サナトリウム小説ともいえるかもしれない。

『湯治客』で特徴的なのは、主人公である語り手がめずらしく自身を「退屈して食事しているヘッセ」、「湯治客にして坐骨神経痛患者ヘッセ」、「老ヘッセ」などと名乗っていることである。一人称告白体で書かれていることもあいまって、「湯治客ヘッセ」によるきわめてリアルな手記というスタイルになっている。

ヘッセが描く湯治療法

主人公ヘッセは逗留第一日目から「入浴、鉱泉飲用療法、透熱療法（ジアテルミー）、石英灯、健康体操」を処方される。透熱療法とは高周波を電極で体内に流すことで疼痛や痙攣を治療するもので、石英灯は水銀太陽灯とも呼ばれており、紫外線を照射して患部を治療する。

「わたしは石英灯の下に座るのだが、そのさいにこの魔法のランプの太陽熱を可能なかぎり使用して、最も治療を必要とする患部を放熱口に可能なかぎり接近させようとする。数回、それで火傷している。それにくわえて、うむことを知らない女性の助手がわたしに透熱療法を処置しようと待ちかまえている。彼女は小型クッションの電極をわたしの手首に当てて、電流を通す一方で、わたしの首と背中に同様のクッションふたつで施術してくれるのだが、熱すぎると、叫び声をあげるほかにはなにもできない」。

かくのごとく、このテクストには同時代のサナトリウムでの湯治療法のようすもかなり詳細に書きこまれている。透熱療法はかなり一般的であったらしく、一九一七年八月五日の夢分析日記にも、ヘッセがゾンマットの精神分析医ラングのもとで足に透熱療法をおこなったことが記されている。

温泉療法の方法についても、詳細に描写される。


予約してあった更衣室のなかには、石積み式の深い浴槽が床につくられていて、そこにたっぷりと張られた源泉かけ流しのお湯がわたしを待ちかまえていた。その浴槽にゆっくりと入って、小さな石段を二段降りて、砂時計をひっくり返し、硫黄が少しツンと香る熱いお湯のなかへあごまで浸かる。[…] 処方どおりに、お湯のなかで四肢をできるかぎり動かして、体操や水泳の運動をしなければならない。義務的に、こうしたことも数分間やってから、そのまま横になったまま動かずに、眼を閉じてはほとんどうたた寝したり、あるいは砂時計の砂がとぎれることなく静かにさらさらと流れ落ちつづけているのをみている。

一九二〇年ごろの「準備運動　いつも最初に息を完全に吐き出すこと！」というタイトルのメモが新版『ヘッセ全集』第一二巻には収録されている。遺稿のノートに書き留められていたものであるが、「消化のための運動　深呼吸してから、口を開けたままで息を止めて、さらに、おなかを何度も伸縮させる。背骨は不動の姿勢で」といった書きかたで、九種類の運動が姿勢と呼吸のタイミングなどとともに具体的に記されている。

このメモからは、ヘッセも健康運動を実践していたことが確認できるのであって、こうした運動を湯治療法のさいにもおこなっていたとみられる。たとえば一九一〇年の『ゲルトルート』において、はじめて親友ハインリヒ・ムオトの音楽サロンに出席した翌日、主人公が朝遅く目覚めたのち、「ボール箱から出る小人のように起き上がり、自分の体操をして、洗顔して衣服のほうに手を伸ばした」という記述があるが、この執筆時期がアスコーナ滞在時期にあたる一九〇六年から〇七年であったのを勘案すれば、ヘッセ自身はあのメモが書かれるよりももっと以前からカフカのように健康体操を日課にしていたかもしれない。

ヘッセ『湯治客』とマン『魔の山』に登場するオランダ人

ところで偶然にも、『湯治客』が一般販売された一九二五年末に、奇しくもおなじくフィッシャー社から出版されたのが、トーマス・マンの大長編『魔の山』である。当然ながら、この二編のサナトリウム小説は、主題、分量、細部など異なる部分は多いのだが、『湯治客』の「オランダ人の章」と『魔の山』第七章には共通して、サナトリウムに逗留しているオランダ人の年配男性が登場する。ヘッセの物語では、その執筆や睡眠を邪魔する隣人であるオランダ人をいかに精神的に克服したかが描かれる。一方、『魔の山』のメインヘール・ペーペルコルンという名のオランダ人は、主人公ハンス・カストルプに人間的な経験を増大させ、生命力と感情の力で敬意をいだかせる人物であって、このふたつの作品の主人公の精神に大きな影響力を発揮するところもまた類似している。

ちなみに、このペーペルコルンは、ゲルハルト・ハウプトマンをモデルにしている。『魔の山』完成一年前の一九二三年秋にマンがイタリアのボーツェンでゲルハルト・ハウプトマンと会って、何度かアルコールを酌み交わしたときに、かれの広い額と白髪の容貌や圧倒するようなヴァイタリティーを放出する態度、飲食するさいのようすが、直感的にペーペルコルンのキャラクター造型に合致したという。のちにそのことを知ったハウプトマンは、『魔の山』の出版社主ザムエル・フィッシャーに書簡で抗議したために、マンは直接、ハウプトマンに書簡で弁解しなければならなかった。ハウプトマン自身もかつて短編『使徒』の登場人物に「放浪の預言者」ヨハネス・グートツァイトの外見的特徴を借用して、文句をいわれた経験があるのを思えば、作家ハウプトマンにもう少し理解があってもよさそうなものなのだが。

話を戻すと、マンはオランダ人が登場する章の下書きをしていた時期に、ヘッセの『湯治客』を知ったらしい。雑誌『新展望』一九二四年一月から三月分に、『湯治客』の公刊前印刷が掲載されているからだ。それゆえであろう、マンはヘッセの六〇歳と七〇歳の誕生日への祝辞でも、『湯治客』の類似性に言及しており、アメリカ版『デミアン』序文でも、マンはヘッセの作品がまるで自身の作品のように親近性を感じたことを強調した。「かれ［ヘッセ］に関してそうしたものがあるのだが、それをなぜ述べてはいけないだろうか。たとえば、『湯治客』や『ガラス玉演戯』のいくつもの部分、とりわけあの大部の序章がそうであって、それを読んで、〈まるで自分の作品であるかのように〉感じている」。

しかも、『湯治客』の舞台となったバーデンを、一九二六年一〇月初旬にマンは家族とともにじっさいにおとずれた。そのうえ、バーデンから、マンはヘッセに以下の文面のポストカードを送っている。「親愛なるヘッセさん、この地であなたとあのきわめて魅力的な本を思い出さずにいるのは、不可能です！　あなたとその作品の足跡をたどる三人の観光客トーマス・マン、カーチャ・マン、エルンスト・ベルトラムから、思い出がつまった感謝のご挨拶をさせてください」。

この一種の事件は同時代においても耳目をあつめたようだ。一九二五年にはスイスの文学研究者で文筆家のローベルト・フェージー（一八八三―一九七二）が『バーゼル日曜報知新聞』に、ジャーナリストで文筆家のハインリヒ・ヴィーガント（一八九四―一九三五）が『ライプツィヒ国民新聞』に書評を掲載したが、それぞれが共通点や類似点について言及している。

クヌート・ハムスンのサナトリウム小説

もうひとつ、同時代のサナトリウム文学をめぐる偶然のエピソードを紹介しておこう。ノルウェーのノーベル文学賞作家クヌート・ハムスンのことである。じつは、ハムスンも『最終章』というサナトリウム小説を一九二三年に上梓しており、そのドイツ語版が出版されたのが、なんとヘッセとマンによる同一ジャンルの二作品が世に出たのとほぼ同時期の一九二四年であった。

ヴィーガントの書評記事によると、ヘッセのサナトリウム小説はトーマス・マンよりもハムスンのものに近い。「考察態度の風刺的な性質はなるほど三作品すべてに共通しているが、ハムスンとヘッセは、療養地にある才知あるいはその欠如という点ではトーマス・マンほどの深さはまったくない。両者はおよそエレガントではない。このふたりにとっては、療養施設とはこっけいなほぼ架空の世界である。長年自由にそのなかに滞在できるような人間たちは、ふたりにとっては珍獣なのである」。

ところで、医者であると同時に文学者であったのは、戦中のヘッセとの決裂を一方的に水に流して、戦後は新たに友人でありつづけようとしたルートヴィヒ・フィンクである。かれと同様に、医者で文学者だった同時代人のヘッセ評で本章を終えよう。

アルフレート・デーブリーン（一八七八―一九五七）はベルリンの精神科医であったが、一九一九年にヘッセの『デミアン』を「比類なく確実に、かれは本質的なものに触れている」と称賛する一方で、一九五三年にノーベル賞候補で話題になったときには「ヘルマン・ヘッセという味気ないレモネードとおなじく、自分は薄味だ」と述べた。

軍医であったゴットフリート・ベン（一八八六―一九五六）は「ヘッセ。ちっぽけな男。ドイツ的内面性」と断じて、ヘッセのノーベル文学賞受賞を「トーマス・マンのお気に入り。だから、ノーベル賞さ」とまで酷評している。

ベンは当初、ナチス賛同派だったが、反ナチスに転向したために一九三八年に執筆禁止となったのち、一九四三年からナチス崩壊までの二年間をドイツ国防軍の軍医をつとめている。二度の世界大戦中、国外のスイスで戦争反対の立場をとりつづけたヘッセに対しては思うところがあったのだろう。

第10章　『デミアン』　夢が現実になる世界

1.　神鳥アブラクサス

鳥は卵のなかから抜け出そうと闘う。卵は世界である。生まれ出たいと望む者は、ひとつの世界を破壊しなければならない。鳥は神のもとへ飛翔する。神の名はアブラクサスという。

シンクレアという筆名《ペンネーム》

これは、主人公エーミール・シンクレアが夢のなかでみた鳥の絵に対して、親友マックス・デミアンが返した鳥の絵の解釈である。閉塞した現状を打破し、新たな世界の獲得と大いなる目的への飛翔を寓話的に表現したこのことばは、『デミアン』の作品世界を象徴する一方で、作品の魅力すべてを語っているといっても過言ではないだろう。

しかしながら、ヘッセが『デミアン』を出版するまでの過程は、けっして平坦な道ではなかった。神経症治療に奔走する一九一六年ごろのヘッセは、じつは作家としても危機的状況にあった。『ロスハルデ』（一九一四年）、『クヌルプ』（一九一五年）を最後に、長編作品の公刊が途絶えていたからである。一九一五年の詩集『孤独者の音楽』、一九一五年の短編集『路傍』、『旋風』を収録した一九一六年の『青春はうるわし』も、短編集であった。

ヘッセが長編小説家として再生をはたすのがその三年後の一九一九年六月、しかもまたもや匿名で上梓された『デミアン　エーミール・シンクレアの青春の物語』なのである。

『デミアン』の著者名であるエーミール・シンクレアをヘッセが用いるのは、じつはこのときが最初ではない。大戦勃発当初の一九一四年一一月三日付の『新チューリヒ新聞』に「おお、友よ、その調子をやめよ！」という文章を寄稿して、戦争反対の声明を公表したために、臆病者や裏切り者のそしりを受けた。それ以降、反戦の意志を表明する文章を書くときに、ヘッセはこの匿名を使っていた。ちなみに、そうした戦前の政治的文書を収録した『シンクレアの備忘録』を、ヘッセは一九二三年に上梓している。

ところで、ヘッセにとってもひさびさの長編となった『デミアン』は、これまでのかれの長編作品の特徴をやはり兼備している。主人公の少年時代から青年期への成長を描いた青春小説かつ教養小説であり、自伝的要素と思われる記述も随所にみられる。ところが、この小説の物語構造や内容はそれまでのヘッセ作品とは明らかに異なっている。

たとえば最終第八章のラストシーンをとってみても、戦傷によって死を目前にした主人公シンクレアのもとに親友のデミアンが現れて、その母親エヴァ夫人からのくちづけをデミアンから受け取るという奇妙な展開で終幕を迎える。だが、それにもかかわらず、不思議な読後感を残さずにはいられない物語なのだ。

『デミアン』はこれまでにさまざまな解釈がなされてきた作品である。たとえば、ヘッセよりも約一〇歳年少の中世文学研究者エルンスト・ローベルト・クルティウス（一八八六―一九五六）は、『デミアン』末尾数行の文章を絶賛し、この作品と精神分析との関連に言及しつつも、「新しい創造力と深遠なる視点」が『デミアン』で獲得したヘッセの所産だと述べた。

トーマス・マンは、『デミアン』に〈古きものを犠牲にせず、新しきものに助力する〉という標語を看取して、「新しきものに奉仕する最良の者は、ヘッセこそがその例だが、古きものを知り、愛して、新しきもののなかへ移入させる者かもしれない」と、そのアメリカ版序文で論じている。

このふたりが称賛するのは、創造力と視点の良質な組み合わせや、新旧の時代や事物に対する卓越したバランス感覚といった作家ヘッセの高度な統御力であるだろう。

しかしながら、本書の最終章はむしろ『デミアン』のアンバランスな部分に着目して、やはり生活改革運動と当時流行の精神分析との関連から、この奇妙なテクスト『デミアン』の物語構造や成立過程をたどることにしたい。

カインの〈しるし〉

『デミアン』の物語で一貫して語られるものがふたつ存在する。ひとつはカインの〈しるし〉である。第二章で転校してきたマックス・デミアンは、授業で聞いたカインとアベルの物語に関する独自の解釈をエーミール・シンクレアに語って聞かせる。

『旧約聖書』創世記第四章に登場する兄カインと弟アベルはともに神に供物を捧げるのだが、神がアベルの供物だけを称賛したため、嫉妬に狂ったカインは弟を殺害してしまう。自身を追放しようとする神に、カインは出会う人に殺される危惧を伝える。すると、カインを殺す者は七倍の復讐を受けると宣言した神は、カインの額に「しるし」(Zeichen) を刻んだという物語である。

デミアンは、「最初に存在したものがあって、そしてこの物語の開始時点にもあったのは、しるし」だと語る。おそらくカインの末裔にあたる、なんらかの「しるし」を顔にもつ人間が他者を圧倒する能力を有するために、周囲から真逆の評価を吹聴された結果、カインとアベルの優劣が逆転して伝わったのだと、デミアンは推測する。

　勇気と気骨のある人びとはいつも、ほかの人たちにとってはいたってうす気味悪かったのさ。恐れを知らぬ不気味な一族にあたりをぶらつかれるのは、面倒このうえない。そこで、この一族に対してあだ名で呼んで、つくり話をでっちあげることで復讐して、これまで耐え忍んできた恐怖をほんのわずかでも埋め合わせしようとしたんだよ、わかるかい? […]、カインとその子どもたちがなにかの〈しるし〉をもっていて、ほかの人びととは異なっていたということにかぎっては、もちろん真実なのさ。

既存の通説を否定するデミアンの物語解釈はのちの物語展開の契機となって、「ふたつの世界」の二重生活に違和感をいだいていた主人公の世界観と価値観を強烈に揺さぶり、シンクレアの生きかたを変容させていく。

ところが、このカインの〈しるし〉をじつは主人公シンクレアも所有していたという事実を、第七章で大学生デミアンと再会したさいに、かれから直接に知らされるのだ。「ぼくたちがかつてカインのしるしと呼んでいたものだけど、覚えているだろうね。ぼくたちのしるしだ。きみはいつもつけていた。それで、ぼくはきみの友だちになったんだ。だけど、まえよりもっと鮮明になってきたね」。

シンクレアはいわばカインの末裔だったことが明らかになり、デミアンとエヴァ夫人の屋敷で温かく迎え入れられる。「そして、ぼくは〈しるし〉をもった者たちの秘密をゆっくりと伝授された」。

まるで秘密結社小説のごとく

シンクレアは再会したデミアンの屋敷で、自身が長年追い求めていたふたつの〈夢〉とついに邂逅する。夢でみた女性にそっくりのデミアンの母エヴァ夫人、おなじく夢でみたハイタカを自分で描いた神鳥アブラクサスの絵である。真理を探究する主人公が目的地に到達するというエピソードは一八世紀のフリーメイソンなどの秘密結社をモチーフとしたモーツァルトのオペラ『魔笛』(一七九一年)の物語を想起させる。

第七章「エヴァ夫人」は、〈しるし〉をもつ者たちの秘密という内容ゆえに、『デミアン』のなかで最も神秘主義的な秘密結社小説の色合いが濃厚な章である。

「〈しるし〉のあるぼくたちが世界から奇妙、それどころか狂人、危険分子と考えられたのは無理もないかもしれない。ぼくたちは覚醒者、あるいは覚醒しつつある者だった。〔…〕だが、ぼくたちの理解からすると、しるしのあるぼくたちは新しいもの、孤立したもの、来たるべきものを志向する自然の意志そのものだったのに対して、ほかの人びとは旧態依然のままで生きていた。〔…〕ぼくたちにとって、人類ははるかな未来であり、ぼくたちは全員それにつづく道の途上にいて、その姿を知っていた者も、その掟を記した者もいない」。

デミアンの屋敷につどう〈しるし〉をもつ者たちの描写がアスコーナ移住者の特徴をもっているのは既述のとおりだが、秘密結社モチーフにみられる〈古代の叡智〉を探究するようすも描かれる。

かれらはもろもろの書物をもってきて、古代語で書かれたテクストを翻訳したり、古代のシンボルや秘儀の図版をみせては、これまで人類がいだいてきた理想のすべてが、無意識の魂がみた夢から成立しており、その夢のなかで人類が未来の可能性への予感を手さぐりで究明しようとしてきたことを教えてくれた。こうして、ぼくたちは古代世界の何千人もの不思議な神々をひととおり、キリスト教の黎明期まで概観した。孤独な信者たちの信仰告白や、民族ごとに異なる宗教を、ぼくたちは知った。

「無意識の魂」の「夢」のなかに古代の理想があり、それを「夢」のなかに探究するという思考はそのまま、人間の「無意識」が表出する夢を考察するというフロイトやユングの精神分析の方法論であって、そこにみずからも精神分析医に受診したヘッセの同時代性を読み取ることができるだろう。

しかしながら、『デミアン』のこうした神秘主義的な傾向については、すでに第六章でのシンクレアとギムナジウムの同級生クナウアーとの会話からも把握できるものである。

「きみは心霊主義に没頭してるんだろう」、かれは不意にたずねてきた。

「いいや、クナウアー」、笑いながら、ぼくはいった。「ぜんぜんちがう、どういうことかな」

「じゃあ、神智学のほうには?」

「それもちがうな」

「ああ、そんな水くさいのはやめてくれ。きみはほかとちがう。眼がちがうんだ。きみはきっと霊魂とつながりをもっているると思ってるよ。好奇心からきいているんじゃないんだ、シンクレア、そうじゃない! ぼく自身も探究者のひとりであって、わかるだろう、とても孤独なのさ」

「話してみてよ」、ぼくはかれを励ました。「霊魂についてはぜんぜん知らないけど、ぼくは夢のなかに生きているんだ、きみはそれを感じたんだよ。ほかの人たちも夢のなかに生きているんだけど、それは自分自身のものじゃない。そこがちがう」

「ふうん、そんなものかな」、かれはつぶやいた。「夢のなかに生きるとして、どんな夢かが問題なんだね。じゃあ、白魔術は聞いたことあるかい」

否と、ぼくは答えた。

「つまり、習得すれば、自分自身を支配できるということだよ。不死にもなれるし、魔法も使える。きみはそんな練習をしたことがあるかな」

原文では「心霊主義者」(Spritist)、「神智学者」(Theosoph)、「白魔術」(d[ie] weiß[e] Magie) といった語が飛び交う、十代後半のギムナジウム生徒どうしのこの会話が、約一世紀まえの小説のものであることをまずは確認しておく。

くわえて、導き手ピストリウスもまたシンクレアとの対話で話題にするのは、一八世紀のプロテスタンティズムと敬虔主義の影響が強い信仰共同体「ヘルンフート兄弟団」、霊肉二元論が特徴の「グノーシス主義」、紀元前七世紀から六世紀の古代ペルシアのゾロアスターを開祖とし、善悪二元論を教義とする「ゾロアスター教」、太陽神ミトラスを崇拝する古代ローマの密儀宗教「ミトラス教」だったことも紹介したい。

そのうえで、一九一〇年に出版された『ゲルトルート』第三章で主人公の学生クーンが邂逅する、かつてのラテン語学校教師コンラート・ローエの存在に言及しよう。クーンもかつて習った教師ローエは「敬虔な神智学者で果樹栽培者」であって、主人公に「業《カルマ》の学説」を紹介しながら、『初心者のための神智学問答集』という小冊子を勧めるのである。

この冊子は、「だれもが価値あるとみなす知へ通じる多くの道についてと、知や内的完成を自由に希求したり、どんな信仰も神聖と感じ、光へつづくならどんな道も大歓迎する者たちによる神智学兄弟団についての立派かつ魅力的な序文」にくわえて、「宇宙発生論」(Kosmogonie) や「沈没した国アトランティス」について論考を展開していた。

一九〇八年から〇九年に成立し、翌年に上梓された『ゲルトルート』が、ヘッセのアスコーナ滞在以後に書かれたことを顧慮すると、コンラート・ローエが、やはりアスコーナに入植した神智学・人智学信奉者の特徴を付与されているのはまちがいないだろう。

オカルティズムとヘッセ

二一世紀のわれわれにはなかなか理解しがたい事実であるが、二〇世紀前半にはいまだあまたの神秘主義思想が信じられていた。工業化、医学の発展、ダーウィンの進化論など、一九世紀後半は自然科学による文明化と合理化がヨーロッパに普及したにもかかわらず、その一方で神秘主義は合理主義と共生しつつ、二〇世紀前半にも大きな影響を残したのだった。

とりわけ、伝説的な神秘主義者ヘレナ・ペドロヴナ・ブラヴァツキー（一八三一―九一）によって一八七五年に設立された「神智学《テオゾフィー》」は、西洋的オカルティズムと秘教主義の系譜に連なるが、秘密結社、心霊主義、進化論、アーリア人思想、輪廻転生といった要素で構成されており、二〇世紀になっても、後継者たちが神智学協会を存続させるほどの支持を獲得していた。

現代日本でもシュタイナー教育で知られる人智学者ルドルフ・シュタイナー（一八六一―一九二五）は当初、神智学協会に所属していたが、一九一二年に協会を脱退、みずから「人智学《アントロポゾフィー》」協会を設立するにいたる。アスコーナに集った生活改革運動家たちには、その合理的思考の一方で、神智学や人智学に多大な関心をいだく者たちも多かった。

シュタイナーも滞在したアスコーナであるが、多数の神智学者や人智学者たちが移住していたのにくわえて、隣村ロカルノには正規のフリーメイソン支部が置かれていて、シュタイナー信奉者も多かった。シュタイナーの人智学に関心を寄せていたモンテ・ヴェリタ設立者イーダ・ホフマンは、一九一一年九月にロカルノでおこなわれたシュタイナーの講演を聴講している。

『ゲルトルート』の神智学者ローエが主人公に手渡しした神智学入門書で論じられた「沈没した国アトランティス」は元来、プラトンの対話篇『ティマイオス』と『クリティアス』での記載を嚆矢とするが、レムリア大陸、ムー大陸と並び称される架空大陸として、二〇世紀になってもなお、オカルティストたちにもてはやされていた。

神智学者ブラヴァツキー夫人の全六巻にもおよぶ『シークレット・ドクトリン』(一八八八—一九三六年)では、同時代のオカルティストの著作群を援用し、宇宙生成論と地球史にアトランティス大陸とレムリア大陸を採用しており、人智学者シュタイナーもその『アトランティスとレムリア』(一九〇四年)でその大陸に住んでいたとされる古代人の霊的能力を論じた。

ナチズム理論家アルフレート・ローゼンベルク(一八九三—一九四六)の『二〇世紀の神話』(一九三〇年)においても、古代アーリア人たちが暮らした北方大陸こそはアトランティスであり、その残存した部分こそがグリーンランドとアイスランドだと特定している。

ヘッセがモンテ・ヴェリタ・サナトリウムに長期で滞在していたふたつの時期には、神智学者、のちには人智学者たちとも少なからず交流したと思われる。『クネルゲ博士の最期』で描かれたアスコーナ移住者と思しき者たちに、えせヒンズー教徒、オカルティスト、マッサージ師、磁気療法師、魔術師、加持祈禱者がいたことは、すでに記したとおりである。

フランツ・カフカも人智学に興味をもっていた。一九一一年三月末にベルリンからプラハにやってきたルドルフ・シュタイナーの講演を聞くために足を運び、また個人的にも面会している。この時代、オカルティズムは日常的な関心事であった。

『デミアン』のなかにも、古代宗教、心霊主義、秘密結社の密儀といったオカルティズムは力強く息づいている。それはヨーロッパ社会のみならず、ヘッセ自身にとっても身近であったからだろう。ヘッセが一九三二年に出版した『東方への旅』は自己の内面を追求する秘密結社小説だが、第二次大戦後以降もオカルティズムや自己探求への興味はなお持続していたようである。

チリの外交官で作家でもあったミゲール・セラーノ（一九一七―二〇〇九）は、晩年のヘッセとユングのふたりと親交をもち、両者のあいだを往来した稀有な人物である。このふたりとの会見内容を記したセラーノの手記によると、ヘッセがセラーノに語ったテーマは、『易経』、ヒンズー教、童話『ピクトルの変身』、ユング心理学の「ペルソナ」、レオナルド・ダ・ヴィンチの《受胎告知》、バッハの曲などの精神世界をめぐるテーマである。

セラーノの手記にはヘッセの神秘主義的な傾向を強調するきらいがあるが、おそらく、それは安易な神秘主義への傾倒を意味するのではなかったろう。幼少時から晩年にいたるまで身体と精神の不調に苦しんだヘッセが精神の健康を維持する努力の一環として、古今東西の精神世界をめぐる思想に関心をもちつづけていたと考えるべきである。

2. 少年シンクレアをめぐるふたつの世界

「ふたつの世界」を生きる

以下、『デミアン』の物語の枠組みを考察してみよう。

たわいない虚言が原因で、一〇歳の主人公エーミール・シンクレアは不良少年フランツ・クローマーによって恐喝されるようになった。だが、世間とは異質な思考をする転校生マックス・デミアンがシンクレアを窮状から救ってくれる。やがてデミアンの人格や思想の影響を受けて、主人公が精神的に成長していくというのが、『デミアン』の物語である。

その第一章冒頭では、一〇歳の主人公がふたつの世界を体験していることが告白される。「そこにあるふたつの世界は交錯し、昼と夜はその両極からやってきた」。ひとつの世界は、「父と母、愛情と厳格、模範と修練」であり、「やわらかな輝かしさ、曇りのなさ、清らかさ」、「聖書のことばと知恵」で充足している。もうひとつは「手伝いの女と若い職人、怪談や醜聞」の世界であって、「畜殺場、監獄、よっぱらい、口うるさい女、出産まぢかな牝牛、転倒した馬のほか、押し込み強盗、殺人、自殺などの話」であふれていた。

この〈ふたつの世界〉こそが『デミアン』の世界観を規定しており、これを中心に物語が展開していく。

主人公シンクレアが「それなのに、どこまでも奇妙だったのは、このふたつの世界がその境界を接しており、ぴったりと折り重なっているさまであった！」と認識するのだが、そのかれがすでに、コリン・ウィルソンがいうところの「アウトサイダー」であるのは、このふたつの世界の認識ゆえである。なぜなら、両親とふたりの姉は「明るい世界」の住人であり、お手伝いのリーナは主人公の自宅の世界と彼女自身の世界ふたつを自覚も苦痛もなく往来しているのに対して、シンクレアは「明るい世界」の住人であることを自認しているにもかかわらず、「変装した悪魔や正体を隠さない悪魔」が棲むもうひとつの世界にも、自分を脅かす不良少年クローマーが属する世界にも魅了されていて、そのことに苦悩していたからだ。

やがて、シンクレアはデミアンによって不良少年の恐喝から救い出されて、デミアンと急速に親しくなる。しかも、ふたつの世界でなおも葛藤する主人公に、解答をあたえるのがデミアンなのだ。

> 神とは善にして、気高きもの、父親なるもの、美しくも高位なるもの、情感的なもの、まさしくそれでまちがいない！　しかし、世界はほかのものからも成り立っている。しかも、そちらはぜんぶがあっさりと悪魔のしわざとされていて、世界のこちら側、その半分が覆い隠されて、無視される。〔…〕けれども思うに、われわれはすべてを崇拝し、神聖なものとして崇めるべきだ。世界ぜんぶに対してそうすべきさ、不自然に切り分けて、公的に認められた半分だけではなくてね！　だから、われわれは神とならんで悪魔にも礼拝しないといけないんだ。それが正しいと思うね。そうじゃないと、悪魔をも自分に取りこんだ神を創造しないとだめだろうし、そんな神のまえだったら、眼をつぶらなくてもよくなるはずさ、世界でいとも自然なことがなされているのだったら。

「ふたつの世界」のどちらかをオルタナティヴに選択しなければならないと考えていたシンクレアにとって、ラテン語学校が終わったあとに聞かされたこのデミアンの思想は晴天の霹靂だった。さらに、現在の社会では禁忌とされたものが盛大に祝われていた時代があったということを、デミアンは古代ギリシア人の例で説明する。なにが承認されたり、タブーとされるかという「掟」は恣意的なものでしかなく、それに従う者もいれば、自分で「掟」を感じる者もいると説くのである。

デミアンのこの主張は、神と悪魔が等価にして、あらゆる価値が転倒する相対的な世界観である。この思想が、「鳥」、「卵」、「世界」、「アブラクサス」という語句をふくんだ本章冒頭のデミアンのことばに収束していく。

3. グノーシス主義と母権制

グノーシス主義とは

従来の『デミアン』研究では、こうしたデミアンの思想は、ヘッセが「グノーシス主義」をそのモチーフとし、精神分析医ヨーゼフ・ベルンハルト・ラングを経由して、その師カール・グスタフ・ユングの同時期の思想から学んだものとされてきた。

グノーシス派は時代や流派によって多様であるが、一般的には初期キリスト教の異端思想グループをいう。紀元一世紀から二、三世紀に多様に発展したもので、「グノーシス」（霊知）によって物的・肉体的世界の救済を説いた霊肉二元論を信奉した。

すなわち、この思想に関心があったユングが、二世紀のアレクサンドリアのバシレイデスの名のもとに、『死者への七つの語らい』という小冊子を自費出版し、自身の「心理学サークル」で配布したのが一九一六年である。この冊子の内容を、ヘッセは自身の精神分析医ラングから知ったと思われていたが、じつはヘッセは実物を読んでおり、その感想も一九一七年九月一一日付の夢日記に記していたことが一九九六年の公刊によって明らかになった。

バシレイデスをおとずれた死者たちが思想を語るという体裁の『死者への七つの語らい』には、先述のデミアンの思想に類似した内容が第二と第六の語らいで記されている。

> プロレマ［ラテン語で「充満」を意味するグノーシスの用語］から分離されたもののすべては、対立するペアであって、それゆえ、悪魔もまたつねに神の一部である。［…］
>
> これはおまえたちが知ることのない神である。というのも、人間たちはそれを忘れてしまった。われわれはそれをその名によってアブラクサスと名づけよう。それは神や悪魔よりももっと不確定なものである。［…］
>
> アブラクサスは太陽のうえにおり、悪魔のうえにもいる。［…］
>
> アブラクサスは真理と嘘、善と悪、光と闇を、同一のことばと同一の行為のなかに産み出す。そのため、アブラクサスは恐ろしい。［…］

白い鳥は人間のなかば天上に由来する魂である。その魂は母のもとにとどまり、ときには舞いおりる。鳥は男性的で、影響をおよぼす思考である。鳥は純潔かつ孤独で母の使いである。鳥は地上高く飛翔する。［…］鳥はわれわれのことばを母のもとへと高く運んでいく。

ユング私家版のテクストでは、鳥とアブラクサスは同一の存在ではないのだが、これらの記述からは、デミアンのことばの内容と重複する部分が充分にみいだされる。

澁澤龍彦『秘密結社の手帖』によると、「興味深いのは、この派の人たちが、女性の役割を高く評価していたことである。［…］グノーシス派の秘密団体では、女性が司祭になったり司教になったりすることもあった。グノーシス派の宇宙論の中心には、つねに男女の二つの原理がはたらいている」とあって、グノーシス派には後述する「母権制」思想とも親和性が認められる。

バッハオーフェンの「シンボルとしての卵」

これにくわえて、「卵の世界」のイメージをヘッセが獲得したのは、バーゼル大学法学部教授で古代史研究家のヨハン・ヤーコプ・バッハオーフェン（一八一五―一八八七）の著作『古代墳墓象徴試論』（一八五九年）からだと考えられている。

もうひとつの重要な著作『母権制序説』（一八六一年）で、バッハオーフェンはギリシア文化やキリスト教成立以前、女性が宗教や社会システムを支配した母権制社会の時代が存在したと主張した。出版当時はほとんど注目されなかったが、一九世紀末から二〇世紀初頭に再発見されて、多くの支持者を獲得した。

というのも、それがギリシア文化とキリスト教を根底に置くヨーロッパの父権制原理社会を震撼させる内容だったからである。オットー・グロースといった母権制支持者たちで、モンテ・ヴェリタ・コロニーに移住した者は少なくない。

『古代墳墓象徴試論』をヘッセが読んでいたという仮説が成立するのは、興味深いことに、このシンボル論（クレーナー版）の最初の節が「シンボルとしての卵」となっているからだ。ローマのヴィラ・パンフィリアの納骨堂に、三個の秘儀の卵を三脚テーブルに置いて、その意味を語り合う五人の若者たちの墓廟画が描かれており、バッハオーフェンはこれを解釈しているのだが、デミアンの思想を思わせる一節が記されている。

「この宗教では、事物の、つまり〈創造の根源とはじまり〉の物質的根源の卵シンボルとは、創造のはじまり《アルケー・ゲネセオース》（arche geneseos）である。事物の物質的根源は、それ自体からすべての生命を光のほうへ産み出すものだが、生成と消滅の双方を包含している。同時に自然の光と影の両面をそれ自体のなかにかかえこんでいる」。

バッハオーフェンの解釈によると、古代シンボルの「卵」は創造と消滅という相反する力を有しつつも、自然の両面をあわせもつ根源的存在である。これと、グノーシス思想における善悪を併呑するアブラクサス神の性質が重複しているのは明らかで、このふたつのイメージを融合したものがヘッセによるデミアンの思想ということになるだろうか。

ヘッセのエッセイ『一九二〇年の日記から』（一九三二、三三年）には、「そのかわり、わたしはたくさん絵を描き、たくさん読み、たくさん瞑想して、神々と邪神崇拝のインドへ内面的になおさら近づいて、バッハオーフェンを経由して古代母権制のこともたくさん考察した」という記述がある。

その三年後には、ヘッセは自身が編集する月刊誌『ヴィヴォス・ヴォコ』（一九一九―二二年）にバッハオーフェンの『古代墳墓象徴試論』（一八五九年）収録の一篇『縄ない人オクノス』の新版を批評している。ギリシア神話のオクノスは縄を編みつづけるのだが、すぐ後方で雌ロバがその縄をつぎからつぎへと食べてしまうために完成しない。この無駄骨を意味する擬人化シンボルの図版をバッハオーフェンが考察した一編である。

これらの記事は『デミアン』が書かれた一九一七年や出版された一九年よりものちの日付であるが、もっと早い時代に、ヘッセがバッハオーフェンの古代シンボル論や母権制思想を知っていたという可能性は低くない。なぜなら、幼少期もさることながら、ヘッセは一八九九年から一九〇三年の五年間にバーゼルで書店員生活を送ったからだ。

書店員時代のヘッセがバッハオーフェンを知っていたかは厳密には不明であるが、詩人シュテファン・ゲオルゲ（一八六八―一九三三）、哲学者で心理学者ルートヴィヒ・クラーゲス（一八七二―一九五六）、視霊者、グノーシス主義者、秘儀伝授者などの肩書を有するアルフレート・シューラー（一八六五―一九二三）、著述家カール・ヴォルフスケール（一八六九―一九四八）たちがミュンヒェン近郊の都市シュヴァービングに集結した「宇宙論サークル」で、バッハオーフェンの著作が再発見されたのは同時期のことである。

ヘッセがのちに知己を得たバーゼル大学宗教学教授のカール・アルブレヒト・ベルヌーリ（一八六八

一一九三七）は、バッハオーフェンの著作を編集しており、一九二四年には『J・J・バッハオーフェンと自然シンボル』、『宗教学者としてのバッハオーフェン』という研究書二冊を上梓している。『デミアン』に登場するデミアンの母親エヴァ夫人とバッハオーフェンの母権制との関連を、かなり早期に言及した人物でもある。ベルヌーリは神学者であった一方で、小説もたしなみ、ニーチェの伝記も書いた。その姓ベルヌーリでわかるとおり、バーゼルの名家出身で、ヘッセの最初の妻マリーア・ベルヌーリとも同族である。

ちなみに、バッハオーフェンもまたバーゼル大学法学部教授であり、フリードリヒ・ニーチェは同僚であった。バッハオーフェンよりニーチェは二九歳若いものの、家族間での交流もあるほど親しく、バッハオーフェンは『悲劇の誕生』を評価し、ニーチェも『古代墳墓象徴試論』を読んで、母権制をともに論じている。

ヘッセと母権制

なぜヘッセが母権制に着目していたかどうかが問題になるのかというと、『デミアン』の物語とも密接に関係しているからだ。物語冒頭で記されているのだが、シンクレアが体験していた「ふたつの世界」のうち、「一方の世界は、父の家（Vaterhaus）だった」。主人公にとっては、父親は一方の世界の絶対的な権力者かつ支配者である。

シンクレアは父親に信頼と希望を感じつつも、「父の裁きと罰」を受け入れることをあきらめる。それどころか、父の力で不良少年クローマーの恐喝から逃れることを願うかたわら、自分の窮境に気づかない父親に対して、自身が優っていると刹那、感じてしまうのである。

そして、主人公がデミアンを経由して最終的に魅かれていくのは、デミアンの母親エヴァ夫人である。「その息子とおなじく、時間と年齢を超越し、活き活きとした意志の力があふれた顔だちで、美しく気品ある夫人はぼくにやさしく微笑みかけた。そのまなざしは心を満たし、そのあいさつのことばは故郷への帰還を意味していた」。

示唆的なのは、この物語において主人公の自宅は「父の家」と明記されるのに対して、デミアンの父親のことはいっさい言及されないことである。しかも、はじめてエヴァ夫人と運命の邂逅をした日に、シンクレアは親友に以下のように答える。

ああ、デミアン、きみはなんてすばらしいお母さんをもっているんだ！　エヴァ夫人か！　この名前はあの人にまったくもってぴったりだよ、すべての存在の母（die Mutter aller Wesen）のようだからね。

かくして、エヴァ夫人の名の由来を、主人公の口から読者は聞かされることになるのだが、人類最初の女性にして母であるエヴァから名が借用されている女性との邂逅が、主人公の「故郷への帰還」であることは、母権制への回帰と解釈することができるだろう。主人公の家とは対照的に、デミアンと母親のエヴァ夫人の家は、まさしく母権制のシンボルなのである。

4. 夢日記とユング心理学

「デミアン」という名前

マックス・デミアンは「マックス」という名をもつにもかかわらず、母親が呼ぶ以外、ヘッセは一貫して、主人公に姓の「デミアン」を使用させつづけている。このデミアンという姓の由来については、『ヘルマン・ヘッセ　エッセイ全集』第一巻解説が詳しいのだが、かつてはヘッセ生前に出版されたフーゴー・バルによるヘッセ論の記述に依拠していた。

これはヘッセの五〇歳の誕生日を記念して一九二七年に出版されたもので、この年に夭折した著者のフーゴー・バル（一八八六―一九二七）はヘッセとも親しかった。ちなみに、バルはチューリヒ・ダダの創始者としても知られており、やはりアスコーナ滞在経験もあった。『デミアン』の音楽家ピストリウスのモデルがラングだと指摘したのも、この評論が最初期のもののはずである。

バルの伝記には、『『デミアン』の成立をごく間近でともに見聞きしていた方がわたしに打ち明けてくれたのは、この名前がかの詩人の当時の鬼神学研究に由来するものであって、デーモン＝デミアンが〈悪魔の〉（daemoniacus）という語に共通の起源をもつということであった」とある。

しかしながら、一九一七年九月一二日付の「精神分析の夢日記」の記述によると、デミアンはヘッセの夢のなかに現れた人物の名前であった。ほろ酔いのヘッセがおなじく酔っぱらいの男ととっくみあいをして負けたあげく、所持金全額を奪われる。「いよいよもって不気味で危険に思えてきたその男の名は〈デミアン〉であった」。

その後、この男といっしょに幽閉されるのだが、横たわるデミアンの顔には、「鼻のつけ根、目と鼻のあいだに、小さな傷かかさぶた」があり、それを自分でいじくると、膿が出てきたという内容の夢である。

この「デミアン」という男の顔の壊疽の傷が、作中のデミアンが語る創世記第四章「カインとアベル」のエピソードを思いつく契機になったのかもしれない。嫉妬のあまり、弟アベルを殺害したカインに、神が〈刻印《しるし》〉を施したというが、その傷は額に刻まれたとされており、ヘッセの夢に現れたデミアンの傷の位置はほぼ額の下部だからである。

同日の夢に関する後半の記述には、このつづきがある。「デミアンのことで思いついたこと。〈ダミアン〉の変形。しかし、音が変わったために、デーモン（Dämon）に近い響きになって、デミウルク（Demiurg）［デミウルゴスのドイツ語読みで、プラトンやグノーシス派では、世界の創造者の意］を思い出させる。じっさいにある〈ダミアン〉という名も、わたしにはいつも奇妙な、ちょっと不気味なものであって、カトリック的なもの、暗いロマン主義的なものを感じ取らせた」。しかも、「［この男とのとっくいあいでの］敗北と金を奪われたことは、最初は気楽に考えていたが、しだいにデミアンがわたしをつなぐ一種の呪縛へと成長していった」という。

ところがヘッセには、この男について思いあたりがあった。

デミアンがわずかに似ている同級生は、男前でたくましい人物で、こんにちいまだ親しい。技師をしており、あらゆる点で頑なでたくましく、才能に恵まれており、独特の考えと稀有な精神的活力があるのだが、強情で自身の道から逸れたりはしない。なおかつ、奇人ではなく、世間に順応していて健康である。夢に出てきた人物はなるほどほんの少しだけかれを思い出させたが、その（とても好ましい）特徴はなにもなかった。

ここに記された同級生は、マウルブロン時代のヘッセの同級生で工学博士のテオドール・リューメルン（一八七七—一九二〇）だとされており、デミアンのモデルのひとりといえるだろう。この一連の夢は、ヘッセの創作であるかのように、よくできたエピソードであるが、いずれにせよ、その内容が主人公の親友マックス・デミアンの人物造型に大きな影響をおよぼしたと考えられるのは、まちがいない。

『デミアン』の匿名作家をみぬいたユング

河合隼雄『ユングの生涯』（一九七八年）には、ユングとヘッセの『デミアン』の関係について非常に興味深い記述がある。まずユングが『死者への七つの語らい』（一九一六年）で自身の内的体験を詩的に語り、それを同年一九一六年に最初のマンダラ図として図像化する（図21）。このマンダラ図には、最上位中央の、翼の生えた卵のなかに少年がいて、「エリカパイオス」または「パネース」と名づけられており、最下段のアブラクサスと対応している。

パネースはオルペウス教の両性の神で、クロノスが創造した卵から誕生した、すべての創造者である。

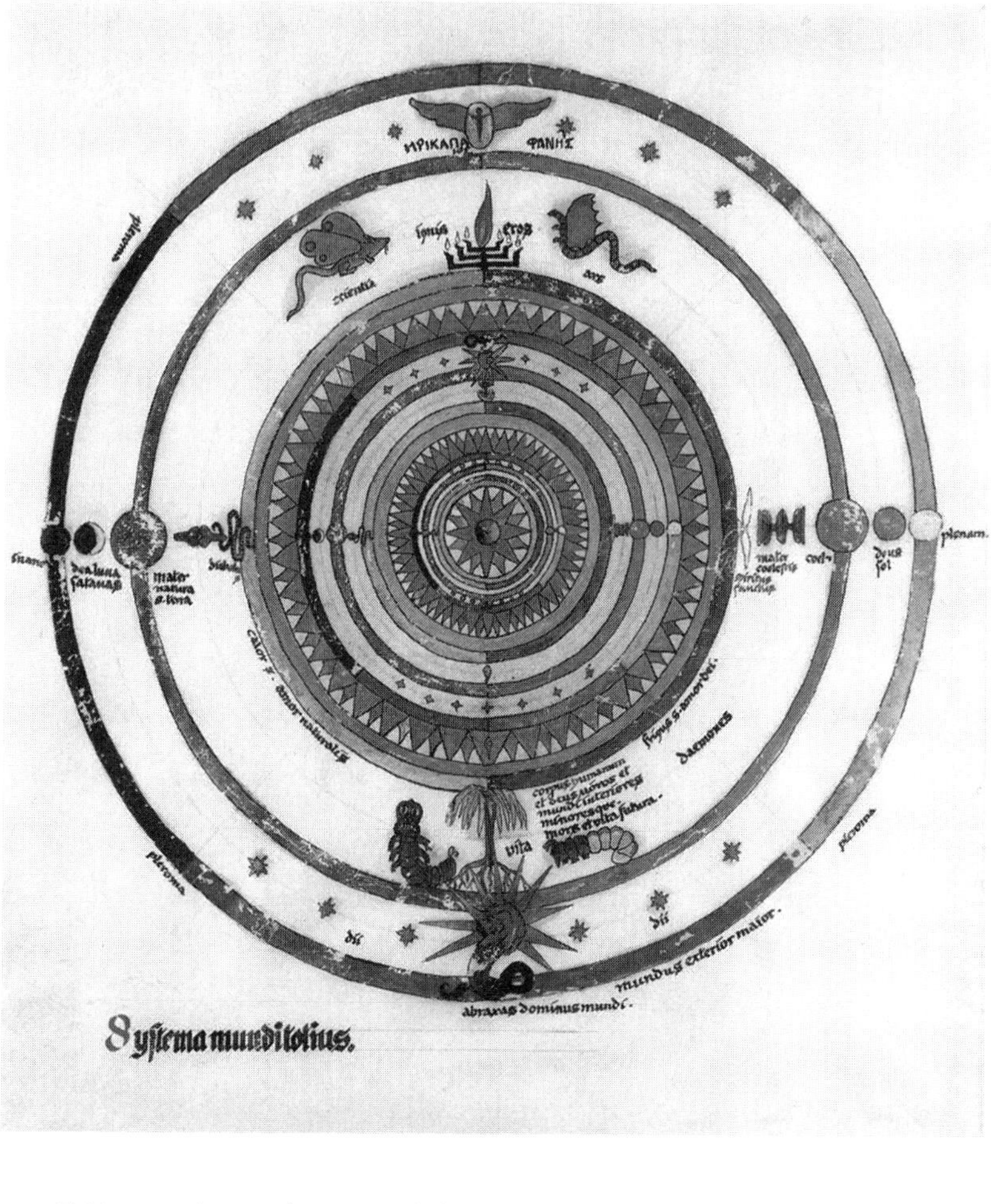

図21　ユングのマンダラ図。最上部中央に翼が生えた卵のなかに「エリカパイオス」，「パネース」と記された神がいて，最下部中央に「世界の支配者《ドミヌス・ムンディ》アブラクサス」と記された，下半身がヘビという異形の神が描かれている

これと対極に位置するのがアブラクサスであり、さまざまな性質を有するものの、善悪を超越し、その両面性を包含する神とされている。オルペウス教の神話には、パネースが宇宙存在としての卵を割って、それがふたつに分裂して天地を形成したという物語もある。ユングのこのマンダラ図はグノーシス派にくわえて、オルペウス教の神話からの影響を受けている。

さらに、〈世界〉である卵から無理に出ようとする鳥がむかう神の名はアブラクサスであるという、『デミアン』作中で提示されるきわめて印象的な世界観もまた、ユングの『死者への七つの語らい』とそれを図像化したマンダラ図との密接な関連があることは、言をまたない。

送付されてきた『デミアン』を読むうちに、ユングはその著者エーミール・シンクレアがヘルマン・ヘッセであることに気づいたという。一九一九年一二月三日付のヘッセ宛書簡で、ユングはこう書きはじめた。

「親愛なるヘッセさん、あなたに衷心からお礼を申し上げなければなりません、その傑出した真なる著書『デミアン』に対して。たしかに、わたしがあなたの匿名を暴露することは非常にあつかましく無粋ですが、しかしこの本を読んだときに、どういうわけかこれはルツェルンを経由してきたのにちがいないという気がしたのです」。

ここでの「ルツェルン」とは、ユングの弟子の精神科医ラングを暗示している。既述のように、神経症に苦しむヘッセは一九一六年にルツェルン在住のヨーゼフ・ベルンハルト・ラングの診察を受けたのだが、ラングの人間性にも魅了されたことはよく知られている。ちなみに『デミアン』に登場する音楽家で、やはり主人公を導く立場の音楽家ピストリウスは、ラングがモデルのひとりとして解釈されている。

ユングは書簡内で、主人公シンクレアの死に関して、「そして、新たに生まれ変わった人間がふたたび現れるように、母もまたふたたびこの大地にある妻のなかに現れる」と、太母《グレート・マザー》の役割も語っている。最後は、「わたしはすぐにあなたの本を心理学クラブの図書館用にも注文しました。この本は会員全員にとって優良であり、導きの書になります。どうか、わたしのお節介を悪くとらないでください。それはだれも知りませんから」と結んでいる。

夢日記の一九一七年九月八日には、おそらくラングの仲介によるものだろうが、ユング本人とはじめて会って、ホテルで夕食をともにしたことも記されている。「われわれは昨夜、多くのことについて話した。グノーシスや中国のことも話題になった。かれ〔ユング〕の話を聞くのは、貴重でおもしろかった」。

また、ヘッセがユングの『死者の七つの語らい』をじっさいに入手して読んだ感想が記されたのは、この三日後の九月一一日で、さらに前述のデミアンの夢の記述は翌日の九月一二日のものだ。ふつうに考えれば、ユングの影響は否定できない事実だと思われる。

ユングとヘッセへの質問状

河合隼雄のユング伝記が興味深いのは、一九五〇年にアメリカのマイアミ大学ドイツ文学教授エマヌエル・マイヤーがこの問題に関してユングへ質問状を送った顚末が記されていることである。

現在では公開されているという、同年三月二四日付のユングからの書簡では、ヘッセ作品、なかでも『デミアン』、『シッダールタ』、『荒野のおおかみ』に、自身の思考が影響をあたえていると認めた。くわえて、ラングが見識の高い学者で、ヘブライ語、アラビア語、シリア語を学び、ユングを介して、グノーシスについても詳細な知識を有していたこと、さらには、一九一六年の時期にはユング自身がヘッセとも邂逅しているほか、ヘッセがラングを経由してグノーシスに関して知ったはずであり、そうしたことがヘッセ作品に影響をおよぼしただろうと回答している。

一方で、マイヤー教授はこのユング書簡をヘッセに送付すると、ヘッセからも回答を得た。それによると、ヘッセは自身が「秘密厳守の徒」であるゆえに、ユングの書簡を開封しなかったこと、一九一六年にユングの弟子に精神分析を受けたこと、ユングの『リビドーの変遷と象徴』を読んで感銘を受けたこと、一九二二年以降のユングの著作は、ヘッセが精神分析に対して興味を失ったので、読んでいないことなどを伝えた。そのうえで、一九二一年ごろにユング自身による精神分析も受けたこと、そのとき以来、「分析家は、芸術との真の関係は得難いこと」が解ってきたこと、ヘッセ自身はユングにつねに尊敬の念をもっているが、ユングの著作からは、フロイトのものから受けたほど強い影響を受けていないと告白している。

もちろん、『デミアン』とユング思想との関連は明らかであるが、いずれにしても、『デミアン』という作品はヘッセが独自に「生み出したもの」にちがいないのであって、〈影響〉という語の意味の理解については双方に齟齬があり、ヘッセがこの作品とユング思想との関連を単純に論じられるのを忌避したいがために、否定的な見解を示したと、河合は解釈している。

ちなみに、両者によるたがいへの敬愛が失われたことはなく、ユング八〇歳の誕生日に、ヘッセはお祝いのことばを送っている。

5. 〈夢〉の物語『デミアン』

シンクレアの〈夢〉の世界

なるほど河合の解釈どおり、ユングの『死者の七つの語らい』の影響下にありながら、『デミアン』そのものがヘッセ自身の創作であるのは、まちがいない。とはいえ、この物語の奇妙さとして、やはり〈夢〉がいかに物語の展開で重要であるかという点を無視するわけにはいかないだろう。〈夢〉はカインの〈しるし〉とともに、『デミアン』の物語を貫通している要素であるからだ。

第一章では、不良少年クローマーの姿や邪悪なまなざしが脳裏から離れないシンクレアだが、夢のなかでは家族で小舟をこぐ平和な夢をみる。その一方でクローマーに恐喝される悪夢にうなされる。デミアンが登場した第二章は、クローマーの奴隷として虐待を受ける夢、オイディプス・コンプレックスや父権制打倒を暗示するかのような父親殺害の夢、自身を暴行する人物がいつのまにかクローマーからデミアンに入れ替わる夢が描かれる。しかも、シンクレアには、「こうした夢のなかでの体験と現実での体験が、もうずっとはっきりと区別できない」。

最初に主人公とデミアンの密接な交流が中心となる第三章において、シンクレアが眼を閉じて思い出すデミアンは、主人公の自宅玄関のドアのうえに描かれた古い紋章の鳥を写生している姿である。

第四章「ベアトリーチェ」では、寄宿舎で暮らすシンクレアは、家族、故郷、生まれ育った町や学校の風景などの少年時代の輝かしい記憶を思い起こすこともあったが、精神的に荒廃した生活のなかで、

「姫君のもとへむかう途中で、糞便のたまり場に踏み入り、悪臭と汚物だらけの裏通りから抜け出せないといった夢」をみる自身を「呪われた夢想家」だと自嘲する。

だが、ある春の日の公園で、シンクレアは上品な身なりをした長身の利発そうな女の子にひとめぼれする。そのあと、「突然に、ある像がふたたびぼくの眼前に現れた。高位かつ崇高な像だった。ああ、敬い崇拝したいという願望のほかに、欲求と衝動がぼくのなかでこれほど深く激しかったことはなかった!」。かれはこの像をベアトリーチェと名づけた。ベアトリーチェはダンテ『神曲』の登場人物で、ダンテにとっての〈理想の女性〉である。

シンクレアは、彼女の肖像画を描こうとするのだが、失敗をくりかえすうちに固まっていったイメージは、「夢のなかでみた顔」(ein geträumtes Gesicht) であって、それを「夢をみるかのような筆運びで線を引いていく」(mit träumerischem Pinsel Linien zu ziehen) ことで完成させる。

少女の肖像画が完成してからは、夢をみることが増える。夢でもその肖像の少女が登場し、自分に語りかけてくるのだが、ある朝、目覚めて気づくのは、その肖像画が似て非なるにもかかわらず、デミアンの顔であることだった。

その後、突如、酒場でデミアンと邂逅した夜、デミアンと紋章の鳥の夢をみる。夢のなかで、デミアンに命令されて、シンクレアが紋章の鳥を嚥下すると、鳥が体内で動き出して、喰らいはじめるという内容である。今度は、この夢でみた鳥の絵を描きあげると、「夢の予感」のままに、デミアンのかつての住所に送付する。「しばらくまえから、ぼくは自作の絵とデミアンへの思いといっしょにあまりにも非現実すぎる世界に生きていた」。

デミアンと鳥の夢

鳥の絵を受け取ったデミアンからの返事が、本章冒頭のことばであるのはすでに述べたとおりである。物語第五章では、ついにシンクレアの夢を解釈する音楽家ピストリウスが登場する。この時期から、シンクレアは頻繁に夢をみるようになる。実家の紋章の鳥、デミアンによく似た女性からの抱擁であって、それこそがアブラクサスのイメージであることに気づく。そして、やはりアブラクサスの名を知っていたピストリウスと知り合うと、おたがいの夢の内容を語り合うようになる。

第六章は、ピストリウスが真の導き手ではないことをシンクレアが理解した結果、その別離が最終的に描かれるのだが、それ以前にシンクレアは実家の紋章の鳥、母親と未知の女性をまたもや夢でみて、それを絵に描いている。

第七章「エヴァ夫人」では、ついにこの親友の母親との邂逅が描かれる。デミアンのかつての住所の家をたずねると、不在のデミアンの居場所は不明だったが、シンクレアが夢のなかで出会う女性がじつは親友の母親エヴァ夫人であったことを知る。そして、運命の女性を探すための目的地のない旅に出るのだが、その旅路は「いくつもの夢が交錯したなかにいるよう」だった。

休暇が終わり、大学生になったシンクレアは、秋のある夜にデミアンと再会し、自宅に招待される。当日、デミアンの自宅ホールに案内されて、「周囲をみわたすと、即座にぼくの夢の中心にいた」。かれが描いた鳥の絵がかかっていたからであり、かれがいままでみてきた夢のさまざまなヴィジョンが出現して、「電光石火、たくさんのイメージがぼくの魂を通り過ぎていく」。

そして、かれがエヴァ夫人と話すのは、やはり夢のことである。「ええ、人は自分の夢をみつけなければなりません、すると、その道のりはたやすくなります」。「[…]、あなたの運命はもちろん、あなたを愛していますから。いつか運命はあなたのものになりますわ、あなたが夢にみているもののようにね、それに忠実であればですけど」。

この日から、シンクレアはデミアンの屋敷にいつくのだが、かれにとっては、その外に「現実」があるが、門のなかには「愛と魂」、「メルヒェンと夢」があった。それ以降、エヴァ夫人からの「霊感」を思わせる夢や、デミアンとふたりで大きな運命のおとずれを待ちつづける夢をシンクレアはみている。エヴァ夫人を眼前にしているのに、「まるでその彼女が現実か夢かわからないことがあった」。さらにクリスマス休暇中には、エヴァ夫人と精神的に融合する夢をみる。その一方でデミアンと話すのは、またもや紋章の鳥の夢や、「自身の心のなかの動きを知らせる夢」と「人類の運命全体を暗示する夢」のことである。

最終章でも、主人公は夢をみて、エヴァ夫人のことを念じつづける。だが、戦争が勃発して、デミアンも軍人となって去り、シンクレアも出征する。夜の歩哨に立ったかれは、雲のなかに大都市や、そこから何百万もの人びとが空一面に拡散するヴィジョンや、女神となったエヴァ夫人のヴィジョンを幻視する。「空の下中央に、力強い神の姿が現れた。頭髪のなかに星々がきらめき、山脈のように壮大で、エヴァ夫人の顔だちをしていた」。

砲弾で重傷を負ったシンクレアが目覚めると、すぐ横で寝ていたのはデミアンで、エヴァ夫人からのものというくちづけをしてくれる。翌朝、隣りには別人が横たわっていた。疼痛のなかで、シンクレアは確信する。自身のなかにある「黒い鏡をかいまみると、自分自身の姿がみえるが、それはかれとそっくりだ。ぼくの友であり、導き手であるかれに」。

夢と現実が交錯する物語

かくのごとく、『デミアン』においては、すべての章でシンクレアが夢やヴィジョンをみる。そして、物語はその夢を中心にして展開していく。紋章の鳥であるハイタカ、ベアトリーチェと名づけられた少女やエヴァ夫人の夢を絵に描くと、それが媒介となって、まるで現実に変化が促進されるような物語なのだ。

シンクレアの夢を解釈するオルガン奏者ピストリウスは、ユングの弟子の精神分析医ラングがモデルのひとりとされているが、第六章でかれはシンクレアとの対話で夢と現実について述べている。

「われわれがみているものは」、ピストリウスは静かに語った、「われわれ自身のなかにあるものと同一のものなのだ。自分自身のなかにあるもの以外に、現実というのは存在しない。それゆえ、たいていの人間があまりに非現実的に生きているのは、外側にあるイメージを現実とみなし、自分自身のなかにある世界にことばを発させようとしないからなのだ。〔…〕」

人間には自分の心的イメージと現実世界との区別がないというピストリウスの思想は、精神分析の基本的発想であって、精神の病はその患者が自覚しない精神の働きに原因を発見できるという考えかたなのだ。それゆえ、ラングの精神分析を受けていた時期に、夢の日記を記していたのは前述のとおりである。それがちょうど『デミアン』執筆の時期と重なっていることは、このテクストが一貫して主人公の夢で連環していく物語であるという事実に対して、きわめて示唆的である。

その意味で、ヘッセが一九三四年九月に『新展望』に掲載したユングの『魂の現実』（一九三四年）の書評は、デミアン執筆時の一七年後のものであるが、そこからはかれがユング心理学をどのようにみていたかを看取できる。

「［本書に収録された］講演と論文すべては、ユング心理学を今日の学問と今日の精神生活に組みこもうとするものである。〈心的なものは現実である〉と告白し、超個人的な無意識の知に対する崇敬の念を充分にはらってきたこの心理学は、実用的かつ医学的にもうすでに大地に確固たる地位を構築しており、これなしにはもはや考えられないものとなっている」。

この引用の「心的なものは現実である」という認識と世界観こそは、『デミアン』の物語のありかたである。精神分析によって自身の神経症を治療しようとするヘッセは、その理論的根拠となるユング心理学の本質を『デミアン』の物語の根幹に導入したのではないだろうか。

河合隼雄の解釈にしたがえば、たしかにヘッセはユング心理学の影響下で物語を創造したのだが、それはユング心理学の思想を物語の大枠に設定した新しい認識と世界観の物語だったのである。ヘッセが頼みとした精神分析は、これまでのかれの作品にみられなかった大きな変化をもたらしたといえよう。

ヘッセの健康状態と『デミアン』

「夢は現実」でもあるというユング心理学にもとづく世界観。これに〈しるし〉をもつ者たちの秘密の集会に象徴化される神秘主義と心霊主義によるオカルティズムをくわえて、カインとアベルの物語の異端的解釈、母権制、グノーシス派、神鳥アブラクサス、卵としての世界など慣例的な価値観を転覆させる世界観が導入された物語世界こそが、『デミアン』なのである。

そうした世界で自己発見の旅をする主人公シンクレアを描くこの教養小説のテーマは、物語冒頭から明白である。いかにして生きるべきか、さらにいえば、いかに異端として生きるべきかを説いたうえで、異端として生きることを矜持とする思想を説いている。それは、生活改革運動の主導者たちのごとく、これまでの価値観に依存せず、新しい価値観を生きようとする者たちの後ろ盾となる思想である。

一九一六年三月以降、ヘッセは、世論からの批判、父の死、妻と三男の発病で重度の神経症をわずらったが、六月初頭から精神分析医ヨーゼフ・ベルンハルト・ラングをおとずれて、治療を重ねた。同年九月からは二年間、ヒルデガルト・ユング゠ノイゲボーレンのロカルノ・モンティの菜食主義療養施設に断続的に滞在したし、その間に精神分析医ヨハネス・ノールの治療も受けている。一九一七年九月の上旬には、カール・グスタフ・ユング本人とベルンのホテルではじめて面会し、ユングから『死者への七つの語らい』を恵贈されている。

そしてこのとき、ヘッセが数ヵ月にわたって試した精神分析療法とロカルノやアスコーナでの転地療養は、大成功をおさめたらしい。一九一七年という時期は、ヘッセが『デミアン』を集中的に執筆したとされている。すでに同年一〇月には、ヘッセはエーミール・シンクレアを著者とする原稿をフィッシャー社に送付していた。

この『デミアン』成立期から二年間ほどは、ヘッセにとってはその作家人生のなかで格別に安定していた時期だったようだ。一九三二年と三三年に発表したエッセイ『一九二〇年の日記から』では、「一九二〇年はわたしの人生で最も非生産的な年であっただろう、それゆえに最も悲惨な年であった。この年は最も深刻な事件が生じた年というわけでもなかったのだが。はじまりつつある一九二一年の現在は似たような調子がつづいている。すぐ二年前は、最後の絶頂期だった。一九一九年晩秋までは、わたしの人生のなかで最も充実して、最も豊富で、最も勤勉で、最も輝いた年であった」とまで記したのだった。

跋

二〇一八年三月上旬の『朝日新聞』の記事で読者の悩み相談をたまたま読んだ。近所に住む義母が怖いという六〇代主婦の相談に回答するのは、経済学者の金子勝氏であった。ヘッセの『車輪の下』と『デミアン』の主人公ふたりを例に、周囲の理解を得られないまま、ついには命を落としてしまうハンスと、デミアンのことばによって卵の世界を抜け出ようとするシンクレアという対照的な主人公ふたりの生きかたを提示して、解決方法を説明していた。

読者の悩みにブックガイドの形式で回答するスタイルを採用していた金子氏だが、いずれにせよ、日本における『車輪の下』と『デミアン』の知名度とその影響の大きさというものを考えさせられた新聞記事であった。

本書はヘルマン・ヘッセの著名な作品と、一方でそれほど着目されてこなかった作品を中心に、同時代の生活改革運動との関連を文化史的に論じたつもりであるが、ヘッセ作品をめぐる記録あるいはアプローチのひとつとして有効であったとすれば、はなはだ幸いである。

著者がヘッセの作品をはじめて読んだのは、高校生のときである。高橋健二訳の文庫で読んだのだが、一〇代なりの問題で苦しんでいた時分であったから、当時は非常に共感した記憶が（現在では少しの気恥ずかしさとともに）ある。

前著『踊る裸体生活　ドイツ健康身体論とナチスの文化史』（勉誠出版、二〇一七年）は、裸体文化を主題にして生活改革運動を論述したものだが、ヘッセを主軸に執筆した本書は前著のスピンオフという位置づけになる。ドイツの裸体文化や生活改革運動については、そちらをご参照いただけると、光栄のいたりである。

今回、ヘッセについて書くために少なからぬ文献を渉猟したが、『デミアン』成立の周辺事情については、土肥美夫編『ドイツの世紀末　チューリヒ　予兆の十字路』（国書刊行会、一九八七年）、酒寄進一訳『デーミアン』（光文社古典新訳文庫、二〇一七年）の解説と訳者あとがきを大いに参照させていただいた。ヘッセ文学やユング心理学を専門とする方々には、著者の不充分な作品理解や思想分析が散見されることであろうが、伏してご海容とご教示を期すところである。

二一世紀になって、新しい総合的な全集の出版が完結して、ヘッセのテクストすべてが公刊されている状況であるが、最終的には全一〇巻となる予定の新編集版の書簡集が現在もいまだ刊行中であるために、今後もまた新資料や新事実が明らかとなるだろう。

菜食主義がいわゆるヴィルヘルム時代という一九世紀末から第一次世界大戦までの時期に大きな影響力をもったことはすでに述べたとおりだが、アドルフ・ヒトラー、ルドルフ・ヘス、ハインリヒ・ヒムラーなどの著名なナチス高官たちが菜食主義者であったことが知られているほど、ナチス時代にも普及していた。まして、現代ではもはや生活様式や主義志向としては珍奇なものではなくなっているし、日本でも肉より野菜を食するほうが健康的だというイメージは定着して久しい。

本書の半分を執筆したのは、二〇一七年度前期のベルリンでの研修期間中のことである。その二〇一七年七月前半にハンブルクでG20の会議が開催された。しかし、これに反対するデモが市内で暴徒化した。襲撃したスーパーで商品を窃盗する者や路上の車に放火する者など、ハンブルク市内は一時的に無法状態におちいったといってもよい。負傷した警察関係者も五〇〇人に達した。

犯罪行為に明け暮れる暴徒集団については語るべきもないが、デモのなかには、カールとグストのグレーザー兄弟のような資本主義反対者、特定の国家による独占的な貿易協定の反対者なども少なからずいたのである。緑の党のほかにも、一〇〇年まえのアスコーナで提唱された反資本主義、反市民社会といった生活改革運動の思想の一部がヨーロッパの人びとのなかにいまだ生きつづけているのを実感した。

ちなみに、このベルリン滞在中にスーパーへ買い出しにいくときはいつもフリードリヒ通りを北上するのだが、そのさい、一〇八番地にあるベルリンの連邦保健省（Bundesministerium für Gesundheit）オフィスまえを歩いていた。一〇〇年前のドイツでの健康問題について執筆していたことと思い合わせると、奇遇であった。

ところで、本書で詳細に言及できなかったものがふたつある。ひとつは性をめぐる生活改革運動である。たとえば、『デミアン』第六章の禁欲主義実践に苦悶する同級生クナウアーや、主人公シンクレアとエヴァ夫人がたがいにプラトニックな結びつきに固執しすぎるように思われるのも、同時代の性生活改革とフェミニズムの運動が確実に背景となっていると考えられる。

もうひとつは、フリードリヒ・ニーチェとの関連である。ヘッセの長編作品の多くでニーチェの著作や思想が言及されているのだ。たとえばイザドラ・ダンカンも『悲劇の誕生』、『ツァラトゥストラかく語りき』を愛読したりと、ニーチェの思想の影響力は強大で、知識人だけでなく、生活改革運動の主導者たちを後押しする動因となった事実もある。

さらにいえば、『デミアン』の主人公や親友デミアンがカインの〈しるし〉をもつ者であり、秘密結社の構成員のようなかれらの思考がじつはかなり選民思想的で、『ツァラトゥストラかく語りき』のいわゆる「超人主義」を思わせるものだが、さすがにこの問題の重厚さゆえに容易に主題化できなかったことを追記しておきたい。

ロマン・ロラン関連の文献は関西大学文学部フランス学専修の友谷知己教授、オトリーコリのゼウス像については同大学同学部美術史専修の蜷川順子教授にご教示いただいた。あわせて深謝したい。

本書の出版にさいしては、法政大学出版局の郷間雅俊さんにひとかたならぬお世話になった。末尾でたいへん恐縮であるが、あらためて感謝を申し上げる。他日、今回の郷間さんの恩にぜひ報いたいと強く考えているしだいである。

『デミアン』公刊から一〇〇年目にあたる二〇一九年の春に

森　貴史

主要参考文献一覧

ヘルマン・ヘッセのドイツ語テクストは、以下のものに依拠した。

Sämtliche Werke. 20 Bände und 1 Registerband. Frankfurt/M. (Suhrkamp) 2001–2007.

Gesammelte Briefe in vier Bänden. In Zusammenarbeit mit Heiner Hesse, hg. v. Ursula und Volker Michels, Frankfurt/M. (Suhrkamp) 1973–1986, ebd. 1990.

Die Briefe. 10 Bände (geplant). Hg. v. Volker Michels. Berlin (Suhrkamp) 2012 ff.

Aus einem Tagebuch des Jahres 1920. Zürich (Die Arche) 1960.

＊本書におけるヘッセ作品のタイトルや訳語・訳文は、おもに高橋健二訳と日本ヘルマン・ヘッセ友の会・研究会編訳『ヘルマン・ヘッセ全集』、『ヘルマン・ヘッセ エッセイ全集』（臨川書店）、光文社古典新訳文庫の酒寄進一訳『デーミアン』（二〇一七年）、同松永美穂訳『車輪の下で』（二〇〇八年）、草思社文庫の岡田朝雄訳『少年の日の思い出』（二〇一六年）を参照させていただいた。それらの一部は、本書の内容や解釈との整合性ゆえに、著者によって変更されたものもある。たとえば、短編小説『世界改革家』は、臨川書店版全集では『世界改良家』である。

Volker Michels (Hg.): *Hermann Hesse. Sein Leben in Bildern und Texten. Mit einem Vorwort von Hans Mayer.* Frankfurt/M. (Insel) 1987.

＊この写真集は、本書のタイトルにもなったヘッセの裸体写真をふくめて、ヘッセの貴重な写真がたくさん掲載されている。

邦語文献

池内紀『カフカの生涯』白水Uブックス、二〇一〇年
池内紀『闘う文豪とナチス・ドイツ　トーマス・マンの亡命日記』中公新書、二〇一七年
石井誠士「大いなるスタイルの医学　アルベルト・フレンケルの科学と臨床」『兵庫県立大学看護学部紀要』第一二巻、二〇〇五年、一―八頁
石田美紀『密やかな教育　〈やおい・ボーイズラブ〉前史』洛北出版、二〇〇八年
伊藤敏子「新教育運動とメタファー　ツィンマーマンにおける〈太陽〉のメタファーを軸として」『三重大学教育学部紀要第五五巻教育科学』二〇〇四年、一三三―一四四頁
アルネ・イッグム、ゲルド・ヴォール、マリート・ランデ『ムンク　オスロ・ムンク博物館』Scala Publishers/Munchmuseet, Oslo、二〇一五年
上山安敏「ヘッセとモンテ・ヴェリタ」『ユリイカ　特集ヘッセ　自己発見の文学』一九八二年四月号、青土社、一九八二年、一五一―一六一頁
コリン・ウィルソン『アウトサイダー』中村保男訳、集英社文庫、一九八八年
上山安敏『世紀末ドイツの若者』講談社学術文庫、一九九四年
上山安敏『神話と科学　ヨーロッパ知識社会　世紀末～二〇世紀』岩波現代文庫、二〇〇一年
上山安敏『フロイトとユング　精神分析運動とヨーロッパ知識社会』岩波現代文庫、二〇一四年
内村鑑三『代表的日本人』鈴木範久訳、岩波文庫、一九九五年
内村鑑三『余は如何にして基督教徒となりし乎』鈴木俊郎訳、岩波文庫、一九五八年
大貫隆訳・著『グノーシスの神話』講談社学術文庫、二〇一四年
蒲原聖可、『ベジタリアンの医学』平凡社新書、二〇〇五年
河合隼雄『ユングの生涯』第三文明社、一九九四年
ライアン・スプレイグ・ディ・キャンプ『プラトンのアトランティス』小泉源太郎訳、ボーダーランド文庫、一九九七年
マーティン・グリーン『真理の山　アスコーナ対抗文化年代記』進藤英樹訳、平凡社、一九九八年

マーティン・グリーン『リヒトホーフェン姉妹　思想史のなかの女性　一八七〇―一九七〇』塚本明子訳、みすず書房、二〇〇三年
坂口尚史「トーマス・マンの『魔の山』におけるペーペルコルンについて」『慶應義塾大学日吉紀要　ドイツ語学・文学』No. 四一、二〇〇五年、三一―五五頁
佐藤隆房『宮沢賢治（改訂増補版）』冨山房、一九七〇年
澁澤龍彦『秘密結社の手帖』河出文庫、一九八四年
エドワード・ショーター、デイヴィッド・ヒーリー『〈電気ショック〉の時代　ニューロモデュレーションの系譜』川島啓嗣ほか訳、みすず書房、二〇一八年
ウィリアム・H・スタイビング Jr『スタイビング教授の超古代謎解き講座』皆神龍太郎監修、福岡洋一訳、太田出版、一九九九年
関根伸一郎『アスコーナ　文明からの逃走　ヨーロッパ菜食者コロニーの光芒』三元社、二〇〇二年
ミゲール・セラーノ『ヘルメティック・サークル　晩年のヘッセとユング』小川捷之・長野藤夫訳、みすず書房、一九八五年
高田理恵子『文学部をめぐる病い　教養主義・ナチス・旧制高校』ちくま文庫、二〇〇六年
高橋巖『神秘学入門』筑摩書房、二〇〇〇年
高橋健二『ヘッセ研究　ヘルマン・ヘッセ全集別巻』新潮社、一九五七年
高橋健二『ヘルマン・ヘッセ　危機の詩人』新潮選書、一九七四年
田村和彦『魔法の山に登る　トーマス・マンと身体』関西学院大学出版会、二〇〇二年
筒井賢治『グノーシス　古代キリスト教の〈異端思想〉』講談社新書メチエ、二〇〇四年
鶴田静『ベジタリアンの文化誌』中公文庫、二〇〇二年
土肥美夫編『チューリヒ　予兆の十字路』国書刊行会、一九八七年
ドストエフスキー『賭博者』原卓也訳、新潮文庫、一九七九年
萩尾望都「単純な解答」『ユリイカ　特集ヘッセ　自己発見の文学』一九八二年四月号、一九八二年、青土社、五二―

五三頁
長谷川三郎・日野啓三『ムンク　アート・ギャラリー　現代世界の美術』集英社、一九八五年
クヌート・ハムスン『ヴィクトリア』冨原眞弓訳、岩波文庫、二〇一五年
平野嘉彦『カフカ　身体のトポス』講談社、一九九六年
福元圭太『「青年の国」ドイツとトーマス・マン　二〇世紀初頭のドイツにおける男性同盟と同性愛』九州大学出版会、二〇〇五年
三木宮彦『ムンクの時代』東海大学出版会、一九九二年
南川三治郎『ヘルマン・ヘッセを旅する』世界文化社、二〇〇二年
南直人、「一九／二〇世紀転換期ドイツにおける食改革運動と身体イメージ　京都橘大学女性歴史文化研究所第二五回シンポジウム〈近代ヨーロッパ社会における身体表現と身体ケア　―食とファッションを中心に―〉Ⅱ」『女性歴史文化研究所紀要』第二五号、京都橘大学、二〇一七年、二九―四〇頁
宮沢賢治『〈新〉校本宮沢賢治全集』第九巻、筑摩書房、一九九五年
明星聖子『カフカらしくないカフカ』慶應義塾大学出版会、二〇一四年
リッチー・ロバートソン『一冊でわかる　カフカ』明星聖子訳、岩波書店、二〇〇八年
渡辺勝『ヘルマン・ヘッセと日本人』角川書店、一九九八年
『ユリイカ　特集ヘッセ　自己発見の文学』一九八二年四月号、青土社、一九八二年

外国語文献

Matthias Arnold: Edvald Munch. Reinbek bei Hamburg (Rowohlt) 1986.［マティアス・アルノルト『エドヴァルト・ムンク』真野宏子訳、パルコ美術新書、一九九四年］
Johann Bachofen: Mutterrecht und Urreligion. Hg. v. Rudolf Marx. Stuttgart (Kröner) 1954.［J・J・バッハオーフェン『母権制序説』平田公夫・吉原達也訳、作品社、二〇〇四年、J・J・バッハオーフェン『古代墳墓象徴試論』平田公夫・吉原達也訳、ちくま学芸文庫、二〇〇二年］

Hugo Ball: Hermann Hesse. Sein Leben und sein Werk. Frankfurt/M. (Suhrkamp) 1977.〔フーゴ・バル『ヘルマン・ヘッセ　その生涯と作品』春山清純訳、土肥美夫編『チューリヒ　予兆の十字路』国書刊行会、一九八七年、二九五―三〇三頁〕

Christiane Barz (Hg.): Einfach. Natürlich. Leben. Lebensreform in Brandenburg 1890–1939. Berlin (Verlag für Berlin-Brandenburg) 2015.

Jürgen Below (Hg.): Hermann Hesse: „Der Vogel kämpft sich aus dem Ei“. Eine dokumentarische Recherche der Krisenjahre 1916–1920. Korrespondenzen und Quellennachweise. Humburg (Igel) 2017.

Rüdiger Bernhardt: Gerhart Hauptmann. Eine Biografie. Fischerhude (Atelier im Bauernhaus) 2007.

Carl Albrecht Bernoulli: Johann Jakob Bachofen als Religionsforscher. Leipzig (Haessel Verlag) 1924.

Hartmut Binder: Kafkas Welt. Eine Lebenschronik in Bildern. Reinbek bei Hamburg (Rowohlt) 2008.

Stefan Bollmann: Monte Verità 1900. Der Traum vom alternativen Leben beginnt. München (Deutsche Verlags-Anstalt) 2017.

Franz Brümmer: Lexikon der deutschen Dichter und Prosaisten vom Beginn des 19. Jahrhunderts bis zur Gegenwart. 6. Aufl. Leipzig, 1913. S. 19.

Regina Bucher: Mit Hermann Hesse durchs Tessin. Berlin (Insel) 2010.

Kai Buchholz, Rita Latocha, Hilke Peckmann, Klaus Wolbert (Hg.): Die Lebensreform. Entwürfe zur Neugestaltung von Leben und Kunst um 1900. Katalog zur Ausstellung im Institut Mathildenhöhe Darmstadt. Darmstadt (Häusser) 2001.

Thorsten Carstensen, Marcel Schmid (Hg.): Die Literatur der Lebensreform. Kulturkritik und Aufbruchsstimmung um 1900. Bielefeld (transcript) 2016.

Ernst Robert Curtius: Hermann Hesse. In: Derserbe: Kritische Essays zur europäischen Literatur. Frankfurt/M. (Fischer Taschenbuch Verlag) 1984.〔E・R・クルチウス「ヘルマン・ヘッセ」圓子修平訳、相良守峯ほか監修『ヘルマン・ヘッセ全集別巻　ヘルマン・ヘッセ研究』三笠書房、一九五八年、一七一―一八七頁〕

Gunnar Decker: Hermann Hesse. Der Wanderer und sein Schatten. Berlin (Suhrkamp) 2013.
Gerhard Dienes, Ralf Rother (Hg.): Die Gesetze des Vaters. Problematische Identitätsansprüche. Wien (Böhlau) 2003.
Philipp Felsch: Der lange Sommer der Theorie. Geschichte einer Revolte 1960–1990. Frankfurt/M. (Fischer) 2016.
Ludwig Finckh: Gaienhofener Idylle. Erinnerungen an Hermann Hesse. Reutlingen (Karl Knödler) 1981.
Ludwig Finckh: Himmel und Erde. Acht Jahrzehnte meines Lebens und neue Gedichte. DIE GOLDENE SPUR. Stuttgart (Silberburg) 1961.
Jakob Flach: Ascona. Gestern und Heute. Zürich/Stuttgart (Werner Classen Verlag) 1971.
Janos Frecot, Johann Friedrich Geist, Diethart Kerbs: Fidus 1868–1948. Zur ästhetischen Praxis bürgerlicher Fluchtbewegungen. Erweiterte Neuauflage. Hamburg (Rogner & Bernhard) 1997.
Ralph Freedman: Hermann Hesse. Autor der Krisis. Berlin (Suhrkamp) 1991. [ラルフ・フリードマン『評伝ヘルマン・ヘッセ　危機の巡礼者』上・下、藤川芳朗訳、草思社、二〇〇四年]
Reinhold Gerling: Der Vollendete Mensch und das Ideal der Persönlichkeit. Berlin (Orania) 1922.
Walter Gerling: Reinhold Gerling. Sein Leben und Wirken. Biographische Skizze mit 3 Abbildungen. Oranienburg (Orania-Verlag) 1923.
Erich-Mühsam-Gesellschaft (Hg.): Schriften der Erich-Mühsam-Gesellschaft. Heft 2. Hg. in Zusammenarbeit mit der Gustav-Heinemann-Bildungsstätte Lübeck 1991.
Gusto Gräser: „Nun nahet Erdsternmai!“ Grüner Prophet aus Siebengebürgen. Hg. v. Hermann Müller. Recklinghausen (Umbruch) 2014.
Gusto Gräser: Erdsternzeit. Hg. v. Hermann Müller. Recklinghausen (Umbruch) 2017.
Gusto Gräser: TAO. Das heilende Geheimnis. Hg. u. mit einem Nachwort versehen von Hermann Müller. 3. erweiterte Aufl. Recklinghausen (Umbruch) 2016.
Adolf Arthur Grohmann (Referate und Skizzen): Die Vegetarier-Ansiedelung in Ascona und die sogenannten Naturmenschen im Tessin. Mit sieben photographischen Ansichten. Halle/S. (Carl Marhold) 1904.

Rotraut Hackermüller: Kafkas Letzte Jahre 1917–1924. München (P. Kirchheim) 1990. [ロートラウト・ハッカーミュラー『病者カフカ　最期の日々の記録』平野七濤訳、論創社、二〇〇三年]

Knut Hamsun: Das letzte Kaptel. Frankfurt/M., Hamburg (Fischer Bücherei) 1961.

Klaus Harpprecht: Thomas Mann. Eine Biographie. Reinbek bei Hamburg (Robohlt) 1996. [クラウス・ハープレヒト『トーマス・マン物語　I　少年時代からノーベル賞まで』岡田浩平訳、三元社、二〇〇五年]

Gerhart Hauptmann: Gesammelte Werke. Köln (Anaconda) 2017.

Siegrid Heinze (Hg.): Homöopathie 1796–1996. Eine Heilkunde und ihre Geschichte. Katalog zur Ausstellung Deutsches Hygiene-Museum 17. Mai bis 20. Oktober 1996. Berlin (Edition Lit.europa) 1996.

Jürgen Helfricht: Friedrich Eduard Bilz. Naturheiler, Philosoph, Unternehmer. Radebeul (Notschriften) 2012.

Maria-Felicitas Herforth: Erläuterungen zu Hermann Hesse Demian. 2. Aufl. Hollfeld (C. Bange) 2016.

Uwe Heyll: Wasser, Fasten, Luft und Licht. Die Geschichte der Naturheilkunde in Deutschland. Frankfurt/Main (Campus) 2006.

Chris Hirte: Erich Mühsam. Eine Biographie. Freiburg (Ahriman-Verlag) 2009.

Emanuel Hurwitz: Otto Gross. Paradies-Sucher zwischen Freud und Jung. Berlin (Suhrkamp) 1988.

Gustav Janouch: Gespräche mit Kafka. Aufzeichnungen und Erinnerungen. Düsseldorf (onomato verlag) 2008. [グスタフ・ヤノーホ『カフカとの対話』吉田仙太郎訳、みすず書房、二〇一二年]

C. G. Jung: Septem Sermones ad Mortuos. In: Aniela Jaffé (aufgezeichnet und herausgegeben): Erinnerung, Träume, Gedanken von C. G. Jung. Ostfilden (Patmos Verlag) 2016, S. 418-428. [C・G・ユング「死者への七つの語らい」、A・ヤッフェ編『ユング自伝II』河合隼雄・藤縄昭・出井淑子訳、一九七三年、二四三—二六一頁]

Robert Jütte: „Übringens weiß ich schon meiner Naturkunde, dass alle Gefahr von der Medicin herkommt ...“ Franz Kafka als Medizinkritiker und Naturkundiger. In: Manfred Voigts (Hg.) : Von Enoch bis Kafka. Festschrift für Karl E. Grözinger zum 60. Geburtstag. Wiesbaden (Harrassowitz) 2002, S. 421–435.

Franz Kafka: Briefe an die Eltern aus den Jahren 1922–1924. Prag (OdeonVerlag) 1990. [ヨーゼフ・チェルマーク、マ

ルチン・スヴァトス編『カフカ最後の手紙』三原弟平訳、白水社、一九九三年］
Franz Kafka: Briefe an Milena. Erweiterte und neu geordnete Ausgabe. Hg. v. Jürgen Born und Michael Müller. Berlin (S. Fischer) 1983.［フランツ・カフカ『ミレナへの手紙』池内紀訳、白水社、二〇一三年］
Franz Kafka: Tagebücher 1910–1923. Frankfurt/M. (Fischer) 1976.［『決定版カフカ全集7　日記』新潮社、一九八一年］
Bernt Karger-Decker: An der Pforte des Lebens. Wegbereiter der Heilkunde im Porträt. 2. Bde. Berlin (Edition q) 1991.
Bettina Knapp: Abraxas. Lichte und dunkle Seiten der Gottheit in Hermann Hesses Demian. In: Sigrid Bauschinger, Albert Reh (Hg.): Hermann Hesse. Politische und wirkungsgeschichtliche Aspekte. Bern (Francke Verlag) 1986, S. 167–185.
Hans-Gerd Koch: »Als Kafka mir entgegenkam ...«. Erinnerungen an Franz Kafka. 2. Auflage der erweiterten Neuausgabe. Berlin (Klaus Wagenbach) 2005.
Pamela Kort, Max Hollein (Hg.): Künstler und Propheten. Eine geheime Geschichte der Moderne 1872-1972. Kat. Schirn Kunsthalle Frankfurt. Köln (Snoeck) 2015.
Wilhelm Kühlmann (Hg.): Killy Literaturlexikon. Autoren und Werke des deutschensprachigen Kulturraums. 2., vollständig überarbeitete Auflage. Berlin, New York (Walter de Gruyter) Bd. 5. 2009.
Roman Kurzmeyer: Viereck und Kosmos. Künstler, Lebensreformer, Okkultisten, Spiritisten in Amden, 1901–1912, Max Nopper, Josua Klein, Fidus, Otto Meyer-Amden. Wien, New York (Springer) 1999.
Robert Landmann: Ascona Monte Verità. Frankfurt/M., Berlin, Wien (Ullstein) 1979.
Robert Landmann: Ascona – Monte Verità. Auf der Suche nach dem Paradies. Frauenfeld, Stuttgart, Wien (Huber) 2000.
Thomas Mann: Hermann Hesse zum 70. Geburtstag (1947). In: Derselbe: Altes und Neues. Kleine Prosa aus fünf Jahrzehnten. Frankfurt/M. (S. Fischer) 1953, S. 225-231.［トーマス・マン「ヘルマン・ヘッセの七十歳の誕生日に」『トーマス・マン全集X　評論2』新潮社、一九七二年、二一五―二一九頁］

Thomas Mann: Der Zauberberg. In: Gesammelte Werke in dreizehn Bänden. Bd. 3. Frankfurt/M. (S. Fischer Verlag) 1974. [トーマス・マン『魔の山』上・下、高橋義孝訳、新潮文庫、一九六九年]

Thomas Mann: Hermann Hesse. Einleitung zu einer amerikanischen Demian-Ausgabe. In: Volker Michels (Hg.): Über Hermann Hesse. 1. Bd. Frankfurt/M. (Suhrkamp) 1976, S. 153–158. [トーマス・マン「ヘルマン・ヘッセ　アメリカ版『デーミアン』への序文」森川俊夫訳、相良守峯ほか監修『ヘルマン・ヘッセ全集別巻　ヘルマン・ヘッセ研究』三笠書房、一九五八年、一六五―一七〇頁]

Reno Metz, Eckehard Schwarz: Gustaf Nagel – der barfüssige Prophet vom Arendsee. Eine Lebens- und Wirkungsgeschichte. Oschersleben (dr. ziethen) 2001.

Volker Michels (Hg.): Hermann Hesse in Augenzeugenberichten. 2. Aufl. Frankfurt/M. (Suhrkamp) 2016.

Volker Michels (Hg.): Materialien zu Hermann Hesses Siddhartha. Texte von Hermann Hesse. Frankfurt/M. (Suhrkamp) 1975.

Volker Michels (Hg.): Materialien zu Hermann Hesses Siddhartha. Zweiter Band. Texte über Siddhartha. Frankfurt/M. (Suhrkamp) 1975.

Volker Michels (Hg.): Über Hermann Hesse. 1. Bd. Frankfurt/M. (Suhrkamp) 1976.

Volker Michels (Hg.): Über Hermann Hesse. 2. Bd. Frankfurt/M. (Suhrkamp) 1977.

Volker Michels (Hg.): Materialien zu Hermann Hesse »Demian«. Entstehungsgeschichte in Selbstzeugnissen. Berlin (Suhrkamp) 1993.

Volker Michels (Hg.): Materialien zu Hermann Hesse »Demian«. Zweiter Band. Die Wirkungsgeschichte in Rezensionen und Aufsätzen. Berlin (Suhrkamp) 1997.

Joseph Mileck: Hermann Hesse. Dichter, Sucher, Bekenner. Eine Biographie. Frankfurt/M. (Suhrkamp) 1987.

Erich Mühsam: Ascona. Berlin (Klaus Guhl) 1982.

Hans-Joachim Müller: Harald Szeemann. Ausstellungsmacher. Ostlildern-Ruit (Hatje Cantz) 2006.

Hermann Müller: Der Dichter und sein Guru. Hermann Hesse – Gusto Gräser eine Freundschaft. 2. Aufl. Werdorf

(Gisela Lotz) 1979.
Otto Riess: Ascona. Geschichte des seltsamsten Dorfes der Welt. 2. Aufl. Zürich (Europa) 1964.
Romain Rolland: Je commence a devenir dangereux : choix de lettres de Romain Rolland à sa mère (1914-1916) Paris (A. Michel) 1971.
Alfred Rosenberg: Der Mythus des 20. Jahrhundert. Eine Wertung der seelisch-geistigen Gestaltenkämpfe unserer Zeit. München (Hoheneichen-Verlag) 1937. 〔ローゼンベルク『二十世紀の神話』丸川仁夫訳、三笠書房、一九三八年〕
Uli Rothfuss: Hermann Hesse privat. In Texten, Bildern und Dokumenten. 2. erg. Aufl. Berlin (Edition q) 1997.
Hannelore Schlaffer: Die intellektuelle Ehe. Der Plan vom Leben als Paar. München (Carl Hanser) 2011.
Herbert Schmidt: Franz Kafka. Der Mann aus Prag. Düsseldorf (Edition Virgines) 2014.
Peter Sprengel: Gerhart Hauptmann. Bürgerlichkeit und großer Traum. Eine Biographie. München (C. H. Beck) 2012.
Reiner Stach: Ist das Kafka? 99 Fundstücke. Frankfurt/M. (Fischer) 2013. 〔ライナー・シュタッハ『この人、カフカ? ひとりの作家の99の素顔』本田雅也訳、白水社、二〇一七年〕
Harald Szeemann: Monte Verità. Berg der Wahrheit. Lokale Anthropologie als Beitrag zur Wiederentdeckung einer neuzeitlichen sakralen Topographie. Milano (Electa Editrice) 1978.
Kurt Lothar Tank: Gerhart Hauptmann. Reinbek bei Hamburg (Rowohlt Taschenbuch) 1959.

Ulrike Voswinckel: Freie Liebe und Anarchie. Schwabing - Monte Verità. Entwürfe gegen das etablierte Leben. München (Allitera) 2009.
Klaus Wagenbach: Franz Kafka. Bilder aus seinem Leben. Berlin (Klaus Wagenbach) 1983.
Klaus Wagenbach: Franz Kafka. Reinbek bei Hamburg (Rowohlt Taschenbuch) 2002.
Annette Wagner, Klaus Wolbert (Hg.): Ludwig von Hofmann 1861–1945. Arkadische Utopien in der Moderne. Darmstadt (Institut Mathildenhöhe Darmstadt) 2005.
Bernd Wedermeyer-Kolwe. Aufbruch. Die Lebensreform in Deutschland. Darmstadt (Philipp von Zabern) 2017.

Matthias Wischner: Kleine Geschichte der Homöopathie. Essen (KVC) 2004.
Bernhard Zeller: Hermann Hesse. Neuausgabe. Reinbek bei Hamburg (Rowohlt Taschenbuch) 2005.
Theodore Ziolkowski: The Novels of Hermann Hesse. A Study in Theme and Structure. Princeton (Princeton University Press) 1965.
Theodore Ziolkowski: Der Schriftsteller Hermann Hesse. Wertung und Neubewertung. Deutsch v. Ursula Michels-Wenz. Frankfurt/M. (Suhrkamp) 1979.
Stefan Zweig: Die Heilung durch den Geist. Mesmer, Mary Baker-Eddy, Freud. Berlin (Holzinger) 2017.［シュテファン・ツヴァイク『精神による治療』高橋義夫・中山誠・佐々木斐夫訳、みすず書房、一九六三年］
Stefan Zweig: Die Welt von Gestern. Erinnerungen eines Europäers. Berlin (Fischer) 1981.［シュテファン・ツヴァイク『昨日の世界』1、原田義人訳、みすず書房、一九九九年］

URL

Klaus Brath: Hermann Hesse (1877–1962): Alles andere als ein robustes Naturell.
https://www.aerzteblatt.de/archiv/128384
Der Nacktkletterer vom Amden
https://www.nzz.ch/magazin/reisen/der_nacktkletterer_von_amden-1.5884214
Karl Gräser
http://www.ticinarte.ch/index.php/graeser-karl.html
Adolf Arthur Grohmann
http://www.ticinarte.ch/index.php/grohmann-adolf.html
Jugend in Siebengebürgen - Gusto-Gräser.info
http://www.gusto-graeser.info/Leben/Lebenslauf/JugendSiebenbuergen.html
Kafka glaubt den Ärzten nicht

http://www.franzkafka.de/franzkafka/fundstueck_archiv/fundstueck/1278038
Sarah Möwes, Paula Kriewet und Bruno Freyer: Franz Kafka – Krankheiten und sein Tod https://prague09.wordpress.com/2009/07/06/franz-kafka-krankheiten-und-sein-tod/
Martin Rademacher: Hermann Hesse – Monte Verità. Wahrheitssuche abseits des Mainstreams zu Beginn 20. Jahrhunderts. In: Zeitschrift für junge Religionswissenschaft. 6, 2011, o. S. http://www.zjr-online.net/vi2011/zjr201104_radermacher.pdf

図版出典

扉裏　ヴァーレン湖畔の山村アムデンの岩山に裸体で登るヘルマン・ヘッセ
Volker Michels (Hg.): Hesse. Sein Leben in Bildern und Texten. Mit einem Vorwort von Hans Mayer. Frankfurt/M. (Suhrkamp) 1987, S. 111.

図1　アスコーナのモンテ・ヴェリタ外観
Harald Szeemann: Monte Verità. Berg der Wahrheit. Lokale Anthropologie als Beitrag zur Wiederentdeckung einer neuzeitlichen sakralen Topographie. Milano (Electa Editrice) 1978, S.55.

図2　モンテ・ヴェリタ平面図（一九二七年当時）
Harald Szeemann: Monte Verità. Berg der Wahrheit. Lokale Anthropologie als Beitrag zur Wiederentdeckung einer neuzeitlichen sakralen Topographie. Milano (Electa Editrice) 1978, S. 61.

図3　モンテ・ヴェリタ自然療法サナトリウム前でのヘッセ
Volker Michels (Hg.): Hesse. Sein Leben in Bildern und Texten. Mit einem Vorwort von Hans Mayer. Frankfurt/M. (Suhrkamp) 1987, S. 100.

図4・図5　ガイエンホーフェンの海辺で長男ブルーノと裸で遊ぶヘッセ
Volker Michels (Hg.): Hesse. Sein Leben in Bildern und Texten. Mit einem Vorwort von Hans Mayer. Frankfurt/M. (Suhrkamp) 1987, S. 86, 87

図6・図7　ベルンのヘッセ宅の庭で裸のまま遊ぶ次男ハイナー
Volker Michels (Hg.): Hesse. Sein Leben in Bildern und Texten. Mit einem Vorwort von Hans Mayer. Frankfurt/M. (Suhrkamp) 1987, S. 137.

図8　ベルリンでのグスト・グレーザー、一九二七年
Christiane Barz (Hg.): Einfach. Natürlich. Leben. Lebensreform in Brandenburg 1890–1939. Berlin (Verlag für Berlin-Brandenburg) 2015, S. 130.

図9　グストが住んだというアルチェーニョ近郊の「異教徒の洞窟」
Gusto Gräser: „Nun nahet Erdsternmai!“ Grüner Prophet aus Siebengebürgen. Hg. v. Hermann Müller. Rec-

klinghausen (Umbruch) 2014, S. 23.

図10　アルチェーニョ近郊でのヘッセとヒルデガルト・ノイゲボーレン、一九一六年

Ulrike Voswinckel: Freie Liebe und Anarchie. Schwabing - Monte Verità. Entwürfe gegen das etablierte Leben. München (Allitera) 2009, S. 120.

図11　ディーフェンバッハとフィードゥス

Janos Frecot, Johann Friedrich Geist, Diethart Kerbs: Fidus 1868–1948. Zur ästhetischen Praxis bürgerlicher Fluchtbewegungen. Erweiterte Neuauflage. Hamburg (Rogner & Bernhard) 1997, Titelbild.

図12　ヨハネス・グートツァイト

http://www.gusto-graeser.info/Diefenbach/guttzeit.html

図13　フィードゥス、《光への祈り》、一九一三年

Christiane Barz (Hg.): Einfach. Natürlich. Leben. Lebensreform in Brandenburg 1890–1939. Berlin (Verlag für Berlin-Brandenburg) 2015, S. 83.

図14　グスタフ・ナーゲル、一九〇一年、絵はがき

Christiane Barz (Hg.): Einfach. Natürlich. Leben. Lebensreform in Brandenburg 1890–1939. Berlin (Verlag für Berlin-Brandenburg) 2015, S. 64.

図15　ジョゼフ・サロモンソン

Stefan Bollmann: Monte Verità 1900. Der Traum vom alternativen Leben beginnt. München (Deutsche Verlags-Anstalt) 2017, S. 114.

図16　グストがヘッセに送ったハイタカの絵はがき

Hermann Müller: Der Dichter und sein Guru. Hermann Hesse – Gusto Gräser eine Freundschaft. 2. Aufl. Werdorf (Gisela Lotz) 1979, S. 67.

図17　グストによる女性と小鳥の絵

Hermann Müller: Der Dichter und sein Guru. Hermann Hesse – Gusto Gräser eine Freundschaft. 2. Aufl. Werdorf (Gisela Lotz) 1979, S. 78.

図18　ムンク、《水浴する男たち》、一九〇七―〇八年

Matthias Arnold: Edvald Munch. Reinbek bei Hamburg (Rowohlt) 1986, S. 96.

図19　ヴァルネミュンデの浜辺でキャンバスに向かう裸体のムンク、一九〇七年

Matthias Arnold: Edvald Munch. Reinbek bei Hamburg (Rowohlt) 1986, S. 97.

図20　ルートヴィヒ・ホフマン、《泉》、一九一三年

https://de.wikipedia.org/wiki/Ludwig_von_Hofmann

図21　ユングのマンダラ図

http://gnosis.org/library/7Sermons.htm

人名索引

サ 行

タ 行

ナ 行

ハ 行

マ 行

ヤ 行

ラ 行

ワ 行

裸のヘッセ　ドイツ生活改革運動と芸術家たち

2019 年 4 月 25 日　初版第 1 刷発行

著　者　森　貴史
発行所　一般財団法人　法政大学出版局
〒 102-0071 東京都千代田区富士見 2-17-1
電話 03 (5214) 5540　振替 00160-6-95814
組版：HUP　印刷：日経印刷　製本：積信堂

ISBN978-4-588-49036-1

森　貴史（もりたかし）

一九七〇年、大阪府生まれ。Dr. phil.（ベルリン・フンボルト大学）。現在、関西大学文学部（文化共生学専修）教授。

主要著書・訳書

『踊る裸体生活　ドイツ健康身体論とナチスの文化史』（単著、勉誠出版、二〇一七年）、„Klassifizierung der Welt. Georg Forsters *Reise um die Welt*.“（単著、Rombach Verlag, 2011）、『ドイツ奇人街道』（共著、関西大学出版部、二〇一四年）、『ビールを〈読む〉　ドイツの文化史と都市史のはざまで』（共著、法政大学出版局、二〇一三年）、『ドイツ王侯コレクションの文化史　禁断の知とモノの世界』（編著、勉誠出版、二〇一五年）など。